古典文獻研究輯刊

七　編
曾永義　主編

第 **4** 冊

楊愼生平及其文學

楊 日 出 著

國家圖書館出版品預行編目資料

楊慎生平及其文學／楊日出 著 — 初版 — 新北市：花木蘭文
化出版社，2013〔民 102〕
目 4+162 面；19×26 公分
（古典文學研究輯刊 七編：第 4 冊）
ISBN：978-986-322-093-0（精裝）
1.（明）楊慎 2.明代文學 3.文學評論
820.8   102001626

ISBN-978-986-322-093-0

古典文學研究輯刊
七 編 第 四 冊   ISBN：978-986-322-093-0

楊慎生平及其文學

作　者	楊日出
主　編	曾永義
總 編 輯	杜潔祥
出　版	花木蘭文化出版社
發 行 所	花木蘭文化出版社
發 行 人	高小娟
聯絡地址	新北市永和區中正路五九五號七樓
	電話：02-2923-1455／傳真：02-2923-1452
網　址	http://www.huamulan.tw 信箱 sut81518@gmail.com
印　刷	普羅文化出版廣告事業
初　版	2013 年 3 月
定　價	七編 16 冊（精裝）新台幣 26,000 元

楊愼生平及其文學

楊日出　著

作者簡介

楊日出，男，民國 31 年出生，臺灣省雲林縣人。先後畢業於省立成功大學中國文學系以及省立高雄師範學院（後改制為國立高雄師範大學）國文研究所碩士班。歷任斗六中學教師、嘉義師專講師、嘉義師範學院副教授，民國 96 年自嘉義大學退休並兼任副教授數年。撰有《莊子天下篇研究》、〈談二程的為學與做人〉、〈禮記學記（篇）疑義商榷〉、〈試探唐傳奇小說中的詩歌〉、〈墨子的生活哲學〉、〈明楊慎興教寺海棠詩析疑〉、〈論杜甫詩史與史家四長〉與〈明人楊升菴的讀書與寫作生涯考論〉等論文。

提　　要

　　本論文旨在表彰明代學者楊慎（字用修，號升菴，公元 1488 ～ 1559 年）其憂患意識與詩文成就，同時參究要籍，增訂其年譜，期使楊慎生平所以特立，文學所以淵雅，以至生平與文學關係之所以密切者，庶幾得之。

　　第一章緒論。說明研究之主要目的與具體方法，並自期論述之原則。

　　第二章楊慎生平考述（上）。本章考述其邑里之勝狀，世系之承啟，復考訂升菴年譜，繫以詩文作品，著明相關事蹟。

　　第三章楊慎生平考述（下）。本章分就師承、父執、謫戍前後宦途與夫詩文、門生等，考察升菴交遊之種種，明其特別珍視朋友一倫之緣由，且及其人秉性志趣與治學境界。

　　第四章楊慎文學析論。本章辨明其文學理論，由懷疑精神出發，以創新為鵠的，並自「詩史」之討論，見其批評之「三昧」。至其文學作品則既以奇秀之文筆，報導蠻域風物，又以悲憫之講唱，發抒警勸之哲理，皆堪稱之為「精鑿醍醐」（升菴語），偉麗之玄珠，在在莫非其理論之實踐與印證。

　　第五章結論。計升菴學行影響後世之深切廣大者約得四端焉———一是梅花精神之高度象徵，一是道統與史統之促成合一，一是楊朱思想獲致真詮，以及清人性靈一說，信亦自此啟迪。

目

次

沙江來芙蓉

沉沉秋江水灼灼芙蓉花葉凌
清霜枝明朝霞媚東隣子
來惜芳華昔時贈同心七日
悵天涯欲寄芳無曰向風長
歎嗟別　方思道云置之十九首中亦復何

書　影

第一章　緒　論

第一節　研究的動機與目的

一、探究明代文學之所以別開風氣者

　　明末清初大儒顧炎武（西元 1613～1682 年）曰：「有明一代之人，其所著書無非竊盜而已。……今代之人但有薄行，而無儁才，不能通作者之意。……吾讀有明弘治以後經解之書，皆隱沒古人名字，將爲己說者也。」〔註1〕清人錢大昕（西元 1728～1804 年）曾對於這一段話表示如下意見：「顧寧人謂有明一代之人所著書，無非盜竊，語雖太過，實切中隱微深痼之病。」〔註2〕

　　所謂隱微深痼之病，就是指王學末流那一股狂誕空疏的士風，於此可以想見一代開派宗師亭林先生抨擊晚明學風的不遺餘力，與其「欲明學術正人心，撥亂世，以興太平」〔註3〕的心志與事業所在；今按顧氏文意，未免爲了「摧故鋒而張新軍」〔註4〕致語氣「太過」，甚或「言之失當」。〔註5〕其實就經學而言，明正德舉人梅鷟的《尚書考異》一書，後世即譽之爲：「辨古文之

〔註1〕　語見顧氏撰《日知錄》卷二十「竊書」一則。清末皮錫瑞著《經學歷史》即採其說並約引其文（見該書「九、經學積衰時代」）。
〔註2〕　見《十駕齋養新錄》卷十八「詩文盜竊」一則。
〔註3〕　語見〈初刻日知錄自序〉（《顧亭林詩文集》頁27）
〔註4〕　見梁啓超（西元 1873～1929 年）《清代學術概論》「四、顧炎武」一章。
〔註5〕　清方東樹（西元 1772～1851 年）《漢學商兌・序例》云：「顧亭林輩自是目擊時弊，意有所激，創爲救病之論，而析義未精，言之失當。」

僞，多中肯綮，開閎若璩（西元 1636～1704 年）、惠棟（西元 1697～1758 年）之先。皆鐵中錚錚，庸中佼佼者也。」〔註6〕又正德進士楊慎的《升菴經說》一書，其中「愛而不見」（《詩·邶風·靜女篇》）一條，陳奐（西元 1786～1863 年）《詩毛傳疏》說同，「往迓王舅」（《詩·大雅·崧高篇》）一條，謂迓與近相似而誤，則段玉裁（西元 1735～1815 年）《詩小箋》說同，「剋、畋、晊、將、業、席，大也」（《爾雅·釋詁》）一條，楊慎謂「剋」即「倬」，而郭璞（西元 276～324 年）偶遺之，則郝懿行（西元 1757～1825 年）《爾雅義疏》說同，另外「文莫解」引《晉書》欒肇〈論語駁〉曰「燕齊謂勉強爲文莫」；又引宋陳騤（西元 1128～1203 年）《雜識》云，「《方言》侔莫，強也，凡勞而勉若云努力者，謂之侔莫。」則劉台拱（西元 1751～1805 年）采入所著《論語駢枝》中，故學者以楊慎此論爲「明人經說之翹楚」。〔註7〕

雖然如此，今日重披顧氏卷帙，其明人「竊盜」之說，依然足以激起吾人一番相當的震動與省思，遂令有心人不得不寄予深切的關懷——有明一代的學術究竟還有那些研究的價值？

以文學一端而論，近人錢基博（西元 1887～1955 年）氏即持有這樣的看法：「自來論文章者，多侈譚漢魏唐宋，而罕及明代，獨會稽李慈銘（西元 1829～1894 年）極言明人詩文，超絕宋元恒蹊，而未有勘發。自我觀之：中國文學之有明，其如歐洲中世紀之有文藝復興乎？」〔註8〕文藝復興改寫了歐洲歷史文明的新頁，明代文學竟爾可以與之相埒，遺憾的只是這些寶藏大都沈埋於地，不知加以開發，進而探究其瑕瑜得失，而見其所以「承前代文學之極王而厭以別開風氣者」。〔註9〕錢氏既已綜論明代文學之「別開風氣者」，筆者不揣譾陋，再特就明代文學中人所罕及，或雖提及論及，但僅能示一隅，不能詳贍之一家，紹述其人不苟狗風氣的種種風貌，或可供方家斟酌採擇，爲復興中華文化略效棉薄。

二、表彰一代博洽文士與其好學精神、憂患意識

考明代文學中，前後七子的相互倡和，彼此標榜，是後世矚目的大事，

〔註6〕見皮錫瑞《經學歷史》九經學積衰時代。
〔註7〕見臺北商務本《續修四庫全書提要》經部。
〔註8〕見《明代文學》自序。
〔註9〕前揭書第一章總論。

〔註 10〕而其間有一人挺生焉，其文章造詣殊厚，又僻處西南邊陲，不在聲氣之中，正是一位有待表彰幽潛，足以興士樹風的文學家楊慎。慎字用修，號升菴。明四川新都人，生於孝宗弘治元年（西元 1488 年），卒於世宗嘉靖卅七年（西元 1559 年）。

明「後七子」之一的王世貞（西元 1526～1590 年），對楊升菴固不乏微詞，而亦不吝以「一代雄匠」稱之；〔註 11〕清《四庫全書總目》亦推崇升菴詩文，云：「慎以博洽冠一時，其詩含吐六朝，於明代獨立門戶；文雖不及其詩，然猶存古法，賢於何（名景明，西元 1483～1521 年）、李（名夢陽，西元 1472～1529 年）諸家室塞艱澀不可句讀者，蓋多見古書薰蒸沈浸，吐屬自無鄙語，譬諸世祿之家，天然無寒儉之氣矣。」〔註 12〕升菴在辭章方面之能事，於此可以窺見一個大致的輪廓。

後世研究楊升菴的著作，其作品選評方面，如乾隆間沈德潛（西元 1673～1769 年）與周準選《明詩別裁（集）》等，雖然「皆深造渾厚，和平淵雅，合於言志永言之旨」，〔註 13〕但所列委實有限。其書後箚記方面，如明李贄（西元 1527～1620 年）《焚書》中有〈讀升菴集廿卷〉，清李慈銘《越縵堂讀書記》中有〈升菴集〉，皆有裨於知楊慎其人，但其內容不是「偶記」〈升菴集〉中論學或詩文評再略綴以心得，就是刻意借題以自況，信筆發抒一己的「壯心無奈」，似乎隨興泛覽，總缺少一種義例與統系。〔註 14〕另外海內學者專篇論述方面，晚近以來所知有梁容若的〈楊慎生平與著作〉、〈談楊升菴的作品〉，高美華《楊升菴夫婦散曲研究》，林慶彰《明代考據學研究》中第二章〈楊慎〉等，至於大陸地區所發表的，諸如〈文學家楊升菴〉、〈明代大文學家楊升菴〉、〈楊升菴詩裏的雲南風光〉等，都各有著重之主題與獨到的見地，惟求一針對升菴生平風範合其文學成就的各個層面進行深入探討的論述，迄未一見；今乃幸能參考並借重學界歷來諸家的研究成果，期更進一步發其微蘊，立其

〔註 10〕章太炎（西元 1868～1936 年）氏《國學略說》云：「其見於文事者，臺閣體不足以代表（明代國勢及國人體氣），歸震川閒情冷韻之作，亦不足爲代表。所可代表者，爲前、後子之作。」（見〈文學略說〉）。

〔註 11〕《明詩評》卷九。見台北成文本《中國文學批評資料彙編——明代》頁 415。

〔註 12〕卷一百七十二、集部二十五、別集類二十五《升菴集八十一卷·提要》。

〔註 13〕《明詩別裁》沈德潛序。

〔註 14〕《禁燬書目提要》云：「是編（按指〈讀升菴集二十卷〉）集楊慎諸書……去取毫無義例。」（卷一百三十一雜家存目）又「壯心無奈」一語出李氏〈宿天臺頂〉一詩，見《續焚書》卷五「詩彙」。

體系，成其不朽。

　　至於升菴的好學精神，可以從明史傳中得其梗概：「（愼）嘗語人曰，『資性不足恃，日新德業，當自學問中來』，故好學窮理，老而彌篤。」升菴幼即警敏有奇慧，年二十四殿試對策擢第一，而自謂資性不足恃，可見其奮志肆力的精神與其學問思辨的態度，無怪乎《明史》本傳稱之爲：「明世記誦之博，著作之富，推愼爲第一。」升菴經營著作的用心，實際的文學活動，還可以透過其傳世的文集具體的印證，仔細的觀察，則啓迪後人者當愈久且大。

　　有關升菴的憂患意識，也充分映露在其詩文主張以及作品的風格特色上。根據明萬曆年間刻《太史升菴文集》宋仕的序文云：「先生忠猷淵蘊，時形詠嘆，如〈慶成宴〉之詩，三爵七襄之語，其憂國軫民，一篇之中，三致意焉。逮乎獲譴投荒，行吟澤畔，或時繹爲賈生之〈鵩賦〉，或時著爲虞氏之《春秋》，類若發憤之所爲作，然皆藹然〈小雅〉之怨誹不亂者焉。」〔註15〕果能在這一方面多多紹述升菴比興之淵旨，詳析其特色，令人益發想見這位不隨風會轉移的文學豪傑，其伉爽的才華，其治學的精勤，以至對家國天下的一番悲憫的情懷，是何等偉麗。

　　楊升菴常慨歎古忠臣義士及文章特達君子其名不稱顯著，故頗樂「表出之」；〔註16〕吾人景仰升菴風範之餘，亦當儘力表出之，使這位懷有離騷放逐之痛的新都「硬漢」〔註17〕不致有「君子疾沒世」之恨。

三、增訂楊升菴年譜以詩文繫年

　　今考升菴年譜存目，計得函海本等六種，〔註18〕皆文字精要古雅，咸有

〔註15〕序見萬曆十年張士佩刊本《太史升菴文集》。升菴有〈丙子慶成宴〉詩，按丙子即明武宗正德十一年（西元 1516 年）時楊愼年二十九；三爵七襄原句是「虛沾需飲過三爵，高仰星文詠七襄」，七襄出《詩‧小雅‧大東》，詩意謂望彼織女，終日織文，小至七襄（次）之多，終不成報我之文章也。

〔註16〕如《升菴文集》卷五十一有〈楊察兄弟〉，卷五十二有〈張謂贊劉裕〉，卷五十三則有〈歷代名臣奏議〉中旌表宋寧宗（西元 1195～1224 年）時武學生華岳之「忠節灼灼」；岳嘗上疏極數韓侂胄之惡，而竟不在名臣奏議中。又〈張謂贊劉裕〉及〈名臣奏議〉二則亦見《升菴外集‧史說》。

〔註17〕民國三十一年十一月四日中央日報六版有〈硬漢楊升菴〉一文，作者楊昌溪。

〔註18〕據王德毅編《中國歷代名人年譜總目》卷三所載有（1）〈楊文憲公年譜一卷〉，明簡紹芳、清程封改編、古棠書屋叢書本、清道光間孫氏刊。（2）〈太史升菴年譜一卷〉、明不著編人、太史升菴全集外集遺集附、清道光二十四年刊本。（3）〈升菴先生年譜一卷〉，不著編人、函海本。（4）〈升菴年譜一卷〉、清李

功於升菴，但諸譜本以約敘事略爲主，偶或酌引詩文零縑，似多在求足文義，未能盡致，此其一；若比勘其他有關傳記，其中載事的時間不無互見出入，而有待考訂者，此其二；現存年譜，於並時壇坫要聞，所錄太少，如能同時將生平有關者增附其間，最便通觀一覽，此其三。吾人果能就上述數端試加補苴，配列升菴所爲詠歎詩文，那麼，先生所以「博物洽聞，於文學爲優」、「大禮之爭撼門慟哭，非徒意氣奮發」（升菴一定很希望國君有「容諫」之賢）之特立風範，或許可以更具體的索解於此增訂年譜之中。〔註19〕

第二節 研究的資料與方法

一、生平資料的蒐集與研判

乙部《明史》中楊氏父子傳，以及各種有關譜錄碑銘傳志（包括藝文、地理、方志、禮志）外，《明通鑑》、《明紀》、《紀事本末》、《會要》、《一統志》，並及後世有關《明史》的考異、劄記、研究等，都在取資參究之列；又詩話、叢語中，每見升菴及其師友註明有時空的軼事瑣語，也是屬於生平出處的史料，章學誠（西元 1738～1801 年）《文史通義》所謂詩話「通於史部之傳記」（詩話篇）者。而最要珍視的是，升菴詩文題目、子序或篇末，往往已揭示有寫作日期、節令與環境，〔註20〕都可藉此考其生活行蹤，反映親友概況；至於未有明確時空或人事之提示者，也可以試就其文學風格的表現，設定其年代的先後。〔註21〕如此既知時事，又明背景，然後升菴或

調元編、升菴全集內、清乾隆六年重刊本。(5)〈楊升菴先生年譜一卷〉、清程封編、清道光新都縣志卷十。(6)〈明修撰楊升菴年譜一卷〉、見清鄭寶琛編、《總纂升菴合集》二百三十九卷內、清光緒八年刊本。

〔註19〕「博物」云云，見《明史》本傳贊；「容諫」語見《升菴外集》卷四十一史說：〈君能容諫〉一則（見台北學生版外集（三）頁 1374）。

〔註20〕如〈丁丑封事〉（在文集卷二）〈乙酉元日新添館中喜晴〉〈甲午臨安除歲〉（卷二十九）以至〈七十行戍稿〉〈病中永訣李張唐三公（己未六月）〉（卷三十）等，或者在內容中記有詳盡時日，如〈亡妻王安人墓誌銘〉〈祭用貞弟文（恒）〉〈祭毛以正文（亨）〉等，都可以藉此考知升菴生活行踪，反映親友概況。對於作品中僅綴以時節者，如「新正六日」「五月四日」如何、「立春」「孟冬」如何，至少也可以大約界定升菴旅遊昆池滇嶠的寂寥心態。

〔註21〕請參看第四章升菴之文學第三節四風格之表現（2）。

在京師、或杖謫前後、或投荒以降，以至於晚年的憂患事蹟，庶幾可以較全面且更具體的呈現出來。

二、文學資料的認識與處理

「明興，博雅饒著述者，無如楊升菴先生」，此係明末焦竑（1541～1620）刊行《升菴外集》識語。焦氏《玉堂叢語》即著錄有升菴「所撰」七十一種，「所編纂」八十一種書目；後見於《明史‧藝文志》之數，雖僅得四十餘種，但其中已收「楊慎文集八十一卷」等四種（集類‧別集），《升菴外集》正是就前述「所撰」、「所編纂」的，分別勒成考證說部之一家言；不過諸書並未因此而廢，同時仍多單行散刊，或入選叢書中。所以在運用之前，當知所櫛爬與校謬，俾使部秩釐然，以重建架構，才能免除「多而雜亂」的弊病；而分類編纂升菴書目及篇目索引，不失爲方式之一，已列爲來日繼續從事升菴研究之重要項目。

升菴文學作品資料，主要即來自現存各種善本之《升菴文集》，並及《升菴玉堂集》、《南中集》、《升菴詩》、《陶情樂府》、《二十一史彈詞》、《洞天玄記》等。按升菴作品，若以命題內容言，除純粹創作外，尚有擬作、效作、合作。擬效之作，當探其好古、學古的幽情，通變之奇趣，並其影響創作之可能；與夫人合作的散曲，觀其雜揉交融之迹，比翼之夢所以有激於文心者。

又現今學者以爲升菴是「開考據之風者」，〔註22〕此自其素留心「僞書」問題，痛斥虛妄僞撰的治學精神，可知其來有自；〔註23〕但升菴自身竟亦以造僞書備受士林所詬病。〔註24〕

〔註22〕林慶彰著《明代考據學研究》序文；又第二章第二節「(楊慎)治學方向」云：「在中明心學和復古風潮籠罩中，用修之出現，無異一顆彗星。其掙脫宋學羈絆，倡復漢學運動，並開創數百年考據學風之貢獻，正可與王陽明之心學相媲美。」

〔註23〕《升菴外集》有「人作僞書」一則，謂《汲冢周書》、《十洲記》、《漢武帝內傳》、《神異經》、《洞冥記》、《拾遺記》、《四公子傳》、《雲仙散錄》、《清異錄》、及僞撰杜詩注嫁名東坡等，或害義傷教或淺陋虛妄，認爲「一切可以焚棄」（外集卷四十九雜說）；另有「古詩後人妄改」（見《丹鉛總錄》卷十三）「古書不可妄改」（《文集》卷五十二；《丹鉛總錄》卷十三）「古人僞作外夷文字」（《外集》卷四十五〈史記〉）「僞書」（《外集》卷四十九雜說）等數則。

〔註24〕如明穆宗隆慶年間陳耀文有《正楊》四卷，萬曆年間胡應麟有〈藝林學山〉等（見《少室山房筆叢》），崇禎年間有周嬰〈明楊〉（見《巵林》卷五），都是旨在「剗剔訛僞、泝遡本眞」（借胡應麟〈莊嶽委談〉引句）。而清初錢謙益說升菴曰：「竄改古人，假託往籍，英雄欺人，亦時有之。」（《列朝詩集小傳》丙集「楊修撰慎」），《四庫全書總目‧升菴集提要》曰：「每說

　　以文學作品而言，學界幾乎都已公認升菴所傳〈雜事秘辛〉一卷，正是升菴所作，卻「自掩筆墨」，假托漢人。〔註25〕但揆以升菴一向所持議論，像秘辛內容這樣「太穢褻」的卷帙，豈非「害義傷教之甚……可以焚棄」！〔註26〕今設升菴確曾蓄意作偽，則諒必有一番相當難以明言之隱衷在，那就是存心影射明帝王淫奢生活，〔註27〕並因此寄其諷諫，一如白居易（西元772～846年）〈長恨歌〉所謂「漢皇重色思傾國」之意；但升菴又不能具名，是其立言本多顧忌，所謂「鼓腹畏含沙，延頸愁添癭」的心情下，〔註28〕於是不得已出此下策？此亦文學史上可能有的現象。〔註29〕因此，本論文亦暫且視〈雜事秘辛〉一篇為升菴之作品，並分別於升菴文學詩文主張（小說部份）及創作的風格中討論之，而武侯祠壁間詩，其作者或謂升菴或謂元人，今亦置於生平治學一項討論之。〔註30〕

有窒礙，輒造古書以實之。」（卷一百七十二）《丹鉛餘錄》等提要云：「好偽撰古書，以證成己說。」（卷一百十九）又清末皮錫瑞著《經學歷史》也說「楊慎作偽欺人」（「經學積衰時代」），民國以來梁啟超更以為「楊老先生文章很好，手腳有點不乾淨，喜歡造假」（見《古書真偽及其年代》），迄張心澂（《偽書通考》）、屈萬里（《古籍導讀》）等學者，大抵都同意此一說法。

〔註25〕《四庫全書總目》云：「〈漢雜事秘辛〉一卷（內府藏本），不著撰人名氏，楊慎序稱：『得於安寧（按、屬雲南）土知州萬氏（按、又作「董氏」），沈德符《敝帚軒剩語》曰『即慎所偽作』也，敘漢桓帝（西元147～167年）懿德皇后被選及冊立之事，其與史舛謬之處，明胡震亨、姚士粦二跋辨之甚詳（按，胡姚二跋今亦收入《偽書通考》子部小說家〈雜事秘辛〉一條下）……漢人無是體裁也。」（卷一四三、子部五十三小說家類存目一）。
　　　　又，「自掩筆墨」，語出梁啟超《古書真偽及其年代》。

〔註26〕「太穢褻」，升菴於〈雜事秘辛〉前「題辭」語；「害義傷教」，見註23。

〔註27〕如武宗皇帝「躭樂嬉遊，暱近羣小」（見《明史・本紀贊》），又「令僧與婦女數百，雜載戲暱，上觀之大笑以為樂」（《明通鑑》正德十二年丁亥事）等有關記載，請另參看本論文第四章二節三（3）「靈活表出」一段。
　　　　又、《中國小說史略》云：「成化時，方士李政僧繼曉已以獻房中術驟貴，至嘉靖間而陶仲文以進紅鉛得倖于世宗，官至……恭誠伯，於是頹風漸及士流……」（第十九篇明之人情小說）。

〔註28〕文集卷十五〈懷音篇寄張惟信學士〉。

〔註29〕《中國小說史略》云，《金瓶梅》一書，作者不知何人，沈德符云是嘉靖間大名士（見《野獲編》），世因以擬大倉王世貞，或云其門人（康熙乙亥謝頤序云）。（第十九篇）

〔註30〕〈雜事秘辛〉討論文字請另見本論文第四章楊慎之文學第一節二詩文主張（4）「小說」；〈武武祠詩〉，討論文字，請見第三章楊慎生平考述（下）第四節二治學（1）尚友古人「諸葛武侯」一段。

三、文學資料的運用方法

由於升菴多見古書，尤含咀六朝英華，故精於用典，易曰：「君子以多識前言往行，以畜其德。」（大畜卦象辭）用典在文學上自始本有相當意義與功能。今參酌以六朝、唐人文學，可以究明升菴取事體物之得失。〔註31〕又升菴力持「諺語有文理」（《升菴詩話》卷十三），每以之為題材，並常「點竄民歌寄託鄉思」；謠諺本有三百篇道志美刺的遺意，吾人適足以據謠諺的表現，以評詁升菴作品其興、觀、羣、怨所在。〔註32〕

又，升菴以在翰林修撰任內，曾經預修《武宗實錄》，「典事必直書」（見〈函海本年譜〉），其文學作風所以承漢儒樸學精神，理由在此，而升菴同時又兼得老、莊、屈、宋的藝術思想，於是成就其文學批評方面彬彬之勝狀。今研究升菴文學主張，取資來源則凡《升菴外集》中文藝部份〈論文〉〈詩品〉論詩及詩人，〈騷賦〉論楚辭、漢賦，〈詞品〉論詞，并《升菴文集》《升菴詩話》中論詩文者，文學批評史中關於升菴之討論文學，以及後出的敦煌文獻，〔註33〕現代海內外升菴之研究等，皆須參酌引徵。

上述有關升菴各種資料的分類，本非各劃畛域，其實可以交相挹注。批評及創作方面，如升菴有〈邯鄲才人嫁為廝養卒婦〉古樂府（文集卷十四），即有鑒於「六朝及唐人擬作者，皆似眯目道黑白」，故升菴特據正史考訂才人事，別製一篇，來歌詠此戰國一世之佳話。又如〈詠梅九言〉（卷三十八），自註云：「元僧高峯有此詩而不佳，特賦一首」，皆創作中寓有批評意味。至生平與文學作品方面，有〈渡黑龍江時連雨水漲，竟日乃濟〉五律（文集卷十九）一首，按升菴遠涉東北極邊地區一事，史乘付闕如，今推論雖升菴前赴黑龍江的可能性不大，但或因此可以啟發吾人多闢一蹊徑，即多運用文學作品以補充生平事蹟資料。

本文撰寫過程，凡有所評論或詮釋，每須根據重要背景資料，同時採科際整合方式，如援用人格心理學知識，詮釋升菴佯狂心態等，〔註34〕如此庶

〔註31〕請參看第四章第二節「三、典故之運用」。

〔註32〕請參看第四章第二節四（1）謠諺。

〔註33〕黃永武著《敦煌的唐詩》一書，其中〈敦煌所見李白詩四十三首的價值〉一篇，多舉明嘉靖癸卯刊本與敦煌殘卷本比較；又黃氏另有〈昔人已乘白雲去——敦煌本唐詩的價值〉一篇（見洪範版《讀書與賞詩》）本文第三章第四節二治學尚友古人一段引用之。

〔註34〕參看第三章第四節秉性與治學。

不致流於臆測武斷；否則，若曲予迴護，或刻意訐短，皆有悖客觀與公正。

　　升菴云：「論文者當辨其美惡，而不當以繁簡難易也。」蓋「有德之文，信；無德之文，詐。」〔註 35〕則有德、無德，美惡斯辨，此亦有清學者如章實齋在《文史通義》中特別揭櫫「文德」專篇，以爲臨文座右之深意云。

〔註35〕見《升菴文集》卷五十二文類〈論文〉及〈李華論文〉兩則；《外集》中卷五十二亦載之。

第二章　楊慎生平考述（上）
——邑里、世系與年譜新訂

　　唐劉知幾（西元 661～721 年）《史通》有〈邑里〉一篇云：「昔五經、諸子，廣書人物，雖氏族可驗，而邑里難詳。逮太史公始革茲體，凡有列傳，先述本居。」又清章學誠云：「周官，小史奠系世，辨昭穆。杜子春注，系世，若諸侯卿大夫系本之屬是也。」〔註1〕後世學者每相沿用此一史學方法，配合人物年譜以章明傳記人物一生志業。今欲探究升菴生平種種，請先由升菴的本居與出身家世入。

　　由於升菴先祖經過避亂，並兩度遷徙，如此傳衍而下，其忍受磨難的心情，以至剛正不阿的秉性，是否會蟄伏在子孫一輩，如升菴本人的意識之中，誠未可必。因而列敘升菴的邑里、世系與年譜，豈止消極的爲了不遽泯升菴先人的「姓名、爵里、存沒、盛衰之跡」〔註2〕而已。現在請先列敘升菴生長的地緣，與承啓的血緣，這將是認識升菴成學的張本（末附升菴世系圖表），再及升菴年譜，期能與前後敘述部分的文字相表裏，「使讀者簡便，舉目可詳」。〔註3〕

第一節　邑　里

一、新都故址

　　明史本傳謂楊慎「新都人」，按明代新都係成都府屬縣，今址在四川省新

〔註1〕見《文史通義》方志略例二〈永清縣志士族表序例〉。
〔註2〕借梁章鉅（西元 1775～1849 年）《退菴筆記》中語。
〔註3〕《升菴外集》卷三十八〈史評〉語；《升菴外集》以後引述概稱《外集》。

都縣東二里。〔註4〕《升菴文集・地誌》一條曾特別指出：「今之新都，非王莽所封之新都。」升菴於其下自註云：「王莽新都在南陽，見《後漢書・志注》。」（以上見《文集》卷七十七）。按、西漢置「新都侯國」，屬南陽郡，治所在今河南新野縣東南四十里九女城。漢成帝永始元年（西元前16年）封王莽爲新都侯。東漢廢。（《中國歷史地名大辭典》）

　　根據今人描述，「四川成都平原上的新都，是一座十分美麗的城市。新都的桂湖，向有小西湖之稱，是一座雅麗清幽，極富於詩意的園林。環繞著桂湖的桂樹有六百多株，半數以上是百年老樹；其中還有一株五百年的丹桂，被譽爲桂花王。湖畔有『升菴殿』──楊升菴著述故址。」〔註5〕數百年前，升菴即曾遣興湖畔，留下一首流麗的古樂府：

　　　　君來桂湖上，湖水生清風，清風如君懷，灑然秋期同。　君去桂湖上，湖水映明月，明月如懷君，悵然何時報。湖風向客清，湖月照人明，別離俱有憶，風月重含情。　含情重含情，攀留桂之樹，珍重一枝才，留連千里句。　明年桂花開，君在雨花臺。隴禽傳語去，江鯉寄書來。

　　　　　　　　　　　　　　　　　　　　　──桂湖曲送胡孝思〔註6〕

二、新都人文

　　升菴終身以蜀地文章之盛美，人才之輩出爲一己慕賢思齊的典型，〔註7〕尤其心儀諸葛武侯（西元181～234年），嘗賦詩以武侯與靖節（陶潛西元365～427年）的雅志，狀寫友人出處進退之有前賢風。〔註8〕而新都一縣，自古鍾秀之氣，對於升菴的薰染啓導，可以從〈新都縣八陣圖記〉〔註9〕一文窺其一斑：

　　　　諸葛武侯八陣圖在蜀者二，一在夔州之永安宮，一在新都之彌牟

〔註4〕按《明史》卷四十三，志第十九「地理」四川「成都府」；又據《讀史方輿紀要》索引《中國歷代地名要覽》、「新都縣」條考訂今址。
〔註5〕見郭嗣汾著《細說錦繡中華彩色珍本》頁211。
〔註6〕見《太史升菴文集》卷十三。《太史升菴文集》，以後引述簡稱爲《文集》。
〔註7〕見《文集》卷二〈四川總誌序〉一文。
〔註8〕見《文集》卷廿七〈送彭幸菴尚書致仕二首〉（二）題目小注。
〔註9〕見《文集》卷四。〈新都縣八陣圖記〉一文亦選入《明文海》卷三百五十八記三十二「遊覽」。

鎮。……新都爲成都近郊，則其恒所講武之場也。……嗟乎，國之
興亡，天也，而千載之下，君子獨遺恨於蜀漢之事者，非以武侯故
邪？至其故壘遺墟，獨爲之愛惜不已，乃其忠義之激人，不獨其法
制陣伍之妙也。……在吾新都者，其地象城門四起，中列土壘，約
高三尺，耕者或劃平之，經旬餘復突出。此乃其精誠之貫，天之所
支，而不可壞者，蓋非獨人愛惜之而已耳。

三、新都佳話

　　升菴父石齋公，雖長年旅居京師首善，但對於新都故里，則無時或忘，
常思有所建樹，以增進鄉人福祉。明焦竑嘗志錄石齋公行誼云：

　　楊公廷和（西元 1459～1529 年），生多宦遊，每歸，則爲鄉人建一
　　惠局。初，通水利，灌溉田萬頃，鄉人德之，號爲「學士堰」。次，
　　捐建坊費，修縣城，城成賊至，生命以萬計。次，置義田於城西北，
　　以贍族人。蓋三歸而修創利物業三焉。（《玉堂叢語》卷之一）

如此熱心公益之餘，對於子弟而言，不啻是一種爲人父者愛鄉的身教示範。
升菴讀書有雜記一條，題曰〈爲善最樂〉（《文集》卷七十二），剛好可以用來
旌表這一位功在桑梓的好人。

四、成都風物

　　成都別稱錦官城、錦城或錦里，自古文風鼎盛，崇尚風雅，左太沖〈蜀
都賦〉所盛讚，而升菴所樂道；雖則唐肅宗（西元 756～763 年）上元年間有
花敬定者，在錦城驕奢一時，而〈成都十二月市〉（《文集》卷七十）與詩樂
笙簧風尚，究已成爲此一名都的文學掌故。升菴云：

　　杜子美（杜甫西元 712～770 年）七言絕近百，錦城妓女獨唱其贈花
　　卿一首，所謂「錦城絲管日紛紛，半入江風半入雲。此曲只應天上
　　有，人間能得幾回聞」也。蓋花卿在蜀，頗僭用天子禮樂，子美作
　　此諷之，而意在言外，最得詩人之旨。（《文集》卷五十七〈錦城絲
　　管〉或《升菴詩話》卷一）。

成都府去新都縣不過數十里，故常見升菴遊踪。七八百載之後，升菴力追子
美此一七言絕句，也曾寫下「錦波澄霽色，丹樓生晚輝」的成都夕照傳世（《文

集》卷十八〈錦城夕〉)。

第二節　世　系

一、先　世

　　《新唐書‧宰相世系表》云：「楊氏出自姬姓，周宣王（西元前 827～782年）子尚父封爲楊侯。一云，晉武公子伯僑生文，文生突，羊舌大夫也。（突孫肸，字叔向）晉太傅，食采楊氏，其地平陽，楊氏縣是也。叔向生伯石，字食我，以邑爲氏，號曰楊石。」〔註10〕此歐陽修（西元 1007～1072 年）以爲最初楊姓（氏）之所由來。

　　對於升菴的先世，筆者所能知道的是舊傳升菴年譜的記載，云：

> 其先廬陵人，六世祖諱世賢者，元末避歐祥之亂，徙楚麻城，再避
> 紅軍亂，乃入蜀居新都。世賢生壽山，壽山生玟，玟生湖廣提學僉
> 事留耕公春，留耕公配葉氏，子七人，長廷和，即公父，少師石齋。

〔註11〕

按，「廬陵」一地，漢、唐以後，是指江西吉安府廬陵縣，現址在江西省吉安縣，〔註12〕「麻城」，則在今湖北麻城縣東。〔註13〕「歐祥之亂」，當指「歐普祥之亂」，《新元史‧歐普祥傳》云：「歐普祥，黃州黃岡人，（順帝）至正十一年，從徐壽輝以燒香起兵爲元帥，人稱爲歐道人，引兵掠江西諸郡，攻陷袁州。……普祥性殘暴，所過焚掠無遺。」〔註14〕又「紅軍亂」，當指「紅巾賊之亂」，蓋歐傳附鄧克明傳，亦言「紅巾賊陷臨江」，〔註15〕「紅

〔註10〕《新唐書》卷七十一下「宰相世系表」。
〔註11〕據《函海本升菴先生年譜》。另據大陸學者馮修齊〈新都楊氏族譜考論〉一文所引楊氏族譜有三種，即《楊氏敦本堂家譜》《楊氏傳家寶》及《新都楊氏家譜》，前二種皆以春秋楊舌氏之食采於楊，爲楊升庵之始祖，而末後一種家譜則以東漢弘衣郡華陰縣的楊震爲始祖，是別爲一說（見《楊升庵研究論文集》頁 181～198）今諸家譜或存新都楊升庵或在後裔楊開富手中，尚未以全豹傳世。
〔註12〕據《中國歷代地名要覽》頁 700。
〔註13〕據《中國歷史地圖》（文化大學出版）。
〔註14〕《新元史》卷二百二十七。元時袁州今江西省（廬陵道）宜春縣，見《中國歷代地名要覽》。
〔註15〕元時臨江府，今江西省（廬陵道）清江縣，見《中國歷代地名要覽》。

巾」一詞，則始於至正十一年至十五年（即西元 1351～1355 年）間，潁州妖人劉福通等擁韓山童爲「中國主」，「刑白馬黑牛，誓告天地，遂同起兵，以紅巾爲號」。〔註 16〕升菴《古今謠諺》收有〈至正民謠〉一則云：「葦上成旗，民皆流離，葦生成槍，殺伐遭殃。」（《古今謠諺·拾遺》卷四）可以想見升菴六世祖在元季末世必然經歷一段造次與顛沛，最後才入蜀定居新都。

二、父　母

升菴父楊廷和，字介夫，號石齋。明英宗天順三年己卯（西元 1459 年）生。年十三舉於鄉，憲宗成化十四年戊戌，年二十，先其父留耕公成進士。武宗正德七年十月，晉少師兼太子太師華蓋殿大學士。尋爲首輔。世宗嘉靖二年，晉太傅，不拜，以議大禮〔註 17〕忤旨，力求去，令致仕，七年，詔定議禮諸臣罪，削職爲民，明年六月卒，年七十一。穆宗（1567～1572 年）隆慶初，詔復故官，諡文忠。〔註 18〕

史謂廷和議大禮一事「未準酌情理，以求至當，爭之愈力，失之愈深」，〔註 19〕以春秋之義責之，或誠有失絞直？而文忠公爲正統名分，爲千秋之爭，固已抱定「劫之以眾，沮之以兵，見死不更其守」，應無愧乎特立剛毅的儒行本色。〔註 20〕

明焦竑《玉堂叢語》一書，對於升菴的父親在言語、政事、籌策等方面

〔註 16〕〔校記〕事見《元史紀事本末》（明陳邦瞻撰）卷二十四「小明王」之立。又《升菴文集》六十八卷〈曾義山〉條下亦載元至正（西元 1341～1368 年）間瑞州上高縣，曾義山得《銀河棹》一書後「占卜如神，邑人皆知預避，紅巾賊行掠無所得，恨欲殺之，隱匿縣西觀音閣得免。」

〔註 17〕武宗崩無嗣，楊廷和等請立興獻王子朱厚熜爲帝是爲世宗。後由於興獻王主祀稱號大禮，遂與張璁有繼統繼嗣之爭；先後封還御批者四，執奏凡三十疏。事詳〈世宗本紀〉及楊廷和本傳。

〔註 18〕〔校記〕本段參考《明史》楊廷和本傳（在卷一百九十）並《函海本年譜》。其中載廷和「舉於鄉」與「成進士」年歲，年譜分別作十三及二十，晚於本傳之作十二及十九有一年之差，唯年譜記有石齋出生在「天順己卯」。今比對本傳「憲宗成化十四年成進士」及錢謙益《列朝詩集小傳·丙集》「楊少師廷和」載「成化戊戌進士」者訂其年。

〔註 19〕趙翼（西元 1727～1814 年）《陔餘叢考》卷十四〈明史「大禮之議」〉引《明史》傳贊語。按贊語見《明史》卷一百九十一，列傳第七十九。

〔註 20〕《禮記·儒行篇》。

的行誼，多所採錄，其中述及文忠公頗能感知「今之從政者殆而」的無常，亦升菴所謂「途之畏者莫如宦」（《文集》卷六〈與徐用先書〉）之意。其言云：

> 楊石齋當國日，一弟為京卿，二弟為方面（按，居一方將帥之任者），
> 諸子姓布列中外甚眾。子慎復舉進士第一人，賀者畢至，公顰蹙曰：
> 「君知為傀儡者乎？方奏伎時，次第陳舉，至曲終，必盡出之場。
> 此亦吾曲終時已，何賀為？」亡何，公以議禮不合去，慎謫戍滇南，
> 而僉事恂以殺人抵大辟，家聲頓衰。〔註21〕

清《四庫全書》收有《楊文忠公三錄》七卷，《總目提要》考評其文詞與內容的得失，云：

> 其奏疏有過於樸率之病，然告君以達意為主，不以修詞為工。如正
> 德中〈請慎重郊廟疏〉、〈請還宮疏〉，嘉靖中〈請停齋醮疏〉，皆指
> 陳時弊，在當日可謂讜言，其他亦多切直中理，言雖質直，而義資
> 啟沃，固與春華自炫者異矣。〔註22〕

今見國外研究機構另收有文忠公所撰《辭謝錄》四卷、《題奏前錄》一卷、《視草餘錄》二卷，〔註23〕以及《樂府餘音》一卷。〔註24〕

關於《樂府餘音》，近人鄭西諦（西元1898～1958年）以為：「其情調大類張雲莊的《休居樂府》。但也很有瀟爽之作，像〈三月十三日竹亭雨過（天淨沙）〉──『風闌不放天晴，雨餘還見雲生。剛喜疏花弄影，鳥聲相應，偶然便有詩成。』」鄭氏於「楊廷和所作散曲集，有《樂府遺音》」下，自注云：「《樂府遺音》（按、一作〈樂府餘音〉）有明刊本，混雜於升菴十五種內，故論著每誤為升菴作。」〔註25〕

所謂「混雜」與「誤為」也者，不一定可以推斷為二人同風，但試吟升菴《樂府補遺》中，如〈黃鐘畫眉序題月〉一曲：「玉宇動涼風，夜靜仙宮捲雲箔。喜南山兔影，十分圓足。初疑是金餅堆盤，却又是冰輪出谷。」〔註26〕

〔註21〕焦氏《玉堂叢語》卷五「識鑑」。
〔註22〕引《四庫全書總目》卷五十五〈史部詔令奏議類〉。
〔註23〕見《日本京都大學人文科學研究所漢籍目錄》頁114，史部第八詔令奏議類，二奏議之屬。書目下繫以小字云：「明楊廷和撰，昭和四十二年（西元1967年）本所用東京內閣文庫藏萬曆三十五年序刊本景照。」
〔註24〕前揭書頁686，與《陶情樂府》卷四（子慎撰）、《楊夫人樂府》卷三（媳黃峨撰）同列入《飲虹簃所刻曲》（盧前輯，民國二十五年金陵盧氏刊本）。
〔註25〕見鄭氏《中國文學史》頁801，第五十三章〈散曲的進展〉。
〔註26〕見《陶情樂府·拾遺》。

由此數語又見月夜清景無限，不亦別有一番古趣與畫意，而令人暫去人間的煩燠與寵辱！

升菴母黃氏，四川眉山黃明善三女，外祖明善公，雲貴提學副使。〔註27〕升菴十歲時，母氏教之句讀，並授以唐絕句，往往成誦，又用筆管印紙作圈，令升菴在其中寫字，告曰：「我雖不諳書法，然而卻知循此練習，楷書端正，自有可觀。」升菴因此奮志誦讀，不出外戶。弘治十二年己未，升菴母卒，今可考知，得年不滿卅。〔註28〕

繼母喻夫人，成都府內江縣人。正德八年癸酉卒。封一品夫人。升菴舅氏喻士積（《文集》卷十一〈孝烈婦唐貴梅傳〉）。

太孺人蔣氏。生卒未詳。

三、叔　父

升菴父少師石齋為長子，其餘倫序如下：

二叔廷平，號龍山。

三叔廷儀，號瑞虹，兵部右侍郎。

四叔廷簡，早卒。

五叔廷宣，號龍崖。

以上皆葉夫人出。

六叔廷歷。

七叔廷中。

側室王氏出。

四、諸弟妹

升菴同父異母（蔣氏）弟三人、妹二人，從弟則七人，附說表弟二人：

（1）二弟惇，太孺人蔣氏所生，號敘菴，世宗嘉靖二年癸未進士，兵部

〔註27〕據《文集》卷八〈姨母黃淑人墓誌銘〉一文。

〔註28〕〔校記〕據《文集》，同一篇云：「（眉山黃公明善生五女）長適眉州引禮熊瑋，次適長壽御史周蕃，次為吾母，次為淑人，次適香河丞崇慶萬衡。淑人諱惠端，字莊閨，以成化辛卯三月五日生」，則升菴母為淑人三姊，其生當又在「成化辛卯」，即憲宗成化七年（西元 1471 年）前；故母之卒於弘治十二年（公元 1499 年），計其年壽恐不能超過而立。升菴母氏生年不見於舊傳年譜、文集或正史，因間接推測如上述。

職方主事。今考訂其生於弘治二年己酉（西元 1489 年）正月十二日，[註29]卒於嘉靖三十六年丁巳（西元 1557 年）八月。

二弟惇少時與升菴同師魏雪溪學易，亦常能讀書得間，升菴曾記其事，題爲〈易說卦坎爲盜〉（《文集》卷四十一）。又二人必常以論詩爲樂，升菴文集中有〈鴻嘶猿唳〉一則云：「周賀詩『鴻嘶荒疊閉』，鴻未聞嘶也。近日一士夫詩『枕上聞猿唳』。余弟敘菴戲之曰：『猿變爲鶴矣。』」（《文集》卷六十）

升菴與弟，自幼手足情深，長大以後，雖兩地契濶，亦不忘共賦小雅之〈常棣〉。升菴有〈壽敘菴司馬弟（生辰正月十二日）〉詩云：

> 酉君初度早逢春，千里相思隔錦津。棣萼連枝情不盡，筆花池草夢
> 何頻。廟堂閒却絲綸手，山水能娛樂壽身，繞膝斑衣當蔗境，何須
> 止酒負芳辰。[註30]

升菴戍滇期間，敘菴亦和以〈七犯玲瓏〉散曲多首，寄其遙思，中有「南滇修阻，□我無由縮地，空嘆路悠悠，任乾坤到處可淹留，信雌雄隨寓能堅守」之句（見《飲虹簃刻曲·玲瓏唱和》）。

以至古稀，友愛不衰；洎乎永訣，眞情遂流露無遺。升菴〈祭敘菴弟文惇〉[註31] 云：

> 七袠（按，「袠」同「袟」、「帙」。七袠，七十歲）將隮，我歸自滇，
> 兄酬弟勸，翕樂周恕。掀髯北寺，握手東田，觴我於庭。……豈意
> 宴席，化爲幾筵，逝水如斯，朝露溘然，具爾凋喪，門祚中顚，又
> 弱一個，何忍余捐？嗚呼！余生則先，弟亡則前，前後存亡，誰質
> 諸天？而今而後，遂隔壞泉，余辭有盡，余悲曷鐫？

（2）三妹：未詳其名。婿余承勛，正德十二年進士（據《明清歷科進士

〔註29〕〔校記〕《文集》卷九，〈祭敘菴弟文（惇）〉云：「我生與弟，先後之年，呱呱而泣，形分氣連，夏炎合簟，冬寒並氈……八歲就傅，雙筆一研，嬉戲偕止，出入隨肩。」可見升菴與敘菴年歲甚近；又同書卷卅一有〈壽敘菴司馬弟生辰正月十二日〉七律一首，起句云：「酉君初度早逢春」，按、《論衡·物勢》「酉、鷄也。」清初書畫家蔣廷錫，康熙八年己酉生，亦號「酉君」；故升菴稱弟爲「酉君」則生肖屬鷄可知，而「生與弟先後之年」，升菴生於弘治一年戊申，則弟當生於弘治二年，歲次己酉（與上述蔣廷錫生年同干支是爲巧合），昆仲相差一歲耳。

〔註30〕見《文集》卷卅一「七言律詩」。另有五律〈憶用敘弟〉在卷十九，不具錄。

〔註31〕見《文集》卷九。

題名錄》），有〈與楊用修峨眉聯句〉（圖書集成山川典一七五峨眉山部）。

（3）四弟恒：蔣氏所出，號貞菴，廕中書舍人陞大理右寺副。今考訂其生於弘治七年甲寅，〔註32〕嘉靖八年乙丑卒於家〔註33〕（西元 1494～1529年）。升菴與恒論學者今見〈微子面縛〉一則（《文集》四十七），又〈別用貞弟〉詩一首亦甚見「情致」：〔註34〕

> 征馬矯西首，離琴揚南音。懿親將遠別，置酒坐華林。中量豈獨淺，
> 強飲不盡斝。分手即歧路，千里在寸陰。習習東來風，飄飄游子心。
> 山川脩且闊，羈思壯難任。馳情天一涯，結夢江之潯。要我清商節，
> 聆子吹篪吟。

（4）五弟忱　號孚菴，武宗正德十一年丙子（西元 1516 年）舉人。先石齋公卒（據《明文海》四五三卷趙貞吉〈楊文忠公神道碑〉）。

升菴云：「余少年與恒、忱二弟賞梅世耕莊，懸掛燈於梅枝上，賦詩云：『疏梅懸高燈，照此花下酌。只疑梅枝燃，不覺燈花落。』」（《升菴詩話附錄‧賞梅懸燈》）。

（5）小妹　不詳其名。妹婿劉大昌（珥江），舉人，〈玲瓏唱和〉中有和作。

（6）從弟　愷、俤，二叔龍山公之子。俤曾為升菴雜劇《洞天玄記》作序。

從弟　恂、愃（未菴）、性，三叔瑞虹公之子。

升菴云：「余弟姚安太守未菴愃，字用能，酒邊誦一絕句云：『亭亭畫舸繫春潭，只待行人酒半酣。不管烟波與風雨，載將離恨過江南。兄以為何人詩？』余曰：『按《宋文鑑》，則張文潛（名耒，西元 1052～1112 年）詩也。』未菴取《草堂詩餘》周美成（名邦彥，西元 1056～1121 年）〈尉遲杯〉注云：『唐鄭仲賢（名文寶）詩。』余因歎唐之詩人，姓名隱而不傳者何限。或張文潛愛而書之，遂以為文潛之作耳。」〔註35〕又〈玲瓏唱和〉中，愃亦有和作，中有「憶

〔註32〕《文集》卷九〈祭用貞弟文恒〉云：「維弟之生，後余六齡」。

〔註33〕〔校記〕《文集》卷九祭文又云「兄弟索居，乘絕岷滇，五年于茲。」按升菴謫戌雲南並前往戍所在嘉靖四年正月，言「五年于茲」；聞弟恒訃音，為文以寄，時當在嘉靖八年。

〔註34〕《文集》卷二十。篇中有署名「玉溪」（即張潮惟信）者於「強飲不盡斝」句下評注云：「甚情致」。另有〈寄用貞弟〉七律一首，在卷三十，〈河橋篇寄用貞、愍昭〉長短句一首，在卷三十九，茲不具引。

〔註35〕明胡應麟《少室山房筆叢》中〈藝林學山〉引《升菴詩話》〈唐詩人鄭仲賢〉

昔臨期送別，想像到溪頭……昏昏情思壓雙眸，何日共衾裯」句。

從弟悅、惟、五叔龍崖公之子。

升菴與諸弟每於春秋佳日，相偕出遊，升菴有〈九月望日與諸弟夜泛〉一首〔註36〕云：

嘉木繞通川，空林衆籟傳。江天清近榻，霜月冷侵船。盡日供愁坐，連宵只醉眠。不同池上酌，何事有新篇。

又有七律一首，題〈三月廿八日與諸弟出野觀社，笋輿穿窄徑，日中乃得平路，小憩大梵寺〉（卷二十七），村徑野田，明暗之間，兄弟一行，其樂也融融。

（7）表弟　韓適甫，指揮使。

表弟韓述甫，州學生。

二人皆姨母黃淑人所生。叔人係瀘州（四川）舊昭勇將軍松潘右參將蒼雪韓恩之妻。〔註37〕

升菴有五律一首〈六月八日第四雛生用韻答二韓表弟（適甫：述甫）〉〔註38〕抒寫與其「多情二表弟」的情誼。

五、妻及妻族

升菴元配早逝，繼室無子，納少室二、副室一：

（1）元配王安人　安人父禮部主事王溥，母朱氏。王世爲龍州（四川龍安府）宣撫司人，與升菴父石齋公爲「莫逆」。正德二年丁卯（西元 1507 年）九月來歸，年二十一。爲婦十二年，勤生儉用，以佐理有家。安人生於憲宗成化二十三年丁未（西元 1487 年）五月廿七日，正德十三年戊寅（西元 1518 年）七月七日卒。〔註39〕

升菴於安人逝世後，作〈新秋悼亡〉五律二首。仲秋又作七絕二首，其前序嘗抒其感慨云：

一條，下有按語云：「按唐詩人並無所謂鄭仲賢者，恐草堂注誤。此詩亦類文潛，當是其作，俟續考之。」又、升菴批點有《草堂詩餘》五卷。又《宋文鑑一百五十卷》宋呂祖謙（西元 1137～1181 年）編，關於學術治法者最多。已輯入清《四庫全書‧集部總集類》。

〔註36〕《文集》卷十九。
〔註37〕《文集》卷八。
〔註38〕《文集》卷十八。「第四雛生」，謂升菴四子同仁出生。年譜所載「乙未六月」云云是。
〔註39〕參照《文集》卷八：〈亡妻王安人墓誌銘〉。

八月十三日夜，夢亡室安人，驚泣而寤，因思去年丁丑是日在京師，安人未明興告予曰：「今日趨朝，不可如常日之宴。」蓋其日警蹕，值新狩還也。今遇是日感其賢淑；又小子週二歲之晬，重感賦絕句二首。〔註40〕

又踰月，有〈九月三日見新月（時有悼亡之戚）〉五古一首，寫出「纖纖初生月，今夕流悲光」的感傷心緒。〔註41〕

（2）繼室黃夫人　夫人名峨，四川遂寧縣黃簡肅公珂之次女。正德十四年己卯（西元1519年）與升菴結褵。清錢謙益云：「用修之戍滇也，初攜家以往，及文忠公卒，用修奔喪畢，還戍所，而安人（按，指黃夫人）留于蜀，庀家政焉，安人博通經史，工筆札。閨門肅穆，用修亦嚴憚之。詩不多作，亦不存稿，雖子弟不得見也。寄用修長句及小詞，為藝林傳誦，而用修亦云：『易求海上瓊枝樹，難得閨中錦字書。』讀者傷之。」〔註42〕夫人生於弘治十一年戊午（西元1498年），卒於穆宗隆慶三年己巳（西元1569年）。無子。今有夫人曲三卷，并升菴《陶情樂府》合為一編，稱《楊升菴夫婦散曲》行世。

升菴〈春雪寄內〉詩嘗比夫人為晉詠絮才女謝道韞。〔註43〕其後升菴久戍不歸，夫人思之，作〈寄夫〉詩寄情云：

雁飛曾不到衡陽，錦字何由寄永昌。三春花柳妾薄命，六詔風烟君斷腸。曰歸曰歸愁歲暮，其雨其雨怨朝陽。相聞空有刀環約，何日金鷄下夜郎？〔註44〕

升菴在滇期間，新都故里方面，舉凡「主持家政、教育子姪，均由夫人負責，稱為楊門的程嬰、杵臼」。〔註45〕

〔註40〕五律二首見《文集》卷十九，七絕見《文集》卷卅六。其中「小子週二歲之晬」，指升菴副室（不詳其姓氏）之子恩仁，而安人為之養育者，〈王安人墓誌銘〉云：「安人數孕不育，恩仁者，副室之子也。彌月而母亡，安人以為己子，鞠而翼之，過於所生，人以為難。」

〔註41〕《文集》卷十五。

〔註42〕錢氏《列朝詩集小傳》閏集：「楊安人黃氏」。

〔註43〕謝道韞（蘊），晉謝安（西元320～385年）大兄謝無奕之女，左將軍王凝之（～西元399年）之妻。詠絮事（「未若柳絮因風起」）見劉義慶（西元403～444年）《世說新語·言語篇》。又、《晉書》亦立有〈列女謝道韞傳〉。

〔註44〕黃峨詩原見明華淑編《明詩選最》（後易名《明人選明詩》）卷五。今見《楊愼詞曲集》頁430（王文才輯校）。

〔註45〕梁容若〈楊愼生平與著作〉一文，《作家與作品》（臺中：東海大學民國六十年）頁5。程嬰杵臼事見《史記·趙世家》。

　　夫人父，黃珂，字鳴玉，憲宗成化廿年（西元 1484 年）進士，累官至南京右都御史，工部尚書，卒贈太子少保，諡「簡肅」。升菴有〈祭黃簡肅公文（珂）〉一文備述其流惠江鄉，有功社稷之大概，並云：「愼早忝通家復室公子，黃、楊之穆有自來矣……曾幾何時，忽已隔世……」〔註46〕簡肅公卒於嘉靖一年壬午（西元 1522 年）。

　　夫人母，聶太夫人，系出楚麻城（今湖北麻城縣東），移居蜀樂里（四川潼川州樂至縣）。〔註47〕黃簡肅公初登進士，太夫人來嬪。平生敦尙儉樸，樂施恤孤；最惡輕囂驕傲，恒以此訓子孫。生於憲宗成化八年壬辰（西元 1472 年）五月六日，嘉靖二十二年癸卯（西元 1543 年）五月七日申刻，卒於內寢，明年九月十六日合葬於簡肅公舊阡土橋山之陽。〔註48〕

　　升菴內兄黃峻卿，名崙，升菴於其卒後，爲作墓銘；內弟黃秀卿名崋。並皆有詩相贈。〔註49〕

　　（3）少室周氏　江西（廬陵道）新喻縣人，升菴於嘉靖十三年甲午（西元 1534 年）經臨安所納。

　　（4）少室曹氏，北京人，嘉靖二十一年壬寅（西元 1542 年）八月納於戍所。

　　升菴早年另有一副室，〔註50〕姓氏生卒均不詳。

六、子　姪

　　升菴有子四、孫一、從子（即姪）一：

　　（1）子耕仁　乳名耕耕，早殤，元配王安人所生，生年約在安人來歸（正德二年）以後數年間，卒年約在正德十年，十一年間。〔註51〕

〔註46〕《明史》本傳在一百八十五卷。祭文見《文集》卷九。

〔註47〕〔校記〕《明史》卷四十三，志第十九地理四，四川「潼川州」下有領縣七，
　　　　第七即樂至（縣）。又商務版國學基本叢書第三〇八《升菴全集》本文斷句作
　　　　「移居蜀樂」，「至父……」屬下讀。查中華版《四部備要・歷代地理志韻編
　　　　今釋》（清李兆洛輯）卷十九藥韻中「樂」字，並無「蜀樂」一地。《中國歷
　　　　代地名要覽》亦未之見。

〔註48〕據《文集》卷八〈黃母聶太夫人墓誌銘〉。

〔註49〕《文集》卷八〈南津黃君峻卿墓銘〉；卷十三〈幡幡中林葉別內兄黃峻卿〉（古
　　　　樂府）一首，卷十九〈送內弟黃秀卿（還遂寧）〉五律一首。

〔註50〕見《文集》卷八〈亡妻王安人墓誌銘〉云：「安人數孕不育，恩恩者，副室之
　　　　子也，彌月母亡安人以爲己子。」

〔註51〕《文集》卷八〈亡妻王安人墓誌銘〉云：「癸酉（按正德八年）太夫人喪，從

（2）子恩仁　乳名恩恩，副室所生，生年當正德十一年丙子八月，至正德十三年戊寅八月，剛好「週二歲之晬」（參見前引升菴悼王安人詩前序）。後亦夭殤，卒年未詳。

（3）子同仁　少室周氏所生，生於嘉靖十四年乙未（西元 1535 年）六月，嘉靖三十六年丁巳（西元 1557 年）六月卒，年二十三。〔註52〕升菴視之為長子。無嗣。

按、耕仁、恩仁外，升菴當另有一子廁同仁之前，故稱同仁之出生為「第四雛生」（文集卷十八）

（4）子寧仁　嘉請二十二年癸卯（西元 1543 年）十二月，由少室曹氏所生，嘉靖三十七年戊午（西元 1558 年），娶瀘州滕恩官女為室。

升菴有〈詠端溪硯廿韵示兒〉排律一首，〔註53〕頗以書藝及德業之事訓子，中有「讒邪憂呂望，博厚景宣尼」句。

（5）孫　金吾，即寧仁長子，字伯承，蔭官尚寶卿，升授中憲大夫，晚年辭歸，自稱田叟，平生好讀書，有詩文行世。崇禎八年（西元 1635 年）卒，享年七十。

宗吾，即寧仁次子，字伯相，蔭官指揮同知，升授錦衣簽事，萬曆二十四年（西元 1596 年）朝廷命其主持中州（今河南省一帶）採礦。曾校點《升菴雜刻》。〔註54〕

（6）姪　有仁，進士。有仁當即升菴四弟恒（貞菴）或五弟忱（孚菴）後，並非二弟惇（敘菴）之子。〔註55〕

予還家……至家三年哀哭如一日，服除北上（按舊傳年譜謂「乙亥服闋，冬十二月北上」，乙亥是正德十年），因子耕仁殤，哀傷成疾。」

〔註52〕據清李調元校年譜，同仁生於「乙未（年）六月」，卒於「丁巳六月」，是得年二十三。梁容若氏則云「嘉靖三十六年六月，升菴長子同仁卒，年僅二十歲。」（見梁著〈楊慎生平與著作〉）。

〔註53〕詩見文集卷二十。按端溪在今廣東省高要縣東南，爛柯山西麓。

〔註54〕據前註梁文云：「（寧仁娶滕女）時年十六。升菴卒後，黃夫人到瀘州接寧仁等歸新都，負責教養。……升菴有孫名宗吾，曾校刻《升菴遺集》，著有《檢蠹隨筆》。」又云：「《升菴遺集》二十六卷，明王象乾校序，一名《升菴雜刻》，明萬曆間楊宗吾校刻本。」

〔註55〕〔校記〕升菴弟「恒」卒時約三十五、六歲，惟可能婚娶較晚或得子遲，故升菴於〈祭用貞弟文〉云：「呱呱遺稚，始勝童衣。」（《文集》卷九）而〈祭敘菴弟文〉云：「有子承家，業繼門專，復育袿負，瓜瓞其綿。」（同卷）前者身後孤子尚幼，後者子孫相衍，則年譜（據《函海本》）所說「從子有仁，

　　眉山黃氏相夫教子，啓蒙升菴以「端正」二字訣，少師石齋公在朝，始終持論不撓，力爭義理，示範升菴以「剛正」的眞諦。因此，升菴日後之毅然以身許天下，固還有其他種種因素，但自其所受庭訓母教，也可以審知原故一、二。又升菴元配的賢淑，繼室夫人的才德智慧，是給予升菴宦海浮沈中的安定力量，是呈現在升菴羈旅孤寂中的一幅「滇曉」的空翠奇景（〈滇曉〉升菴五律名，見《文集》卷十九）。至於升菴昆仲間的友于之樂，彷彿可以永遠「共聽遠鐘鳴」（〈與諸弟出野〉詩中句，《文集》卷二十七）。雖然升菴子姪蕭條不昌，確是天倫方面的缺憾，而適足以激發沈鬱老蒼的思潮；反觀世宗皇帝，以冲齡登基，爲了繼嗣名份，竟不惜大興杖獄，導致天下多故，其間得失如此。

〔楊升菴世系簡表〕

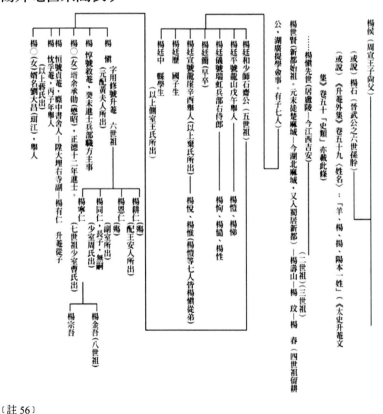

〔註56〕

以暓年失怙，而卒免於顚覆者，皆公惠之及也」，「從子有仁」，應該不是二弟
敍菴（惇）之子。不過，由於年譜此一節記載，接在引述升菴爲敍菴所作「誄
詞」之後，若不予細察，很容易令人誤識有仁即敍菴子嗣。

〔註56〕　〔校記〕萬曆十年張士佩刊本《太史升菴文集》卷九〈祭用貞弟文（恒）〉云：

第三節　升菴年譜新訂

凡　例

一、本年譜之稱「新訂」，非敢所以標新，只是因爲重行編列，標題力求
醒目，且於年代考證、作品繫年較多措意，俾方便升菴一生之研究
而已；但限於個人學殖，其中舛訛自所難免，尚乞大雅君子賜正。

二、舊傳升菴年譜有六種（據台北華世本王德毅撰《中國歷代名人年譜
總目》），今依其中函海本《升菴先生年譜一卷》爲主要底本，參校
他本年譜及有關資料訂定本年譜。

三、本年譜譜主楊慎援例稱「公」。所引升菴資料出自《升菴文集》者或
簡稱《文集》，出自楊芳刊《楊升菴草書詩》者稱《手稿本》，出自
《明史》其本人列傳者，稱《本傳》，出清夏燮所撰《明通鑑》者，
稱《明通鑑》，出清錢謙益所撰《列朝詩集小傳》者，稱《小傳》，
清修《四庫全書珍本》稱《四庫珍本》，姜亮夫撰《歷代名人年里碑
傳總表》稱《總表》，一律括於所引文末。

四、凡考訂文字大部分附註於後，不煩詳說者，則逕夾注於行文當中。

五、各年所繫詩文限升菴於其著述中本載有時序年月，或間接可以清楚
考知者，且有所引用時多摘示片段，欲窺全豹請佐以原典冊籍。

孝宗弘治元年戊申（西元 1488 年）一歲

〔出生〕十一月初六日，公生於京師（北京）之孝順衚衕。〔註57〕父廷和
石齋公時三十歲；廷和自成化十四年（西元 1478 年）年十九，先其父春
成進士，改庶吉士，告歸娶，還朝授檢討（本傳）迄今。

〔人物〕王守仁（1472～1528）、李夢陽俱十七歲，王廷相十五歲，康海
十四歲，邊貢十三歲，楊士雲十二歲，崔銑十一歲，何景明、顧應祥俱六

「嘉靖年月日，大理寺寺副，用貞四哥卒于家……」，其中「用貞四哥」清初
校本改作「用貞四『弟』」（商務國基叢書《升菴全集》）爲是。又《文集》有
詩多首題劉珥江，其中一首並冠以「妹
丈」稱謂，如〈四月十一日喜雨柬『妹
丈』劉珥江、周五津〉（卷二十七）〈留別劉珥江名大昌〉（卷二十七）等。推
知升菴當有一妹排行介於惇、恒之間。又劉大昌亦曾參與《四川總誌》校正
之役（見《升菴文集》卷二：〈四川總誌序〉一文）。

〔註57〕《丹鉛總錄》云：「今之巷道名爲胡洞，字書不載，或作衙衕，又作㗉衕，皆
無據也。……蓋方言耳。」（卷二十六〈瑣語類〉）

歲（總表）。

弘治二年己酉（西元 1489 年）二歲

異母弟惇（敍菴）生，太孺人蔣氏所出。

弘治三年庚戌（西元 1490 年）三歲

日後忘年交彭澤成進士，楊門六學士王廷表生。

弘治四年辛亥（西元 1491 年）四歲

父廷和進侍讀。〔註 58〕

弘治五年壬子（西元 1492 年）五歲

弘治六年癸丑（西元 1493 年）六歲

弘治七年甲寅（西元 1494 年）七歲

〔擬作〕或說：是年公作〈擬弔古戰場文〉〔註 59〕有曰：「青樓斷紅粉之魂，白日照青苔之骨。」時人傳誦，以為淵（王褒）雲（揚雄）再出（小傳）。

〔得口授〕父石齋公授李育（西元 1020～1069 年）〈飛騎橋〉詩——詠孫權征合淝事（《文集》卷五十五）。

異母弟恒（貞菴）生，太孺人蔣氏所出。

弘治八年乙卯（西元 1495 年）八歲

祖留耕公楊春累官湖廣提學僉事

〔人物〕邱濬（西元 1418～1495 年）卒諡文莊（《明通鑑》）。後《升菴文集》引邱文莊公說「西海」（卷七十六）及〈周禮素問〉（卷四十四），並有〈死友救難〉一則敍文莊公夫人夜夢戚瀾警告風濤之險事，頗稱頌友道的珍貴（卷七十三）。

弘治九年丙辰（西元 1496 年）九歲

七月，（韃靼酋長）小王子犯大同、宣府。（《明通鑑》）

弘治十年丁巳（西元 1497 年）十歲

〔註58〕《明史》廷和本傳云：「《憲宗實錄》成，以預纂修，進侍讀。」按《明通鑑》：弘治元年閏正月「敕修《憲宗實錄》」，至弘治四年秋八月丁卯「實錄成」。

〔註59〕按當即擬唐李華〈弔古戰場文〉，升菴所擬此句或脫胎於李文「暴骨沙礫」句，讀之令人「傷心慘目有如是」。

〔母教〕黃太夫人教之句讀，並授以唐絕句，輒成誦。又以筆管印紙作圈，令公書字於中曰：「吾雖不知書，然即此則楷正，自可觀矣。」公奮然誦讀，不出戶外。〔註60〕

弘治十一年戊午（西元1498年）十一歲

〔詩讖〕作近體詩，有「一盞孤燈照玉堂」之句，父廷和石齋公曰：「句佳矣，但恨太孤寂耳！」不悅。

弘治十二年己未（西元1499年）十二歲

〔失恃〕是年春罹母黃太夫人憂，極其悲號，廢食骨立。

〔返蜀〕未幾祖母葉太夫人訃聞，隨父回新都故鄉守制。

〔課讀〕祖父留耕公授以《易》，兩旬而浹，不遺一字。擬作〈弔古戰場文〉，三叔廷儀瑞虹公極稱賞。〔註61〕又命擬〈過秦論〉，留耕公奇之，曰：「吾家賈誼也。」〔註62〕

〔問難〕父石齋公與三叔瑞虹、五叔龍崖二公觀畫，問曰：「景之美者，人曰似畫，畫之佳者，人曰似真，孰為正？」升菴舉元微之詩以對，龍崖曰：「詩亦未見佳，汝可更作。」升菴輒呈稿，云：「會心山水真如畫，名手丹青畫亦真。夢覺難分列禦寇，影形相贈晉詩人。」二公曰，只此二句，大勝前人矣。〔註63〕

弘治十三年庚申（西元1500年）十三歲

仍在新都。

弘治十四年辛酉（西元1501年）十四歲

〔回京〕石齋公服闋，升菴亦入京師，有〈過渭城送別詩〉、〈霜葉賦〉（今皆佚）。其〈馬嵬坡〉詩云：「鳳輦匆匆下九天，馬嵬西去路三千，漁陽鼙

〔註60〕陳文燭所撰年譜作「七歲」時事。此處則據李調元《函海本》訂。

〔註61〕〈擬弔古戰場文〉錢牧齋謂在七歲，《函海本》等則謂在十二歲。今按，以升菴初生即「岐嶷穎達」（年譜）「聰明異常兒」（游居敬楊公墓誌銘，見《明文海》卷四百三十四），則在七歲有此表現，並非不可能；而以升菴讀書歷程，母教情形，則擬出佳句或在十二齡較合理。又擬弔古戰場文句《函海本》作「白日照翠苔之骨」，與錢氏《小傳》作「青苔」小異。

〔註62〕〈擬過秦論〉始末及原文見《丹鉛餘錄》中摘錄卷十一，又清周嬰《卮林》卷八「諗胡」亦有〈過秦論〉一則，即評升菴所擬。

〔註63〕觀畫論畫詳見《丹鉛餘錄》中摘錄卷十三。今《元氏長慶集》中〈楊子華畫三首〉詩有「真賞畫不成，畫賞真相似」句，〈畫松〉詩有「我去浙陽山，深山看真物」等句，或即升菴舉以對者。

鼓烟塵裏，蜀棧鈴聲夜雨邊，方士遊魂招不返，詞人長恨曲空傳，峨眉尚有高丘在，戰骨潼關更可憐。」漁陽、烟塵等雖借用白樂天長恨歌句，而能襯出古征戰的慘悴，用誌旅途感懷。

〔有詩〕〈題赤壁圖〉五古一首，〔註64〕作於是年，中有句云：「文光貫斗牛，天遊忘遷謫。」則已頗知東坡始能道此，人稱「年未總角著詩名」〔註65〕信矣。

弘治十五年壬戌（西元 1502 年）十五歲

〔家訓〕公自述十四、五時先祖留耕公教說《四書》「鑽燧改火」的宋儒說法（《文集》卷四十五）。

〔從師〕師福建鄉進士魏雪溪先生（名浚）習舉子業。偶作〈黃葉〉詩（今佚），李文正公（東陽）見之，曰：「此非尋常子所能，吾小友也。」乃進之門下，命擬〈出師表〉，及傅奕（西元 555～639 年）〈請沙汰僧尼表〉（皆佚），文正覽之，謂「不減唐宋詞人」。

弘治十六年癸亥（西元 1503 年）十六歲

〔有詩〕〈招張愈光〉，中有云：「古道塵埃多去馬，故人書信少來鴻。」（《文集》卷二十八）見思友情殷。

弘治十七年甲子（西元 1504 年）十七歲

〔有賦〕〈雁來紅賦〉，中有數句敷陳工麗：「殘蝶留連而警艷，胡蜂躑躅而疑香。……誤停車之杜牧（〈山行〉詩），詫剪彩之隋皇。」（《文集》卷一）。

弘治十八年乙丑（西元 1505 年）十八歲

〔掄才〕是年侍石齋公於試進士之禮闈，時崔銑試卷在分考劉武臣簾下，疑其刻薄峻密不近人情而不錄，公見之愛其奇雋，以呈石齋公，遂擢《詩經》魁。崔知而以「小座主」（貢舉之士稱有司為「座主」，始於唐）稱公，竟為生平知己。

劉繪生於是年。

武宗正德元年丙寅（西元 1506 年）十九歲

〔註64〕 詩在《升菴文集》卷二十「五言排律」第一首；據商務國基叢書本《升菴全集》（周參元校刻本）定為「古詩」。
〔註65〕 游居敬撰墓誌銘語。

〔文會〕公與同鄉士馮馴、石天柱、夏邦謨、劉景宇、程啟充爲「麗澤會」，即墨藍田、永昌張含（愈光）結社倡和。

王守仁謫龍場驛丞。

歸有光（西元 1506～1571 年）生。

正德二年丁卯（西元 1507 年）廿歲

〔返鄉〕應四川鄉試。督學南峯劉公（名丙《明史・列傳第六十》）面試而奇之，曰「吾不能如歐陽公，乃得子如蘇軾。」是秋果擢《易》魁。

〔七律〕〈詠秧馬正德丁卯夏作，追錄于此〉首聯是「夫騎秧馬婦分秧，絕勝驚帆兩雁行。」（《升菴遺集》卷十四）

〔有詞〕〈對玉環丁卯年作〉（《楊愼詞曲集》）。

〔娶婦〕安人王氏來嬪，清素僅如田家禮。王氏即公元配。

父石齋公是年由詹事入東閣，專典誥勅。以講筵指斥佞幸，忤劉瑾，傳旨改南京吏部左侍郎。五月遷南京戶部尙書，八月召還，進兼文淵閣大學士參預機務（《本傳》）。

〔回京〕十一月攜王安人回京師・上禮部。

正德三年戊辰（西元 1508 年）廿一歲

〔春試〕主考王鏊、梁儲得公文，已置首選，卷偶失燭，遂下第。按、果如是，實失公允，何不更試〔註66〕。公有「空吟故國三千里，悔讀《南華》第二篇」之句，記失望的心情。

〔見知〕入國學，祭酒周公玉類試之，曰：「天下士也。」

麗澤會友程啟充、徐文華、石天柱同年舉進士，又劉大謨、夏邦謨亦於是年成進士。

正德四年己巳（西元 1509 年）二十二歲

〔見知〕歷事禮部，周旋朝夕不倦，尙書劉宇一日見公，問曰：「子爲誰？」對曰：「楊愼。」劉曰：「本部天下人，豈必一大臣子弟耶！」乃稱嘆不置。

正德五年庚午（西元 1510 年）二十三歲

石齋公累官晉少傅兼太子太傅謹身殿大學士。

正德六年辛未（西元 1511 年）二十四歲

〔註66〕永樂中曾鶴齡考順天鄉試初試之夕，場屋火，試卷有殘缺者，乃毅然請更試獲准，是科試昭公允之例，事見焦竑《玉堂叢語》卷之六。

〔會試〕禮部費宏知貢舉，入總文衡，則斳貴擢公第二，殿試則及第第一，制策〔註67〕援史融經，敷陳宏剴，讀卷官李公東陽、劉公忠、楊公一清，相與稱曰：「海涵地負，大放厥詞。」共慶朝廷得人，授翰林修撰。

〔講官〕公秩承德郎，益專文事，三載考績，同官韙之。為經筵講官，著《大學》正心、《論語》君使臣、臣事君講章。（明游居敬〈翰林修撰升庵楊公墓誌銘〉）

徐禎卿（西元 1479～1511 年）卒，年三十三。

正德七年壬申（西元 1512 年）二十五歲

石齋公晉少師兼太子太師華蓋殿大學士（十月），李東陽致仕家居，廷和遂為首輔（十二月）。

茅坤（西元 1512～1601 年）生。

正德八年癸酉（西元 1513 年）二十六歲

〔奔喪〕是年丁繼母喻夫人憂，返新都，居家讀《禮》。賻儀一無所受，學憲劉節稱之曰：「禮不忘於口誦，義每絕乎幣交。」王安人亦隨公還家，途行凡四月。（〈亡妻王安人墓誌銘〉，《文集》卷八）。

正德九年甲戌（西元 1514 年）二十七歲

〔退賊〕多十月，四川保寧賊藍廷瑞、鄢本恕起漢中，攻陷郡縣（《明史紀事本末》卷四十六）。諸寇作亂，公在邑城中，日夕戒嚴，有賊數百詐稱官軍以紿門者，公令守雉堞者詰之，散去。

〔有詩〕〈桐花〉（《文集》卷十八，題下自註：「甲戌年作，追錄于此。」）詩所云「曲水惠風輕，桐華正吐英。枝條引晨露，門巷近清明」，知是公春日所作。

郭楠舉進士。

李攀龍（西元 1514～1570 年）生。

正德十年乙亥（西元 1515 年）二十八歲

〔有文〕〈祭毛以正（亨）文〉。毛，公友，鄉進士，有「君昔與我，著述是期」句。時在正月（《文集》卷九）

三月，丁祖父憂。（《明通鑑》）

服闋（喻夫人）十二月北上準備回京，舟至嘉定黃閣扁，幾危而得濟，遂

〔註67〕「制策」，《函海本》寫法易訛作「榮」字，今依周參元校刻本改。

與布政伍符隣舟唱和，下江陵。

正德十一年丙子（西元 1516 年）二十九歲

子耕仁殤（王安人所生）。

〔入翰林〕為經筵展書官，及校《文獻通考》。同館有鄒守益、王思、尹襄、劉泉、孫紹祖、張潮等。

〔有詩〕〈丙子慶成宴〉（文集卷廿七）詠國恩家慶，〈慶成宴次張惟信韵（潮）〉（卷卅一）寫「海宇謳歌，雲門隊舞」盛況。

七月李東陽卒，年七十。

正德十二年丁丑（西元 1517 年）三十歲

〔掌卷〕殿試得舒芬策以呈閣老，梁儲不置鼎魁，公力爭乃得首第。舒芬江西進賢縣人，後授修撰，嘉靖三年亦在哭諫列中（傳在《明史》卷一七九）。

〔上封事乞歸〕是年武皇遊幸宣、大、榆林諸邊，返而復往，公疏切諫，不報，乃以養疾乞歸新都。今《文集》有〈丁丑封事〉（卷二）所謂「近者車駕北出都門百里之外，經日未還，臣等聞之，蹢躅驚惕，皇皇無依」，則切諫內容可以思過半。

〔有詩〕「石碩城畔莫愁家，十五纖腰學浣沙，堂下石榴堪繫馬，門前楊柳可藏鴉」，此是七律〈無題〉詩的起、頷二聯，看來或是托美人故事以興思慕之慨，詩趣已在題下自注約略點明——「丁丑歲同何仲默（景明）、張愈光（含）、陶良伯（驥）作，追錄於此。」三人皆公之學問友。〔註68〕
冬月歸蜀。

正德十三年戊寅（西元 1518 年）三十一歲

〔斷絃〕元配王安人七月七日卒〔註69〕，年僅三十二。

〔五古〕公〈送終安人王氏葬恩波阡〉（《文集》卷十七）一詩中頗道其情之悽切：「中道失嘉耦，送此山之阿。」

〔註68〕陶驥生平未詳，升菴雖另有〈題夏仲昭竹寄陶良伯驥〉七古一首，但偏寫書意筆法，未及陶事跡。見《文集》卷二十三。

〔註69〕梁容若氏〈楊慎生平與著作〉一文「傳略」中說：「正德十二年……次年十月，他元配王夫人在籍病故。」今按升菴自撰〈亡妻王安人墓誌銘〉所載安人臨終事云：「少姑太孺人蔣，問所欲言，張頤揚指而已，至夕乃絕，七月七日也。」又文末亦標明製銘日期：「於其葬也誌以告哀。是歲有明正德戊寅十月一日。」則梁氏所謂「十月」當是升菴寫墓誌銘時間，非王夫人病故在十月。墓誌銘全文見《文集》卷八。

〔五律〕〈新秋悼亡〉二首，當即爲安人作，抒寫一番悲怨與傷心：「可憐搖落節，感此倍蕭森。」（《文集》卷十九）。

〔七絕〕二首并以詩題兼小序記八月十三日夜，夢亡室安人云云：「卻憶去年（按詩題序中指出係丁丑年）當此日，催人晨起早朝時。」（《文集》卷卅六）。

〔五古〕〈九月三日見新月〉一首，題下註：「時有悼亡之戚。」言「潘仁心已摧」（《文集》卷十五），按潘岳字安仁，有悼亡詩三首。

〔有銘〕〈亡妻王安人墓誌銘〉一篇感念其婦德。

〔七律〕〈戊寅九日龍門（在新都縣南）登高〉（《文集》卷三十一）

〔訪友論詩〕〈武侯祠詩〉（卷五十六）：「正德戊寅，予訪余方池編修于（陝西沔縣）武侯祠，見壁間有詩」云云。

正德十四年己卯（西元 1519 年）三十二歲

〔繼室〕得四川遂寧人氏，黃簡肅公珂之女（黃峨）。

〔時勢〕六月丙子宸濠反，所謂江西寧藩之變，值石齋公當國，巡撫南贛都御史王守仁等起兵討之。

〔有詩〕公經廣漢（在四川）詩曰：「遊子戀所生，不獲常懷安，大哉宇宙內，吾道何盤桓。」是自勵其志。〔註70〕

〔七律〕〈己卯九日登高〉有「落木流波如有意，來鴻去燕故相違」句（《文集》卷卅一）。是年公仍在新都。

正德十五年庚辰（西元 1520 年）三十三歲

〔七律〕題云〈庚辰九日聞金鶴卿、張惟信有彭門之會，疾不克陪〉（按、彭門在成都府），有「孤城三見菊花開」句，則公「養病乞歸」已歷三秋。（《文集》卷卅一）

〔回京〕重陽後公北上，仍舊官。

〔註70〕原詩見《文集》卷十七，題爲〈言將北上述志一首答蘇從仁恩王子衡廷相〉（五古）：「我辭承明直，矯志青雲端。銷聲絕車馬，臥疴對林巒。甘此皁壤怡，謝彼飈露干。晨夕詠鑿井，春秋歌伐檀。奔曦豈不疾，國火三改鑽。遊子戀所生，不獲常懷安。微尚何足云，弱質良獨難。衡門坐成遠，塵冠行復彈。已負漢落性，更從樗散官。進阻嚴廊議，退抱江湖歎。曠哉宇宙內，吾道何盤桓。」其中「國火三改鑽」，點明公從「養疾乞歸」新都（在正德十二年）以來已有三年時間，睹全詩原貌，更能知公當時志趣所在。又一般年譜「大哉」宇宙內原詩作「曠哉」。

正德十六年辛巳（西元 1521 年）三十四歲

四月，世宗即位。武宗從弟，奉皇兄遺詔入奉宗祧。

五月，公爲殿試受卷官。

八月，開經筵，公首作講官，進《尚書》「金作贖刑」之章，言聖人贖刑之制，用於小過者，冀民自新之意，若大姦元惡，無可贖之理，時大闒張銳、于經等皆犯先朝事罪當死，以進金銀得免，故及之。按、張銳武宗時居東廠，得幸。

〔有文〕由寧邸宸濠將亂，南昌城中街巷軍民發夢魘，考古時「夜覺」一事，引《周禮》司寤氏主夜覺（後世所謂夢遊）說之。〔註71〕

〔有詩〕何景明卒於八月五日。〔註72〕公有〈存歿絕句八首〉其一悼何云：「何遜重泉別，范雲（西元 451～503）清淚多，他年淮隱處，斷腸八公歌。」（《文集》卷卅二）〈八公歌〉即〈八公操〉或稱〈淮南操〉，淮南王劉安懷想昔日文學之士所作琴曲。

世宗嘉靖元年壬午（西元 1522 年）卅五歲

〔贈詩〕〈孟春郊寄贈寺中同館諸君（壬午）〉一首，有「長樂鐘聲覺夜深」句（《手稿本》卷五）。

〔江祀記〕二月命公代祀江瀆及蜀藩諸陵寢，著〈江祀記〉一文（今見《文集》卷四）前云「嘉靖初元仲春吉日，乃肇修羣祀，初筮于己丑，原筮于辛丑」，又云「福在和民，和民在善政，善政明神依。失政民罔依，民曰罔依，神亦罔依。明神失依，淫祀其崇，遠聰明，醜正直。」足以端正祭祀之風。

〔遊溪詩〕與給事熊浹、御史簡霄遊成都縣西浣花溪，載酒賦詩，有「烟霞誰作主，魚鳥自相親；斗酒千金會，扁舟兩玉人」之句。（函海本升菴年譜）

〔回京〕在十二月。

嘉靖二年癸未（西元 1523 年）三十六歲

〔註71〕文見《文集》卷四十四〈夜覺〉，中言「近正德庚辰……南昌城中街巷軍民夜發夢魘」，則此文之作或在今年（辛巳）以後茲者姑繫於今年。

〔註72〕此據孟洋撰〈中順大夫陝西按察司提擧副使何君墓誌銘〉（《明文海》卷四百三十四）姜亮夫《歷代名人年里碑傳總表》引之。《明史·文苑傳》作「嘉靖初引疾歸，未幾卒，年三十九」，嘉靖若指年號當在明年歲次壬午，若指卒於四月世宗即位之年，則似有未妥。

〔纂修〕《武廟實錄》。公練習朝野遇事必直書，總裁蔣冕、費宏曰：「官階雖未及，實堪副總裁者。」乃盡以草錄付校。公見器重如此。時六年考滿，吏部侍郎羅欽順考核評語是「文章克稱乎科名，愼修允協乎名字」，稱公學行俱優。

〔〈寺中春齋〉〕（癸未）有「青雲臨鹿苑，煥景入虹梁」句（《手稿本》卷五）。

夏，與張太史惟信（潮）小飲探題賦玉壺氷（《文集》卷五十六：〈玉壺冰〉）。

〔〈癸未除夕〉〕一詩，中有句云：「璧陰逝可惜，瓊籌俄已遷。」（《手稿本》卷四）。

唐寅卒。

嘉靖三年甲申（西元 1524 年）三十七歲

〔大禮之訟〕二月丙午石齋公致仕。石齋公以議禮不合，累疏乞休，語露不平；又以諫織造忤旨，力求去，遂許之。石齋公既去，蔣冕以首輔當國，而大禮議復起，僅兩閱月，卒齟齬以去（《明通鑑》），所爭在繼統與繼嗣之間。

〔杖謫〕七月公兩上議大禮疏，嗣復跪伏左順門哭諫，中元日下獄，十七日廷杖之，二十七日復杖之，斃而復甦，謫戍雲南永昌衛。時同事死者、配者、黜者、左遷者一百八人。挽舟由潞河（今北京市東郊南北運河）而南，值先年被革挾怨諸人，募惡少隨以伺害，公知而備之，至臨清（山東東昌府）始散去。

〔五古〕〈南竄始發京〉：「秋風蕭蕭發，驅車出郭東。問我今何適，竄身向南中。南中萬餘里，去去與誰同。親交滿京國，咫尺難相通。且喜脫幽縶，未暇悲道窮。矯目盼浮雲，但羨高飛鴻。」

〔五古〕〈江陵別內〉：「同泛洞庭波，獨上西陵渡。孤棹泝寒流，天涯歲將暮。此際話離情，驪心忽自驚。佳期在何許，別恨轉難平。蕭條滇海曲，相思隔寒燠。蕙風悲搖心，薵露愁沾足。山高瘴癘多，鴻雁少經過。故園千萬里，夜夜夢烟蘿。」公與黃峨夫人自京師出發，一路南下，在江陵分手，夫人泝西陵返回新都，公則繼續往南中戍地，沿途情景如此。另有〈離思行二首〉亦亟寫出「自歎」「氣結」的情緒。（以上各詩均見《文集》卷十六）。

嘉靖四年乙酉（西元 1525 年）三十八歲

〔抵永昌〕正月至雲南，病馳萬里，羸憊特甚。栖栖旅中，方就醫藥，而巡撫台州黃衷促且甚，公力疾冒險抵永昌，幾不起。巡按郭楠、清戎江良材極為存護，卜館安寧雲峯居之，且上疏乞宥議禮諸臣，而郭竟因此被詔下獄為民。

〔五古〕〈恩遣戍滇紀行〉一首，詳載抱疾出京、行程多艱之放臣悲慨與邊荒感傷，於是體驗了史上大詩人的胸次：「遠遊弔屈子，長流悲謫仙。我行更迢遞，千載同潸然。」末則寄以東還心願：「蒼蒼七星關，幾時却東還。瀰瀰三峽水，奚啻隔中沚。黃犬代書郵，青龍借歸舟。鶠翼翔寥廓，猿聲遞阻修。何由一縮地，暫作錦江遊。」（原詩共兩百句，見《文集》卷十五）。

〔五律〕〈乙酉元日新添館中喜晴〉：「白日臨元歲，玄雲放曉晴。城窺冰壑迥，樓射雪峯明。客鯉何時到，賓鴻昨夜驚。離心似芳草，處處逐春生。」（文集卷十八）此與李後主入宋的感慨何異：「離恨恰如春草，漸行漸遠還生。」（〈清平樂〉）

〔有詞〕〈鷓鴣天乙酉九日〉有「臨遠水，望歸舟，流波落木又驚秋」句。

〔七律〕〈顧箬溪中丞載酒過滇館名應祥〉（卷卅）中有「釣竿未拂珊瑚樹，杯酒重登玳瑁筵」句，公言被謫放來此，雖不能有隱逸情致，但顧君前來把酒論藝，氣氛直如坐玳瑁盛筵，可以暫忘此身所在了。（公另有〈十二月二日張龍山……携酒過訪高嶢〉在卷廿九（亦七律同用此二句，惟「杯酒」作「樽酒」，一字之異）。

〔折桂令〕二首「寄同時謫戍二公」，寄王舜卿（元正）者，有「往事休提，舊跡都迷，風柳條條，煙草淒淒」句；寄劉汝楫（濟）者，有「懷佳人鐵嶺遼東，紫塞黃沙，白雲玄風。虎兕長鳴，驊騮不到，鴻雁難通。……」（見《陶情樂府》卷三）皆同病的心聲。

〔銘文〕〈宋宜人銘〉一篇，宋宜人一家與公關係不詳，詩中多旌表宋婦懿德，今據銘詩中有「嘉靖乙酉，寢疾終堂」語，故繫於是年，可知公初來南中荒地，顛沛中亦不忘樂道人善。（《文集》卷八）

嘉靖五年丙戌（西元 1526 年）三十九歲

〔返鄉〕是年九月聞石齋公寢疾，匹馬間道，十九日至家，石齋公悅而疾愈。十月，携家就戍所（諸本作七月，誤）。

〔詞〕〈江城子丙戌九日〉（《詞曲集‧升菴長短句卷一》）

〔記〕〈兵備姜公去思記〉（《文集》卷四）

〔銘〕〈姨母黃淑人墓誌銘〉（《文集》卷八）

王世貞生。

嘉靖六年丁亥（西元 1527 年）四十歲

〔土舍變亂〕十一月，尋甸府土舍安銓起變，十二月，武定土舍鳳朝文亦起，攻掠城堡，為患孔亟。公歎曰：「此吾效國之日也。」乃戎服率旅僮及步騎百餘，往緣木密千戶所（在尋甸縣）守禦，入城與副使張峩謀固守。明日，賊來攻城，寧州土舍陸紹先率兵戰城下，公促城中兵鼓譟，開門出戰，以助外兵，賊散去，公復歸會城。〔註73〕

〔七絕〕〈于役江鄉經板橋丁亥〉：「千里長征不憚遙，解鞍明日問歸橈。真如謝朓宣城路，南浦新林過板橋。」（卷卅五）按板橋驛名，在雲南府昆明縣，而南朝齊謝朓有〈之（安徽）宣城出新林浦向版橋〉詩一首（見《文選》卷二十七〈行旅下〉），地名、情事巧合，升菴因借其事，自抒行役倦苦。（王文才《楊慎詩選》頁 170）

〔長短句〕〈朝暾行〉略言：「辭家從軍已四載，欲歸未歸仍若奔。……歲月無情日崔隤，頭童齒豁心已灰。中逵撫劍腸欲結，短歌激烈長歌哀……。」（文集卷卅八）

〔一封書〕「風光入眼新，芳草殘紅舖錦茵。隨流水，踏軟塵，痛飲何須算酒巡。吹盡東園桃與李，浪蕊木浮花怎當春。黯銷魂，三度傷春萬里身。」公自嘉靖四年正月至滇，迄今適歷三次春天。（《陶情樂府》卷四）。

〔筇竹寺詩〕博望南行路，昆池杳若天。自憐遷播客，一住已三年。（《文集》卷三十三）

嘉靖七年戊子（西元 1528 年）四十一歲

〔病足〕春疫癘大作，乃徙居洱海城（在大理府，今雲南省雲南縣西），疫息，仍居雲峯。尚書伍文定（《明史》卷二百有傳）、黔國沐公紹勳，鎮守太監杜唐同來問疾，時公一足病，有「半人嘲齕齒，一足笑虞虁」之句。

〔長短句〕〈伏枕行贈嚴應階嚴名時泰〉：「慎也投荒今五年，蹋來臥病左足偏。

〔註73〕《明通鑑》嘉靖六年十二月「是冬雲南土舍安銓作亂」一節正文下附夏燮（編撰者）「考異」云：「安銓作亂，《明史‧土司傳》在六年。《明世宗實錄》系于七年正月，據奏報之月日也。《明世宗實錄》言『六年冬，安銓作亂』，蓋因奏至而追敘其事如此，今據之。

臨床伏枕與子別，心斷神傷魂黯然。憶昔去國行戍邊，弔影纍纍入瘴烟。永昌試問在何處？都門相違萬三千。……我今甘心憔悴窮山中，子亦胡為淹留簿書叢！……待子功成採藥去，期子共結逍遙遊。」（《文集》卷卅九）

〔又〕長短句有〈惡氛行〉一篇，主要在「細說去多尋甸事」（《文集》卷卅七）。

〔落梅花〕（「花」應作「風」）「病纔起，春已殘，綠成陰片紅不見。晚風前飛絮漫漫，曉來呵一池萍散。

扶病起，送春餘。送春歸恨他風雨。百般歸都歸到家居，我試問春家何處。思鄉淚，遠戍人。夜更長砌幽恨。四年餘瘴海愁春，夢兒中上林花信。」（《陶情樂府》卷二）

〔〈黑雲〉（論詩）〕公云：「予在滇，值安鳳之變，居圍城中。見日暈兩重，黑雲如蛟在其側，始信賀之詩善狀物也。按唐李賀〈雁門太守行〉首句云「黑雲壓城城欲摧，甲光向日金麟開」。（《文集》卷五十六〈黑雲〉）

六月辛丑朔，《明倫大典》成，上之。癸卯，詔定議禮諸臣罪，石齋公削籍除名為民。（取材《明通鑑》）

十一月二十九日，王守仁卒于江西南安，年五十七。

嘉靖八年己丑（西元 1529 年）四十二歲

〔聞訃〕八月，寓趙州（今雲南鳳儀縣，古屬大理府），聞石齋公訃。奔告巡撫歐陽子重，疏上，得歸襄事。按楊文忠公神道碑，石齋公「以嘉靖己丑六月二十一日卒於正寢」。〔註74〕

〔書牘〕〈與歐陽子重都憲書〉略云：「於此不歸，是無父也，歸而不告，是無君也。……執事若矜其情而賜之告，使襄事寧凶，遄歸反役，維情與憲，實兩兼之。……」。

〔又〕〈謝歐陽子重書〉：「……執事處我，勝我自處。非夫重人極，扶世教者，其肯為此。又非夫正學之淵粹，文宗之世冑，其能為此。……」（《文集》卷六）

十一月，還滇。夫人黃峨則留新都主持家務。

〔七古〕〈寄張季文〉：「美人別我歲幾華，碧草五見生天涯。……佳期不得同攜手，惆悵令人青鬢斑。」（《文集》卷二十三）季文是公在滇新

〔註74〕梁容若〈楊慎生平與著作〉一文說：「世宗在廷和大殮以後，還派人去開棺檢閱，是否用平民服裝殯殮。」

知，令公「一見豁然忘旅憂」（《文集》卷三十七〈結交行贈張季文兼寄劉建之〉）。

〔五古〕〈懷音篇寄張惟信學士張名潮〉有「萬里向炎隅，五載困羈孤」，「鼓腹畏含沙，延頸愁添癭」，「風霜瘁筋力，蒲柳凋顏色」句，傾訴遷客謫處邊陬的索寞心情。（《文集》卷十五）

〔書牘〕〈與金鶴卿書〉首云：「自七月之變，分手非所，不面之潤，蘋（同藾字）焉五年——」，又言「戊子春月，忽中末疾（按即手足之病），篤癱沈痼，行動仰人。窮荒絕域，乏醫鮮藥，閉門抱影，越歲踰時，近兵燹甫定（按指土舍變亂）而扎瘥大侵，繼之（指戰後疫殍大作事）蓬心搖兀，難以托根。」（《文集》卷六）

〔祭文〕〈祭用貞弟文恒〉前云「嘉靖年月日，大理寺寺副用貞四弟卒于家，兄愼有罪戍在滇，是歲八月二十三日，憲長高太和來，始聞訃音。山川萬里，又屬禁嚴，不得奔赴歸哭，爲文以寄奠」，末節又云「念昔在京，逢天（按指世宗皇）之怒，我處幽圄，爾泣窮路。兄弟索居，乖絕岷滇。五年于茲，百憂交纏。留我手足，止承杖履，爾今逝矣，余將安處。」（《文集》卷九）公四弟恒中書舍人，先石齋公卒，〔註75〕以這一篇祭文推之，卒年或與石齋公同，而月日則更在石齋前。

李夢陽卒（在九月二十九日）。

嘉靖九年庚寅（西元 1530 年）四十三歲

〔〈遊點蒼山記〉〕約同李中谿（元陽）爲點蒼之游（二、三月間）。〔註76〕

〔贈詩〕〈贈賈東畬〉七絕一首：「蘭叟和光臥白雲，賈生東畬挹清芬。何人爲續嵇康傳，題作楊林兩隱君。」公題下註云：「庚寅歲作，附此」（卷卅五），又錢牧齋《列朝詩集小傳》丙集「蘭隱士廷瑞」條云：「廷瑞，滇中人。詩出楊用修集。用修云：『廷瑞、楊林（按，今雲南省昆明縣內，古屬雲南府，有楊林堡守禦千戶所）人。余過其家訪遺藁，僅得數十首。』」

〔除夕詩〕〈庚寅除夕王子推送桑落酒，適傅希說、葉道亨同過守歲即事〉七律，後二聯寫與兩玉人同守夜感懷云：「無家垂老同漂梗，痛飲狂歌非

〔註75〕《明文海》趙貞吉〈楊文忠公神道碑〉。升菴有〈贈趙大洲太史貞吉〉一詩（《文集》卷二十七）。
〔註76〕見近人勞亦安編《古今遊記叢鈔》卷之三十七。

隱淪。歲去年來眞反手，柳青頭白轉傷神。」（《文集》卷二十六）

嘉靖十年辛卯（西元 1531 年）四十四歲

〔七絕〕春與李元陽昆仲同遊劍川石寶山，宿沙溪興教寺，作〈興教寺海棠〉詩（《文集》卷三十五）。

〔阡銘〕〈大理梁將軍阡銘〉，據銘文，梁將軍名僑，享壽七十一，所謂「君載十九，當成化庚子（即十九年，西元 1480 年）突弁承胤，即奉篆視。請減屯稅」至「辛卯（即西元 1531 年），仲冬辰下元，甘瞑全歸于厚窀」，一生潔己孝友，公故樂意爲之作此銘以揚其善。（《文集》卷七）

〔金斗歌〕〈辛卯除夕飲潘郎金斗歌〉七古一首：「主人新得黃金斗，好客尊前爲余壽。招搖揭柄轉春星，沆瀣騰波挹仙酒。天涯今夕歲云徂，痛飲狂歌夜良久。乍可用爾爲鴟夷，萬事盡付持杯手。君不見商彝、周鼎徒聞名，見之不識人不取。」（《文集》卷二十四）「鴟夷」可以卷懷而與時張弛；商周寶物，待賈而沽必有識貨人，公此詩詠物（黃金斗，飲器）之外兼抒其情志甚明。

嘉靖十一年壬辰（西元 1532 年）四十五歲

〔修通志〕正月布政司高公詔聘修《雲南通志》，舘於滇之武侯祠。時卿大夫有欲冒嗣潁川侯傅友德以覬世爵者，公不可，乃乘張羅峰復相，流言欲中害公，遂去。

〔有詩〕「中宵風雨太多情，留住行人不放行。借問小西門外柳，爲誰相送爲誰迎。」（《升菴全集‧升菴先生年譜》）公在朝爲修撰，來雲南後亦自稱「滇戌逸史氏」[註77]既有機會修通志必當秉《春秋》之筆從事之，如今有人意想爲一己野心迫其歪曲史實，只得毅然求去。此詩不外比喻在此一事件的風風雨雨中，公之省思修志的嚴肅意義。

〔長短句〕〈山行即事二首〉：「桐子花開暎村塢，單衣初試貧兒舞，春寒已過四十五。」（《文集》卷卅八）

〔六言〕〈冷節〉：「花嶼月籠鈞碭，柳店風搖酒旗。四十五春寒節，一百六禁烟時。」（卷四十）俗多至後一百五或六天絕火寒食，人們是否能體知昔介子推不言祿、祿亦不及的人格（左傳僖公二十四年）。公另有〈寒食火禁〉考其俗沿革（在《文集》卷六十八）。

〔註77〕見〈大理梁將軍阡銘〉（《文集》卷七）。

嘉靖十二年癸巳（西元1533年）四十六歲

〔遊大理〕諸處，會禺山張含舍於霽虹橋，刻詩崖嵲以志別。霽虹橋原名蘭津橋，公有〈蘭津橋〉一首中有「蘭津南渡哀牢國（永昌）」（《文集》卷卅）。

〔七絕〕〈光尊寺別張愈光〉：「萬里炎荒萬里身，銷魂何事別離頻。光尊寺裏桃應笑，回首東風九度春。」（《文集》卷卅四）公與張詩至夥，今年且以此為代表。

〔七律〕〈春興八首〉，其一：「遙岑樓上俯晴川，萬里登臨絕塞邊。碣石東浮三絳色，秀峯西合點蒼烟。天涯遊子懸雙淚，海畔孤臣謫九年。虛擬短衣隨李廣，漢家無事勒燕然。」其餘各首如「巢雲獨鶴時時下，傍水羣鷗日日來」，「平沙落日大荒西，獨立蒼茫意轉迷」，氣勢宏闊，「宣室鬼神思賈誼，中原將帥用廉頗」意味悠遠。（《文集》卷二十六）

〔跋〕〈跋自書小楷春興詩〉，略言「目有玄花，久不作小楷。夏日寂居無事，乃試一為之」，並引李重光所云「壯歲書亦壯，老來書亦老」的說法自我解嘲惕勵。（《文集》卷十）

〔長短句〕〈流螢篇〉小序云：「癸巳之夏，臥疴三塔寺，地多榛莽，螢飛緯夕。感《東山》之詩，及唐人之賦，率爾操觚，為〈流螢篇〉。」中有「為見流螢思遠道，為感流年惜芳草，願得逢君拾光彩，不教賤妾歛愁眉」，見公筆意。（《文集》卷卅七）

嘉靖十三年甲午（西元1534年）四十七歲

〔〈踏莎行〉〕〈甲午新春書感〉（《楊愼詞曲集》升菴長短句卷二）

〔納少室〕阿密（迷）州僉事壬廷表（正德九年進士）迎往館之，經臨安，納少室江西新喻人周氏。

〔鄉賢祠記〕嘉靖甲午，詔天下正祀典，公於是有〈臨安府鄉賢祠記〉之作，因謂「名教之謂政首，政首之謂人綱人紀」，略示公之主張。（卷四）

〔七律〕〈甲午臨安除歲〉詩：「去年除夕葉榆澤，今年忽在臨安城。斜看暮景飛騰意，正念天涯流滯情。寒梅判山我欲寄，煙草瀘江誰喚生。隣牆兒女亦無睡，歲火天燈喧五更。」（《文集》卷卅）

嘉靖十四年乙未（西元1535年）四十八歲

六月，子同仁生。

〔五律〕〈六月八日第四雛生用韻答韓表弟適甫、適甫〉

九月，費宏卒，諡文襄（《本傳》）。

嘉靖十五年丙申（西元 1536 年）四十九歲

〔寓點蒼〕至喜州（即今雲南太和縣），訪給事楊宏（弘）山士雲，復寓點蒼山（在大理）感通寺之寫詠（韻）樓。

〔感通寺詩〕四首或作於此時，錄其句若干以見景物與人情——「飛瀑懸泉百丈，禪枝意樹千年」，「寶地三千色界，蒼山十九雲峯。樽酒此時相聚，煙霞何日重逢」（《文集》卷四十）。

〔七絕〕〈夢中作宮詞〉，題下自註「丙申秋七月廿四日」（《文集》卷卅四）

嘉靖十六年丁酉（西元 1537 年）五十歲

〔刻丹鉛餘錄〕有鈍菴王廷表在正月十五日所書序文，知是「今同年大方伯南湖王公」所刻。

〔《丹鉛續錄》原序〕公有自序一篇發其旨趣：「信信、信也；疑疑，亦信也。古之學者，成于善疑；今之學者，畫于不疑。……慎少于藝林，喙硬而力戇，有疑意未之能以蓄也，有狂言未之能以藏也。……」末署「嘉靖丁酉冬十一月朔日升菴楊慎書于高嶢別業之朝暉軒」（《四庫珍本》二〇二）

〔七絕〕〈三題板橋館壁〉：「朔雪玄冬凍不開，僕夫疲病馬朌隕。鬢毛盡向風塵白，往復滇雲十四迴。」按、板橋在昆明縣。公自投荒以來至今已十四年。此詩或可繫於明年。

嘉靖十七年戊戌（西元 1538 年）五十一歲

〔歸蜀〕是年公奉戒檄歸蜀，便道獲拜阡梓，事畢還滇。

〔墓誌銘〕公作〈姨母黃淑人墓誌銘〉一篇。中謂「黃氏臨終顧命二子曰：得吾三姊子狀元楊慎銘吾墓，吾則心死矣。是時慎以罪戍，越在滇陰，意驛不達，葬後十年，乃以戎役過瀘，始拜弔于家」，末謂姨母葬以「丙戌十二月十二日」，則「葬後十年」「拜弔于家」以後，或隨即草成此銘，用償姨母生前遺願（《文集》卷八）。因將公此銘寫作時間繫在本年。

〔五律〕〈戊戌除夕贈縈經徐尹〉一首，有「故人新酒熟，儲興欵春宵」之句。（《文集》卷十八）

嘉靖十八年己亥（西元 1539 年）五十二歲

〔古樂府〕公有〈邯鄲才人嫁為廝（養）卒婦〉古樂府一篇并序，或當繫

於今年。〔註78〕

十一月，再領戎役於重慶道。

嘉靖十九年庚子（西元 1540 年）五十三歲

〔至遂寧〕公役竣，偕夫人黃峨返遂寧（川境）娘家，向岳母聶太夫人祝壽。〔註79〕

七月，歸新都。

嘉靖二十年辛丑（西元 1541 年）五十四歲

〔修蜀志〕八月，巡撫東阜劉大謨聘公及玉壘王元正、方洲楊實卿，各纂修《蜀志》，地點在成都靜居寺的宋方二公祠；公負責藝文志。公撰有〈四川總誌序〉，明纂修指趣及採蒐史料遺文經過。〔註80〕

〔七律〕〈宋潛溪、方遜志二賢祠亭，陪東阜、狷齋坐〉，中有「江漢炳靈遷謫地，乾坤正氣革除年」句（《文集》卷三十一）。

〔雜劇〕公有《洞天玄記》一種，是記據公從弟楊悌用安序謂「師伯兄太史升菴居滇一十七載，游神物外，遂倣道書，作洞天玄記，與所謂《西遊

〔註78〕據《文集》卷十四升菴該篇樂府小序「昔吾亡友何仲默一日讀〈焦仲卿妻樂府〉，謂予曰：古今唯此一篇……子庶幾焉可作一篇，與此相對……去今二十年，屏居滇雲，平晝無事，……復憶仲默言，乃操觚試爲之，以成此篇。……」，公成此篇確切日期雖不能必，茲若以何仲默（景明）卒年（據《明史》在嘉靖初，據何君墓誌銘在正德十六年）算起；當在嘉靖十九、二十年之間；但十九年以後公忙於戎役及修蜀志，恐不能「平晝無事」，故公〈邯鄲才人嫁爲廝養卒婦〉一篇可能寫作年代，初定爲最晚不超過嘉靖十八年，今姑且亦繫於十八年下。

〔註79〕升菴〈黃母聶太夫人墓誌銘〉云：「（黃夫人弟）蓥舉壬辰（按即嘉靖十一年）進士，歲庚子（嘉靖十九年）將之任，守松江，拜堂下，命之曰：「兒好居官……」五月解官，歸復拜堂下太夫人曰：「……去茲夏，吾狀元壻偕汝姊來壽我，今茲辰也，喜汝歸寧……。」（《文集》卷八）言「五月解官」，五月當是歷經五個月，時間或許踰越庚子而入於辛丑年即解官歸，則聶太夫人所說「去茲（年）夏」升菴與夫人來祝壽，即指庚子年，即嘉靖十九年，如此與一般年譜所說「庚子役竣，至遂寧」才相副。又聶太夫人卒年據該銘所記，是在癸卯（嘉靖二十二年）五月七日申刻卒於內寢。

〔註80〕〈四川總誌序〉見《文集》卷二。公序文中說及「罪謫南裔，十有八年，辛丑之春，值捧戎檄，暫過故都，大中丞東阜劉公禮聘舊史氏玉壘王君舜卿，方洲楊君實卿，編錄全志，而謬以藝文一局委之慎。……開局于靜居寺宋（濂）方（孝孺）二公祠。始事以八月乙卯日，峻事以九月甲申。」據此，則公等修蜀志當在嘉靖二十年辛丑歲，一般年譜繫於前一年即庚子，有誤。又《文集》卷三十收有〈得楊實卿書〉七律一首。

記》者同一意」，此極可能是公在嘉靖二十年辛丑所親自修訂的定本，至翌年，即嘉靖二十一年，而有升菴從弟楊悌以及邑人楊際時者為之作前後二序。〔註81〕

焦竑生。

崔銑卒。公有〈存歿絕句八首〉悼之（《文集》卷三十二）。

嘉靖二十一年壬寅（西元 1542 年）五十五歲

〔返成都〕公在修峻蜀志後還滇（辛丑年）至東瀘疾作，巡撫龍山戴金留之，返成都與梓谷黃崋、珥江劉大昌遊青城、丹景、雲臺諸山。

〔江月晃重山詞〕詠「壬寅立春」四闋，有「金馬九重恩譴，碧雞二十春風」、「韶風麗景畫橋西」、「繁華杏塢桃溪」句（《楊慎詞曲集·升菴長短句》）

〔還戍所〕在壬寅（本年）七月。

〔納少室〕北京人曹氏，在八月。

〔丹鉛總錄〕原序署「嘉靖壬寅閏夏五金伏之初楊慎序」，中云：「自束髮以來，手所抄集帙成踰百卷，計越千，其有意見偶有發明，聊擇其菁華百分以為丹鉛四錄。」（《四庫珍本》二〇三）

〔譚苑醍醐〕原序署「嘉靖壬寅仲冬長至日楊慎書」，是書借佛氏之喻性，以喻公採擇諸書精華之義。《函海本》）

嘉靖二十二年癸卯（西元 1543 年）五十六歲

〔五律〕一首〈再會東晦癸卯歲〉，中有「投館日卓午，緩程春正分。楊園花勝雪，雊蝶粉如雲。白首猶行役，勞勞愧隱君」句（《文集》卷十八）。又同卷另有〈三會東晦〉一首，雖僅知東晦，賈姓，而應與公常相過從。

〔七律〕〈寄夏松泉名邦謨〉一首，或可繫此年。〔註82〕

〔註81〕近人王季烈著《孤本元明雜劇提要》四七〈洞天玄記提要〉云：「（楊悌序洞天玄記以為作於嘉靖二十年辛丑）然前有劉子序，作於嘉靖丁酉（按、序末署玄都浪仙漫題），為辛丑之前四年，且云：今之傳者，直指為陳自得；似此記早經流傳，被人竊為己有，不始於辛丑作矣。兩序之言，互相矛盾，殊不可解。」今按涵芬樓藏版〈洞天玄記跋〉（末有嘉靖戊午孟夏門生威楚作類子張天粹謹跋）謂「嘉靖甲寅冬，古上元甲子日，愚自京師之任折瀘，再見洞天眞逸仙翁，喜出《洞天玄記》示曰『此刻稍嘉，奉霞川仙友一覽』。愚拜受之，珍韞笥篋」，則劉子序所說「今之傳者」云云，或為公作被點竄偽托本，故公後有「此刻稍嘉」之法。今仍以公從弟序當較得其實，據之繫此雜劇作品完成年代在嘉靖二十年辛丑。

〔註82〕參閱本論文第三章第三節「麗澤會」敍介夏邦謨。

〔訪劉繪〕公於本年秋過重慶訪太守劉繪，不遇。公後有〈答重慶太守劉嵩陽書〉（卷六）提及「癸卯之秋」約同張愈光同謁事。又該書論學部分公自謂有異於俗論的「狂談」是：「詩歌至杜陵而暢，然詩之衰颯，實自杜始；經學至朱子（朱熹西元 1130～1200 年）而明，然經之拘晦，實自朱始。」

〔子寧仁生〕在本年十二月。公大喜，有詩〈來報豚兒生志喜一首〉（《文集》卷十八）。時當道與黔國沐公交遊，士夫俱詩章宴賀，有「天上麒麟輝蜀水，海中龍馬過滇池」之句，按全詩今不可見。

〔在蜀〕是年公復領戎役於蜀。

〔七古〕〈癸卯赤水除夕〉（《升菴遺集》卷四）。

嘉靖二十三年甲辰（西元 1544 年）五十七歲

〔至瀘州〕與少岷曾璵遊九十九峰山。

四月還戍所。

〔墓誌銘〕〈黃母聶太夫人墓誌銘〉（《文集》卷八）備敘岳母儀範。「卜以嘉靖甲辰九月十六日合葬于簡肅公（黃珂）舊阡土橋山之陽」，則銘文當在合葬日期以前完成鐫就。

〔散曲〕〈傍粧臺四首〉：「一辭故國三千里，獨戍遐荒二十春。尋蒼雁，覓錦鱗。相思莫厭寄書勤。」（《陶情樂府》卷三）當是為夫人黃峨而作。

嘉靖二十四年乙巳（西元 1545 年）五十八歲

〔柳枝詞〕〈滇南柳枝詞八首并序〉（《遺集》卷十八）。

〔徙居大理〕二月間事。與門生董難尋罷谷山，經喜瞼，會（楊）宏山諸公倡和。

〔作序〕〈遯野荒音序〉（《楊升菴叢書·補遺卷》）。

九月，還戍所永昌。

〔文〕〈跋山海經〉（《遺集》卷二十五）、〈李太白詩題辭〉（《文集》卷三）。

嘉靖二十五年丙午（西元 1546 年）五十九歲

丙午、丁未兩年居滇之高嶢。日與士大夫交遊。公文集中詠高嶢者多首，如〈秋夕高嶢早起〉、〈高嶢夕〉（《文集》卷十九）。

〔佳勝留題〕丙午二月，公屬紹芳隸漢王褒〈移金馬碧雞文〉於羅漢寺之崖，凡招提佳勝，會意處便操觚留題。

〔適臨安〕冬十月，公復適臨安訪臬憲樊景麟，暨桐岡葉公，遊諸巖洞勝景。

〔序文〕〈古文參同契序〉謂「近晤洪雅楊玚峽憲副云，南方有掘地得石函，中有《古文參同契》，魏伯陽所著，上中下三篇，敘一篇」，此事後世學者亦有所辨證。〔註83〕又、公於序末署「嘉靖丙午仲冬」（《文集》卷二）。

〔詩二首〕〈曲江驛〉、〈丙午除夕口占〉（《升菴遺集》卷十三）

〔浣溪沙詞二闋〕「丙午十二月碧雞關路旁梅」及「簡西崑樓飲」（《楊愼詞曲集・升菴長短句續集卷一》）。

嘉靖二十六年丁未（西元 1547 年）六十歲

〔序文〕公〈六書索隱序〉首云「愼自志學之年已嗜六書之藝，枕籍說文以爲折衷，迨今四十餘年矣」，則此文應在五十六至六十四歲間，今暫取其折中數，繫本年。

〔〈遊華亭寺〉〕寺在滇池濱的西山華亭峯上，距公所居高嶢不遠。公在本年「丁未之秋遊華亭寺，古壁上見高製（劉南坦司空題字）有『名山朝翡翠，滇海有餘空』之句，曾莊誦沈吟久之，作絕句三首，欲寄而無便」。（見《文集》卷六有〈答劉南坦司空書〉，南坦名元瑞。公另有〈跋劉南坦峴山圖〉一文在《文集》卷十）。

〔〈宿華亭寺〉〕五絕二首，其一：「花樹高於屋，紅霞夜照人。聲聲枝上鳥，也似惜餘春。」其二：「天風與海水，鳴籟隔山聞。半夜衣裳濕，清朝樹樹雲。」（《文集》卷三十二），二首或即在前述公所作「絕句三首」之中。

〔臨江仙詞〕「丁未新正寄簡西崑」（《詞曲集・長短句續集卷一》）。

〔五律〕〈丁未季冬會王鈍庵兼柬桐岡王名廷表，葉名瑞〉（《升菴遺集》卷八）。

嘉靖二十七年戊申（西元 1548 年）六十一歲

〔至晉寧〕春，至晉寧（雲南府屬），與侍御池南唐錡遊海窑（寶）、蟠（盤）龍、生佛諸山陀。公前贈王民望（廷表）詩，序言「期與池南唐子、午衢段子會於晉寧，爲盤龍、海寶之遊」（《文集》卷十九）今乃得以如願。

〔作序〕〈張愈光詩文選序〉（《楊升菴叢書・詩文補遺卷二》）。

〔七律〕〈登海寶寺望侍御唐池南錡別業因贈〉一首（《文集》卷三十一）。

〔有記〕〈楚雄府定遠縣新建儒學記〉一篇（《文集》卷四），云「定遠在漢

〔註83〕詳見余嘉錫《四庫提要辨證》卷十九子部十〈古文參同契集解卷三〉一文。

爲越嶲郡地，三國時諸葛忠武侯征南中營於此」、「武侯之所過化，則澹泊明志之道眞，寧靜致遠之心學，諸士子獨無興起之思乎？」文中又言及「釋菜（入學典禮）於（嘉靖）二十七年長至」，則此文之作當近於夏至節。

〔五絕〕〈戊申高嶤中秋風雨〉，有「不用梯雲取明月，水晶宮裏度中秋」句（《文集》卷三十四）。

嘉靖二十八年己酉（西元 1549 年）六十二歲

居高嶤。夏秋每與滇之鄉大夫葉雨湖、胡任山遊。昔重慶守劉繪、胡廷祿、偕紹芳數遊昆明池，有《池賞詩社集》。

〔五律〕〈與胡在軒（按即廷祿）簡西嘔（即紹芳）泛舟至柳壩晚歸〉，有「鵝兒黃似酒，楊柳綠藏鴉」句（《文集》卷十九）。

〔五絕〕〈自滇歸高嶤留別胡在軒名廷祿〉一首（《文集》卷三十三），或亦成於居高嶤時期。

〔〈于中好〉〕詞「己酉新春試筆」有「早歲登龍氣吐虹」、「烟波萬里一絲風」句（《詞曲集‧長短句續集》卷二）。

嘉靖二十九年庚戌（西元 1550 年）六十三歲

四月，海口疏，雲南臺司顧箬溪諸公，請公記其事於石。

〔七律〕〈夏松泉太宰壽詩〉，有「山中宰相無塵事」句（《文集》卷二十八）。

〔七古〕〈贈張生一鵬歸涪江，并柬太宰松泉夏公〉一首（《文集》卷二十五）。按夏松泉名邦謨，於嘉靖二十八年至三十年二月間任吏部尚書，上述兩首係夏公回蜀期間，升菴寄贈之作，姑繫於今年。

〔南詔野史序〕「是編也有四善焉。辨方也，訊俗也，好古也，傳後也。」

〔墓誌銘〕〈封君樂隱李公墓誌銘〉，略云「李公名芳，字庭光，廣西歸德人。成化十二年（西元 1476 年）十月二十八日生，享年七十有五」，則卒年當在今年庚戌（西元 1550 年）。又銘中引李公戒子（語）曰：「正而行，勿渝而節，日菽水吾，吾樂也，否則日鍾鼎吾，吾弗享。」「生子二人，長崑，丙科貢士，次即嵩，今爲四川參議」。（《文集》卷七）

〔壽序〕〈壽禹山張愈光七十序〉（《遺集》卷二十二）。

嘉靖三十年辛亥（西元 1551 年）六十四歲

〔《陶情樂府》〕公所作樂府集刻於今年。公友簡紹芳（西嘔）有序略云「太

史紅顏而出，華顛未歸，幾三十稔。得古今奇謫，然氣益平宕」，所制樂府「歌之者崇逸思，聞之者排窮愁」。序文末則謂「臨川拙莊楊子，澹齋余子請刻之，謾書以傳好事。嘉靖三十年春，新喻西鄠簡紹芳書」。（據《飲虹簃所刻曲》）又，張愈光亦序陶情樂府，但未署年月。

嘉靖三十一年壬子（西元 1552 年）六十五歲

〔爲民請命〕二月，時在逸武弁得委祭龍海口（昆陽境內滇池的出水口），歸肆狂惑，復丁夫六千督往駐濬，剝衆利，州人苦之，有言於公者，公歎之曰：「海已涸矣，田已出矣，民已疲矣！」致書巡按趙公炳然罷之。

〔書牘〕〈與巡按趙劍門論修海口書〉（《升菴遺集》卷二十五）。

〔詩〕〈海口行〉、〈滇池涸五首并跋〉（《升菴遺集》卷五、卷十八）

〔五律〕〈苦旱壬子之歲三月不雨，至六月矣〉（《升菴遺集》卷八）。

〔批選詩文〕三月，劉蓉峯明刑持先廷尉執齋玉公詩文集，請公批選於太華寺（在雲南府）。

〔有詩〕五絕〈太華寺〉云：「古地新蘭若，標峯冠彩霞。碧波臨萬頃，指點見星槎。」（《文集》卷三十三）又有「太華寺即事」五律一首，有「鐘動烟花紫，燈然瞑色葱」句（《文集》卷十九）。另有七律一首，題目較長：「太華寺席上文似山詠郭舟屋名文『湖勢欲浮雙塔去，山形如擁五華來』之句，愛其善狀景物，而惜其全篇未稱也，屬余易其首尾。」（《文集》卷二十六）以上三首雖未標年月，而可據以稍得公在太華寺心境。

〔七言絕句〕〈壬子秋余西還，施應乾百里而遙送，口占此以別（追錄）〉（《升菴遺集》卷十八）

〔有詩〕〈携酒探梅〉七律中有「滇海南雲老歲華，卅年不見故園花」（《文集》卷二十八）公自抵南中迄今僅二十八載，取成數謂之「卅年」，因爲公在癸丑，即明年以後，或在蜀行役或居江陽者數年未在戍所。故此詩當可繫諸壬子前後。

〔長短句〕〈老鴉林謠〉（《文集》卷三十八）頌郝御史政績，中有「冷場來往由康莊，何年始，昔年己酉今壬子」句。

嘉靖三十二年癸丑（西元 1553 年）六十六歲

公復領戎役於蜀，僑寓瀘州（四川瀘縣）。

〔刻南中集鈔〕周復俊有敘云「（升菴）裔楮殘章，散遺不少，近從記憶，遠逮搜披，小市孤林，方珉片碣，凡仁祠洞宮之留題，竹宇松亭之揮灑……」概加鈔錄而成編。據序文周氏癸丑夏五月曾訪公於連然海莊，未覿也，久之才受命雕易，集鈔其書。

〔有文〕〈新都縣重修儒學記〉，謂重修之事「汲汲經營，不惑於素。以癸丑上春人日經始，三月八日隆棟」（《文集》卷四），作記之時當在峻事之前後。

〔樂府餘音小序〕滇中友人曾璵為石齋公序（見飲虹簃所刻曲）下冊，世界本）。

嘉靖三十三年甲寅（西元 1554 年）六十七歲

〔送行七律〕〈甲寅新正六日送簡西嶴登舟〉有「金蘭意氣昔論文」之句（《文集》卷二十七）。

〔祭文〕〈祭在軒胡公文廷祿〉，中云：「余奉戎檄，暫歸江岷。承君凶問，迸淚傷神。……維甲之寅，在冬之孟，忽感熒魂，來入余夢。……」（《文集》卷九）。

〔七律〕〈詠霧淞有序〉，序云：「甲寅歲秋冬，久雨連月，十一月廿六日甲子曉，籠霧微淞，蓋晴兆也。往歲在北方，寒夜冰華，著樹若絮，日出飄滿庭階，尤為可愛……」。

楊士雲（弘山）卒，年七十八。

王廷表（鈍菴）卒，年六十五。

嘉靖三十四年乙卯（西元 1555 年）六十八歲

在瀘州。

〔銘、記〕〈王公鈍庵（名廷表）墓碣銘〉、〈（成都）金沙寺慈航橋碑記〉（《升菴詩文補遺》卷一）。

〔五古〕〈乙卯八月過江得簡西嶴書因寄三十韻〉有「登眺富篇章，藻翰增瑰瑋」句。

嘉靖三十五年丙辰（西元 1556 年）六十九歲

在瀘州。

〔七絕二首〕〈丙辰中秋〉、〈丙辰初度夕小飲即事〉（《升菴遺集》卷十八）。

〔文〕〈榮昌喻氏世德阡記〉（《升菴遺集》卷二十）〈絕句衍義敘〉（《升菴

詩文補遺》卷二）

嘉靖三十六年丁巳（西元 1557 年）七十歲

〔七律〕〈駐節亭餞高泉〉：「萬死投荒七十春，幸逢桑梓話情親。士師柳下難稱枉，漁父蘆中易愴神。往事悠悠如捕影，餘生落落且同塵。濁醪妙理天之祿，好醉樽前掌上身。」（《文集》卷二十九）公記事抒情，有時標以羈滇年數，有時明其年齡若干，本詩首句「七十春」是其例。

〔六言〕〈周儀晚晴六言〉中有「憐吾七十從軍」句（《文集》卷四十）。

〔七絕〕〈贈門生楊靜夫北上〉：「滇海門生廿載遙，飛騰次第上雲霄。衰年七十猶羈旅，誰向玄亭慰寂寥。」（《文集》卷三十五）

〔詩〕〈贈宋文百戶石岡舍人〉（《遺集》卷十八）。

〔行戍稿〕〈東西南北引〉（長短句）（卷三十七），〈廣心樓夜宿病中作〉、〈楊林病榻羅東齋太守遠訪〉（卷二十九、七律），其中或言「七旬衰病命逡巡」，或言「水中飄梗風中蓬」，皆標有「七十行戍稿」字樣。

〔臨江仙詞〕〈可渡橋喜晴〉（《楊慎詞曲集・補遺》）

〔喪子〕六月，長子同仁卒，年二十三。無嗣。

〔有詩〕〈丁巳元宵韓炅菴（表弟）送燈〉、〈丁巳五月五大熱追涼江山平遠樓二首〉（《文集》卷三十四）。

〔弟惇卒〕公八月歸新都弟惇卒。公有〈祭敘菴弟文〉（卷九）曰「七秩將躋，我歸自滇。兄酬弟勸，翕樂罔愆，掀髯北寺，握手東田……朝露溘然。具爾凋喪……」公痛悼之情倍於尋常。

〔五言排律〕〈刊木行〉刺宮殿營建繁。（《楊慎詩選》考證）

嘉靖三十七年戊午（西元 1558 年）七十一歲

子寧仁娶瀘州滕恩官女爲室。

公僑寓江陽者前後有十數年。交游日衆與曾岷野、章后齋諸公友善。

〔有記〕一篇，題爲〈郭門雙節記〉，旌表參戎雲屏郭公廷用之二位母氏，其請升菴爲記的緣由略稱「戊午春（郭氏）方命駕永寧，時有邊警……而雲屏愛日之念未忘也，一日以其事語定水馮子，馮旋曰：『吾遊於楊升翁之門，翁史氏也，一言垂於竹帛，比之前代《詩・衛風・柏舟》之詩劉向《列女》之傳』」（《文集》卷四）。

〔五古〕〈戊午人日（正月初七）立春病起擁爐追次昌黎（韓愈）公韻〉（《升菴遺集》卷三）。

〔文〕〈祈雨文戊午五月作〉（《遺集》卷二十六）、〈跋兩山來公詩刻〉（《遺集》卷二十五）、〈贈大憲伯見峰劉公入覲序〉（《遺集》卷二十二）、〈賀龍山張公陟雲南藩司左轄序〉（仝上）。

〔詩〕〈東坡先生守湖州，遊道場山，命官奴秉燭寫風雨竹一枝於壁題〉（《遺集》卷五）、〈廣心樓夜宿病中作〉（《文集》卷二十九）、〈戊午冬過水峽觀瀑布，懷景川侯曹公遺跡〉（《遺集》卷十）

十一月二十九日，曾璵少岷卒，年八十（〈曾公墓誌銘〉，《明文海》卷四三六）。

嘉靖三十八年己未（西元 1559 年）七十二歲

春，還戍所永昌。〔註84〕

〔文〕〈古音獵要（自）序〉、〈古音叢目（自）序〉（《升菴遺集》卷二十三）。〈送憲伯晴江杜公入賀聖節序〉（《遺集》卷二十二）、〈趙州雲南縣重修寶泉壩碑記〉（《遺集》卷二十一）。

〔七古〕〈與劉盧湖醉對白石畫舫亭〉：「七十二年老遷客，騎馬復走滇雲陌。二妙風流絕代無，談笑渾忘窮海諭。畫舫亭前花正開，佛桑含笑粉紅腮。畫圖更愛韓熙載（西元 902～970 年），一幅嬋娟進一杯。」（《文集》卷二十四）。

〔行戍稿〕長短句〈黃栢行〉，中有「只今行年七十二，猶作羈縻滇海陬」句（《文集》卷卅七）。

〔病中感懷詩〕題為〈六月十四日病中感懷七十行戍稿〉：「七十餘生已白頭，明明律例許歸休。歸休已作巴江叟，重到翻為滇海囚。遷謫本非明主意，網羅巧中細人謀。故國先隴痴兒女，泉下傷心淚也流。」（《文集》卷二十九）

〔又〕〈六月廿日永昌病臥己未歲〉（《文集》卷三十六）中有「老夫病眼渾無睡，四壁虰吟勝打更」句。

〔又〕〈病中永訣李、張、唐三公己未六月〉：「魑魅禦客八千里，羲皇上人四十年。怨誹不學離騷侶，正葩仍為風雅仙。知我罪我春秋筆，今吾故吾逍遙篇。中溪、半谷、池南叟，此意非公誰與傳。」篇末並有公註文，頗

〔註84〕明王世貞云：「楊用修自滇中戍暫歸瀘，已七十餘，而滇士有讒之撫臣萬者。萬俗戾人也，使四指揮以銀鐺鎖來。用修不得已至滇，則萬已墨敗。然用修遂不能歸，病寓禪寺以沒。」（《藝苑巵言》卷六）。

言一生遭妬而不怨尤之意（《文集》卷三十「七言律詩」）。

七月六日乙亥丑時公卒於昆明高嶢之寓舍。〔註85〕時巡撫雲南游居敬命殯歸新都。

嘉靖三十九年庚申（西元 1560 年）

冬，祔葬石齋公墓側。

（穆宗即位，奉遺詔追贈光祿寺少卿）。

〔註85〕據游居敬（時巡撫雲南）所撰〈升菴楊公墓誌銘〉（《明文海》卷四三四）。唯又據李元陽〈升庵先生七十行戌稿序〉云：「嘉靖三十八年冬。升庵先生由瀘至滇，涉路三千，歷日四十，滇淅夜衣，成詩百餘首，題曰《七十行戌稿》。寄某命序之，某既卒業，乃以書復先生。」（王文才、張錫厚輯《升庵著述序跋》頁 142。按，該文註明取材《中溪家傳滙稿》卷五）。由此知嘉靖三十八年冬，楊慎由瀘至滇，寄《七十行戌稿》屬李元陽作序，則升庵卒於嘉靖三十八年七月之說，似可斟酌，故穆藥據中溪全集〈興教寺海棠感舊〉等詩，升庵撰〈重修弘聖寺記〉、吳鵬〈重修崇聖寺廟〉二文，知李元陽重修弘聖、崇聖二寺（皆雲南大理佛寺），經始于嘉靖壬寅（二十一年），歷二十年至嘉靖四十年弘聖寺竣工，由升庵作「記」至嘉靖四十二年崇聖寺亦竣工，時吳鵬已致仕，由李元陽致書屬其作「記」。則楊作記當在嘉靖四十年，其卒亦在是年；以意推之，如升庵尚在，則〈重修崇聖寺記〉，亦當屬之升庵，而不致于千里傳書，屬已致仕之秀水（浙江嘉興）吳鵬操觚也。（以上引用穆藥撰〈楊慎卒年新證〉一文，刊西元 1983 年《昆明師院學報》第 3 期）。

第三章　楊愼生平考述（下）
——交遊、秉性與治學

　　升菴云：「諸葛恪（西元 203～253 年）與陸遜（西元 183～245 年）書曰：『以道望人，則難；以人望人，則易。』張子厚云：『以眾人望人，則易從。』其言本此。」〔註1〕今亦本諸葛恪書此語，請從升菴的交遊方面，看升菴的行誼，一如前一章可以從升菴與其遠近親戚的關係中，看升菴生平的行誼。

　　又焦竑《玉堂叢語》升菴著述存目中，所編纂的有〈交遊詩錄〉及〈交遊餘錄〉兩種，〔註2〕今海內外未見二篇單行，當已散入文集中，如升菴有〈結交行贈張季文兼寄劉建之〉一首，開頭即「澗有流泉山有塵，結交易，交心難，古人所以歎，白首恒如新，彈冠當途少知己，何況貧交多苦辛」（《文集》卷三十七），其餘如集中標有送、贈、酬、答、寄、懷、招……等字樣者，或原出〈交遊詩錄〉或〈餘錄〉。

　　升菴又引「武侯格言」云：「武侯曰，勢利之交難以經遠。士之相知，溫不增華，寒不改葉，貫四時而不衰，歷夷險而益固。」（文集卷四十九）具見升菴之留意於交遊之一斑。

　　茲分就師承、父執、謫戍前後宦途以及詩文、門生等，考述升菴交遊的種種，並及其秉性與治學。

〔註1〕　《丹鉛總錄》卷二十四「璅語類」。按諸葛恪、陸遜具三國時吳人。見《三國志・吳志》。
〔註2〕　見《玉堂叢語》卷之一「文學」，以二篇爲用修「所編纂」。

第一節　師承與父執

一、師　承

　　升菴師承，據舊傳年譜所載，束髮志學以後，嘗師福建鄉進士魏雪溪先生（名浚），習舉子業；又進於李文正公東陽門下。弱冠之齡，深得南峰劉文煥（名丙）賞識，並曾對王穎斌執弟子禮；王氏原爲雲南阿迷州歲貢生，明武宗正德二年（西元 1507 年）任新都縣訓導，當時升庵爲邑庠生。

　　（1）李東陽（西元 1447～1516 年）

　　東陽字賓之，號西涯，湖南茶陵人，《明史》本傳（卷一八一）略云，東陽累官少師兼太子太師禮部尙書文淵閣大學士，正德七年壬申（西元 1512 年）致仕（升菴父楊廷和遂繼爲首輔）。正德十一年丙子（西元 1516 年）卒，年七十，贈太師諡文正。事父李淳有孝行。爲文典雅流麗。獎成後進，推挽才彥，學士大夫出其門者，悉粲然有成就。東陽在明代文學上「最堪稱爲七子先聲」，歷來學界已有如是肯定的評語。〔註3〕著有《懷麓堂集》百卷。

　　東陽嘗見升菴於青少年期所作〈黃葉詩〉，曰：「此非尋常子所能；吾小友也。」乃進之門下，命擬〈出師表〉，及傅奕〈請沙汰僧尼表〉，東陽覽之，謂「不減唐宋詞人」。其後升菴登第，又出門下，詩文衣鉢，實出指授。〔註4〕

　　東陽當日爲升菴詳說〈龍生九子〉典故（見《文集》卷八十一），又解釋「篆書重疊字」云：「古鐘鼎銘文『子﹦孫﹦』，（按、即『子子孫孫』的省寫法）字皆不複書，漢石經改篆爲八分，如易之乾﹦，書之安﹦，亦如之，今行草皆然，竟不知其何義也。嘗質之李文正公，公曰，『﹦乃古文上字，言字同於上省複書也。』千古書流習而不察，關繫雖小，亦所當知。」（《文集》卷六十三）升菴又曾訪文正公李東陽家，見前人手書稿（卷五五：張亨父詩）。這些應該都是升菴受業的實錄。

　　升菴又云：

〔註3〕吳宏一《清代詩學初探》云：「《四庫提要》又說高棅《唐詩品彙》一書：『《明史・文苑傳》謂終明之世，館閣以此爲宗，厥後李夢陽、何景明等摹擬盛唐，多爲崛起，其胚胎實兆於此。』然而最堪稱爲七子先聲者，實不得不推李東陽。後七子之一的王世貞就說過這樣的話：『東陽之於李（夢陽）何（景明），猶陳涉之啓漢高也。』」（第一章「清代詩學的背景」第四節「文學思潮的遞嬗」一、前七子的論詩主張）。

〔註4〕據《函海本年譜》及錢氏《列朝詩集小傳》「楊修撰慎」條。

　　李文正嘗與門人論詩曰：「杜子美詩『北走關山開雨雪』（按、句出七律：〈贈韋七贊善〉）與『胡騎中宵堪北走』（按此句出〈吹笛〉，亦子美七律），兩『北走』字同乎？」愼對曰：「按字書，疾趨曰走，上聲，驅之走曰奏，去聲。北走關山，疾走之走也，如《漢書》（〈張釋之傳〉）『北走邯鄲道』之走。胡騎北走，驅而走之也，如《漢書》（〈季布傳〉）『季布北走胡』之走是，疑不同。」先生曰：「爾言甚辨，然吾初無此意。」盧師邵侍御在側曰：「恐杜公亦未必有此意。」蓋如此解詩，似涉於太鑿耳。〔註5〕

讀詩既不能不講訓詁，離訓詁則情將焉附；〔註6〕又不能太遷就詞面，遷就便會偏失主題，入於瑣碎。李文正論詩的原意，可能是針對「聲調節奏」方面；所謂詩的音樂性，〔註7〕而引發此問？唯升菴經文正示以津要，已知「似涉於太鑿」。這大約是升菴親得本師解惑的心得。升菴另有〈李文正母麻太夫人壽九十詩〉三章，〔註8〕以及文正公卒後，爲梁億所著《皇明通紀》一書「隱沒先太師之善」而力辨其誣云：「如正德（十五年西元 1520 年）庚辰、嘉靖辛巳（西元 1521 年）改革之際，迎立之詔，江彬之擒，皆匿而不書。」（《文集》卷四七〈野史不可盡信〉一則）具見與文正公從遊關係並非泛泛而已。

（2）劉　丙

〔註5〕《文集》卷五十八〈北走〉。按〈贈韋七〉詩，清仇兆鰲《杜詩詳註》引鮑（照）明遠〈蕪城賦〉：「南馳蒼梧漲海，北走紫塞雁門」爲釋，今查李善注《文選》該句引如淳《漢書》注曰：「走，音奏，趨也。」則與升菴取「上聲」異。又〈吹笛〉一首，仇注引《通鑑》云：「『永泰元年，吐蕃與回紇入寇，子儀免冑釋甲，投鎗而進，回紇酋長皆下馬羅拜，再成和約，吐蕃聞之，夜引兵遁去』即此事也」，仇注又引《世說》云：「劉琨（西元270～317年）爲并州刺史，胡騎圍之數重，琨（始）夕乘月登樓清嘯，賊聞之，悽然長嘆，中夜奏胡笳，賊皆流涕，人有懷土之思，向晚（曉）又吹之，（胡）賊並棄圍奔（散）走。」（按、出「雅量」篇，文字有小異）並引周弘讓〈長笛吐清氣〉詩云：「胡騎爭北歸，偏知別（越）鄉苦。」仇注於「胡騎中宵堪北走」走字下音注曰「奏」，此與升菴取「去聲」者同。觀此，則「北走」一詞，其意義並非深奧難辨。

〔註6〕升菴以爲「唐詩主情」，見《升菴詩話》卷八。

〔註7〕李東陽《麓堂詩話》云：「觀樂記論樂聲處，便識得詩法。」又云：「古詩歌之聲調節奏不傳久矣。」故近人郭紹虞云：「滄浪所論偏於詩之風格，西涯所論則重在詩之抑揚亢墜之處，所以滄浪之推尊李、杜，在其氣象，而西涯之推尊杜甫，在其音節之變化。」（見郭著《中國詩的神韻格調及性靈說》頁41）。

〔註8〕《文集》三十八卷〈長短句〉。

《明史》本傳略云，丙字文煥，南雄（按今廣東嶺南道南雄縣）知府劉實孫。成化末登進士，歷福建、四川副使，俱督學校，三遷四川左布政使。正德六年以右副都御史巡撫按湖廣。……丙操履清介，敢任事。所至嚴明，法令修舉。遷工部右侍郎，採木入山，越二載，犯風痹得疾，卒。詔贈尚書，謚恭襄。（卷一七二）

《函海本年譜》稱，升菴正德二年（西元 1507 年）歸新都，「應四川鄉試，督學南峯劉公面試而奇之，曰：『吾不能如歐陽公（修），乃得子如蘇軾。』是秋果擢《易》魁。」「南峯劉公」，當即指劉丙。〔註9〕

升菴晚年有七絕一首〈寄漢州太守劉仲粟〉，題下自注云：「名琮，吾師南峰侍郎諱文煥〔註10〕之子。此乃升菴晚年借題懷師寄慨者。詩云：

南峯桃李徧峨岷，白髮門生今幾人。

東閣郎君今健否，何時同醉雁橋春。（《文集》卷三十四）

升菴云：「噫，曾子子思吾不得而見之矣，安得二鄭（按、指先鄭鄭眾，後鄭鄭玄 127～200）二劉（劉向、劉歆，《漢書》卷三十六）而與之論經術哉！」（《譚苑醍醐》卷二）升菴對於求師問學，其猶恐失之的心理亦大抵如是。

二、父　執

父執輩中最具影響力，使升菴一生無論順逆，在做學問方面，都能始終保持堅確不渝之志向者，要數楊一清。其他則蔣冕、費宏等長輩對於升菴亦多所提攜。

（1）楊一清（西元 1454～1530 年）

字應寧，其先雲南安寧人。父徙巴陵。少能文，年八歲，以奇童薦入翰林。憲宗成化八年（西元 1472 年）進士，父喪，葬丹徒（江蘇鎮江），遂家焉。官至吏部尚書，正德十年（西元 1515 年）三月，升菴父楊廷和以丁憂去，帝命楊一清兼武英殿大學士，預參機務。嘉靖三年（西元 1524 年）為兵部尚書總制陝西三邊，故相行邊，自一清始，溫詔褒美，比之郭子儀。王世貞稱之為「出將入相」（《說郛續》第十三之一〈皇朝盛事〉）。升菴則贊歎一清讀

〔註 9〕 據陳文燭撰《楊升菴太史愼年譜》，焦竑編《國朝獻徵錄》卷二十一。

〔註10〕 按升菴嘗言「古者諱名不諱字。屈原曰：『朕皇考曰伯庸。』是不諱之驗也」（《文集》卷五〇〈名諱〉）；又云：「愼所著詩篇多舉交遊之字，或書其名于下，庶乎觀者俾言與事諧，情景相對。」（卷五〇「別號」）。

書之精熟，遂成升菴一生心目中崇拜的偶像人物。升菴本傳云：

> 嘗奉使鎮江，謁楊一清，閱所藏書，叩以疑義，一清皆成誦，愼驚
> 異，益肆力古學。既投荒多暇，書無所不覽，嘗語人曰：「資性不足
> 恃，日新德業，當自學問中來。」故好學窮理，老而彌篤。〔註11〕

則一清與李東陽之以「楚三傑」（另一位是劉大夏）見稱於獻王（明世宗父）
者，誠非虛譽。〔註12〕一清嘉靖九年庚寅（西元 1530 年）卒，年七十七。有
《關中奏議》十八卷傳世（《四庫全書·史部詔令奏議類》）。

（2）蔣　冕

蔣冕，字敬之，廣西桂林府全州（今全縣）人。舉成化二十三年（西元
1487 年）進士，選庶吉士，授編修。清謹有器識，雅負時望。正德十四年（西
元 1519 年）加少傅兼太子太傅、戶部尚書、謹身大學士。大禮議起，冕固執
世宗入繼大統是「爲人後」（當尊孝宗曰皇考）之說，與廷和等力爭之。後代
廷和爲首輔，僅兩閱月，卒齟齬以去，論者謂有古大臣風，《明倫大典》成，
落職閒住，久之，卒。其〈湘山寺〉一詩或即閒居時所作（有「朝暮見雲飛，
不見雲歸處」句。見《明詩綜》卷二十五）。穆宗隆慶（西元 1567～1572 年）
初復官，諡文定。著有《湘皋集》三十三卷。

（3）費　宏

費宏，字子充，江西鉛山縣人。甫冠，舉成化二十三年（西元 1487 年）
進士第一，授修撰。後廷和等去位，宏爲首輔。進華蓋殿，卒於位，贈太保，
諡文憲，有《鵝湖摘稿》，世宗政暇，輒與討論詩詞。御製七言詩嘗以「睠茲
忠良副倚賴，未讓前賢專令名」美費宏。〔註13〕費宏、蔣冕與升菴父楊廷和
嘗同爲《武宗實錄》總裁官。卒於嘉靖十四年乙未（西元 1535 年）。

升菴曾於嘉靖二年癸未（西元 1523 年）參預纂修《武宗實錄》，升菴練
習朝野典，〔註14〕事必直書，總裁蔣冕、費宏曰：「官階雖未及，實堪副總裁

〔註11〕以上取材《明史》卷一百九十八，列傳第八十六楊一清傳。又錢謙益《列朝
　　　　詩集小傳》丙集「楊少師一清」條，亦可相參。

〔註12〕列傳第八十六：《玉堂叢語》卷之七〈賞譽〉。

〔註13〕以上本《明史》蔣冕與費宏傳，並參考《列朝詩集小傳》丙集「費少師宏」。《湘
　　　　皋集》著錄於《明史》卷九十九藝文志。又、楊一清，蔣冕及費宏亦見明王世
　　　　貞撰《嘉靖以來首輔傳》，今收入沈雲龍選輯《明清史料彙編》初集第一冊。

〔註14〕〔校記〕《函海本年譜》「公練習朝野典事必直書」，今商務版《升菴全集》（列
　　　　國學基本叢書第三〇八種）據清初周參元校本作「公練習朝野，遇事必直書」。

者。」乃盡以草錄付校。二公器重升菴,有如是者。

第二節　宦途知交

在京師時約舉崔銑等,讁戍以後,則郭楠等,都是升菴仕宦十數年,流放三十幾度春秋的相過從人物中,大抵有詩文記載的搢紳之家,其中亦不乏文會之師友,以及忠耿死節之同志。

一、在京師

(1) 崔　銑

崔銑,字子鍾,河南安陽縣人。舉弘治十八年(西元 1505 年)進士,選庶吉士,授編修,預修《孝宗實錄》。嘉靖三年,集議大禮久不決,大學士蔣冕等俱以執議去位,銑亦曾上疏求去。銑少輕俊,好飲酒,盡數斗不亂,中歲自屬於學,言動皆有則,嘗曰:「學在治心,功在愼動。」嘗作政議十篇。官至南京禮部右侍郎。嘉靖二十年卒,年六十四(時升菴五十四歲)。諡文敏,有《洹詞十二卷》傳世。〔註 15〕

崔銑舉進士當年(弘治十八年),升菴時十八歲,方侍石齋公於禮闈,崔銑試卷在分考劉武臣簾下,疑其刻深未錄,升菴見之,愛其奇雋,以呈石齋公,遂擢《詩經》魁。崔銑知而以「小座主」稱焉(貢舉之士稱有司為座主)

按、「朝野典」當指朝野典章故實之意。唐有《朝野僉載》,宋有《朝野雜記》、《朝野類要》(皆見《四庫全書》),內容大概是記載時事、故事、典禮、職任、法令、政事、取士郊廟、兵馬邊防等。故「朝野典」或係涵蓋類似上述內容之名詞,「公練習朝野典」謂升菴熟習朝野典章制度及風俗掌故也。《列朝詩集小傳》云:湖廣土官『水盡源通塔平(坪)』長官司入貢,同官疑為三地名,用修曰:「此六字地名也。」取大明官制證之(丙集「楊修撰慎」條;又《函海本年譜》亦載此事),按事在修《實錄》前,是熟習典章制度一例。又按:《明武宗實錄》正德十六年(西元 1521 年)六月開始纂修,至嘉靖四年(西元 1525 年)六月書成(據《中國史學史辭典》頁 207),則升菴預修實錄時,距書成兩年有餘。

〔註 15〕以上見《明史》卷二百八十二,列傳第一百七十「儒林」。銑嘉靖三年「上疏求去」,「閱十五年用薦起少詹事……未幾,疾作,復致仕。卒於嘉靖二十年(據《歷代名人年里碑傳總表》)。有關崔銑事蹟,可另參考明焦竑撰《玉堂叢語》中〈行誼〉、〈方正〉、〈豪爽〉諸篇所載。《洹詞》十二卷著錄在《明史》卷九十九「藝文志」四。清《四庫全書》中有《洹詞》(別集)《士翼》(儒家)《讀易餘言》(易)及《彰德府志》等存目。崔銑事又見《明儒言行錄》卷七。

竟成為生平知己。〔註16〕這是二人訂交的一段因緣。

（2）徐文華

徐文華，字用先，四川嘉定州（今樂山縣）人，正德三年（西元 1508 年）進士，授大理評事，擢監察御史。嘉靖二年（西元 1523 年）舉治行卓異，入為大理右少卿。三年與升菴等廷臣，為議大禮跪伏左順門，自辰至午不起。後遣戍遼陽，遇赦，卒於道。〔註17〕

升菴有詩云：「嘯歌丹崖邊，攜手紫霞上」（〈送徐用先歸嘉州〉），可略見夙昔這對儔侶登臨之樂；而用先之死於戍途（當在嘉靖九年「大赦」以後），升菴傷逝，曾自比延陵季子不忘故情：「掛劍應無地，飛蓬慘淚笳」（〈哭徐用先〉詩）〔註18〕

（3）程啟充

程啟充，字以道，四川嘉定州人，與徐文華同鄉，亦正德三年進士。除三原（陝西三原縣）知縣，入為御史。世宗時張璁、桂萼等權臣，惡啟充平素蹇諤，因藉口某案，指其挾私，謫戍邊衞十六年赦還。《明詩綜》所輯以道〈塞下曲〉一首，中有「黑龍江上水雲腥，女眞連兵下大寧（按、今熱河凌源縣西北）。五國城頭秋月白，至今哀怨海東青」句（《明詩綜》卷三十三），大概就是戍邊期間的作品。《明史・藝文志》著錄有《南谿詩話》三卷。

從升菴在河南淇水惜別這位巴人同鄉情景（〈暮春淇館會別以道〉，《文集》卷三十五），以及在獲贈「錦鏽段」後所描述的「上縷膠與漆，下繪芝與蘭」（〈答程以道〉，卷十六），另外升菴《陶情樂府》中「我上雲山，君下煙汀，百二秦關，三千江水，七十長亭」（卷四〈折桂令別程以道〉），可以想見彼此平生相契之深與相期之美，故啟充戍邊期間，升菴且以李將軍父子的善射與勇壯，致書慰勉，更切盼征夫早日賦歸：「射虎瞑中聞暗吼，落鵰雲外墜清哀，五千深入衝寒雪，十萬橫行殷霽雷。」〔註19〕

〔註16〕據《函海本年譜》。按貢舉之士稱有司為座主，始於唐。

〔註17〕《明史》卷一百九十一，列傳第七十九。又嘉靖九年、十五年、十六年皆有詔令赦天下。事見〈世宗本紀〉。

〔註18〕分見《文集》十七、十八兩卷。季札掛劍徐君墓事見《史記・吳太伯世家》。

〔註19〕見《文集》卷六。〈燕歌行〉所引「殷霽雷」當即指《詩・召南・殷其靁篇》，殷其靁一語固摹寫軍威盛壯，而按該篇三章，三復「歸哉歸哉」，則用此事者旨意約略可知，《毛詩會箋》云：「李（白）詩『何日平胡虜，良人罷遠征』此其所待也。」可資溯升菴詞意。或謂「殷其靁」乃衆士慕文王之仁政以歸

　　當初升菴在雲南戍所，聽到徐、程兩嘉友遭遣遼邊，與己同患，先後有書述懷，〈與徐用先書〉云：「執事（指徐文華）與以道（指啓充），並嬰嚴犴，俱編行戍，驚與嘆會，豈忍喙哉（《文集》卷六）」，眞不知今生可還有「攜手里社，接景桑梓」的機緣。於是不免愴然神傷，故又寄詩一首言志，中有云：「夢繞盧龍明月易，書隨鴻雁朔風難……應念瘴鄉孤戍者，自將形影弔衰殘。」（《文集》卷二十六〈寄徐用先，程以道〉）。

　　（4）石天柱

　　石天柱，字季瞻，四川岳池縣人。亦正德三年進士。稍後授戶科試給事中，爲宮中政事數上疏，帝皆不省。嘗念帝盤遊無度，乃刺血草疏，凡數千言，又與同官王爐力明彭澤無罪，（彭）乃得罷爲民，因得罪兵部尙書王瓊，外放臨安推官。世宗即位，召復舊職，遷大理丞，未幾卒。升菴有〈寄石季瞻謫居（石名天柱，以血書諫）〉一首，云：「聞道炎方謫，遙從瘴海過。後期淹歲月，前路愼風波。霄漢孤鴻遠，關山九虎多。卜居何處問，薜荔在山阿。」〔註20〕

　　石天柱、程啓充以及升菴，同爲正德元年在京師所草創的「麗澤會」會友。

　　（5）彭　澤

　　彭澤，字濟物，蘭州人。登弘治三年（西元1490年）進士，授工部主事，歷刑部郎中。澤體幹修偉，腰帶十二圍，大音聲，與人語若叱咤。所至以威猛稱。材武知兵，然性疎闊負氣，經略哈密事頗不當，錢寧、王瓊等交齮齕之，遂因此得罪。後（嘉靖七年）奪官爲民，家居鬱鬱以終。有「《幸菴行稿》十二卷。」〔註21〕

　　升菴稱彭澤這位忘年交爲「塞上將軍」，爲「人豪」（《文集》卷二十五〈冬晴三章寄彭幸庵〉詩），有〈楊柳枝詞二首〉記彭澤平藍鄢賊事（《文集》卷三十六）。並頗受其所書座右：「出必如孔明，處必如淵明。」（《文集》卷二十七〈送彭幸菴尙書致仕二首〉自註）惜彭澤致仕後，似不能得「采菊東籬」

　　　周，以殷鼎喻文王之政令也。此別爲一解。
〔註20〕《明史》卷一百八十八，列傳第七十六。〈寄〉詩，則見明萬曆楊芳刊本《楊升菴先生草書詩》卷三。
〔註21〕《明史》卷一百九十八，列傳第八十六。《行稿》見卷九十九藝文志四集類。

的清趣。

彭澤有弟名沖，亦有令名，故升菴另有詩美之，云：「文武才名歸一姓，兄弟勳華許誰並。」（《文集》卷二十三〈離席行送彭二〉）

（6）藍　田

藍田，字玉夫，山東即墨縣人，世宗嘉靖二年進士，任御史職，爭大禮被杖，嘉靖七年五月，黜爲民〔註22〕有《北泉集》（存目）。曾與永昌張含結社，和麗澤會諸人倡和。是升菴未冠時的「總角」交，一直到升菴「華髮生」，〔註23〕還有詩作相遺。

（7）張　潮

張潮，字惟信。翰林編修，正德年間與升菴同館校《文獻通考》。〔註24〕升菴在雲南時有五古一首訴謫貶以後五年（嘉靖八年）的憂懼心境與夢想：「鼓腹畏含沙，延頸愁添瘻……還鄉尚有期，從君訪黃石。」（〈懷音篇寄張惟信學士〉）其他和韻詩作多首，其中有二人同入翰林（在正德十一年丙子）時參加〈慶成宴〉的酬唱。〔註25〕今升菴詩集中遇有「玉溪」評語者即張潮意見。嘉靖二年，又曾與之小飲論學。惟信約卒於嘉靖三十年，〔註26〕則二人友誼至少維持三十八年以上。

〔註22〕藍田事蹟在《明史》卷二〇六，列傳第九十四「葉應驄」下附傳。又、《明通鑑》卷五十四嘉靖七年五月載云：「藍田已入察典，上謂其以『謗書入奏，致興大獄，仍令巡按、御史即其家逮治以聞。』尋勘狀，黜爲民。」又田字玉夫，《四庫總目》作「玉甫」，見總目卷一七七「北泉集」下。

〔註23〕「文集」卷三十一〈寄藍玉夫名田〉七律一首，云：「四海風紀藍御史，廿載逃名即墨城。……總角歡遊忽衰老，握鏡愁看華髮生。」

〔註24〕《明史》無傳，唯據前註何孟春傳中所載爭大禮朝臣名單，與升菴同列「翰林」二十二人中，且冠有職稱「編修」。校《文獻通考》事，則據《函海本年譜》。

〔註25〕〈懷音篇〉一詩在《文集》卷十五，中有「五載困羈孤」句，應是嘉靖八年（西元1528年）所作；〈慶成宴〉則在《文集》卷三十一，當作於正德十一年（西元1516年）。其餘次韵之作，散見《文集》十七、廿七、三十各卷。

〔註26〕據《升菴文集》卷五十六〈玉壺冰〉一則云：「癸未之夏，余在館閣，與張太史惟信小飲，探題賦玉壺冰……遂書於扇，傳詠於詞林。去今三十年，惟信墓有宿草矣。檢舊扇重書之，不知老淚之橫集也。」按，自癸未（嘉靖二年）至「去今三十年」，是在嘉靖三十一年壬子，既言「有宿草」，則是惟信甫於去年，即嘉靖三十年云亡（草經一年則根陳稱宿草，有宿草已葬於斯地一年）。又、「玉溪」即張潮其人別號，見游居敬撰〈升菴楊公墓誌銘〉一文（《明文海》卷四三四）。

（8）王元正

升菴在京師尚有一位同「進退」（同年進士，同年被謫）的同寅王元正，二人亦在《明史》同一列傳（附升菴傳末）。

王元正，字舜卿，陝西盩厔縣人，與升菴同年進士（正德六年，西元1511年），由庶吉士授檢討。武宗幸宣府，大同，元正述〈五子之歌〉以諷。竟以爭大禮與升菴「撼門大哭」，謫戍茂州（四川成都府茂縣）卒。〔註27〕

升菴在京都時曾自元正處得到一般人罕傳的〈河州王司馬詩〉：「司馬王公竑，陝西河州人，其直節英名，人皆知之，而不知其文藻也。余同年太史玉壘王公元正，爲余誦其八詩，今記其五。……」〔註28〕略見二人公餘切磋的情狀。後元正謫戍茂州，升菴有〈折桂令〉一首寄元正，中有「懷佳人玉壘關西，愁裏同行，夢裏分攜」句。另〈駐馬聽（和王舜卿舟行四詠）〉，中有「且共忘憂，消除賴有樽中酒」句（分見《陶情樂府》卷三、卷二）。升菴另有祭元正文，歷敘二人爲國事「三進及霤」，因見斥而「扶傷攜幼」的往事。嘉靖二十年（西元1541年）八、九月間，升菴尚有一次機會和元正相聚共修《蜀志》。〔註29〕

升菴末期仕路多舛，「同病相憐」（祭元正文語）的廷臣亦比比皆是，觀其所交遊者，除崔銑因議大禮事「上疏求去」，勉強獲得致仕，家居十五載，張潮亦因史料不足，有無被杖獄不能確知，此二人外，其餘諸子，或飽受廷辱，或顚沛邊荒，或廢錮終身，鬱悒以死，一如上述，則升菴及其同志友朋之所以如此敢於冒大不韙，其間當不無令人省思者，實不當輕作「不協情理」或「頑固無知」的評騭。《明史》傳贊所謂諸子「非徒意氣奮發，立效一時巳也」〔註30〕是爲的論。

二、謫戍以後

升菴謫戍前期，有郭楠、江良材、歐陽重等。

（1）郭　楠

〔註27〕《明史》卷一百九十二附楊愼傳末。〈五子之歌〉是《書經》篇名，據其小序云：「太康失邦，兄弟五人，須于洛汭，作五子之歌。」

〔註28〕《文集》卷五十五。又《外集》卷七十八〈詩品〉亦載此事。

〔註29〕祭文見《文集》卷九；「三進及霤」用《左傳》宣公二年士會諫晉靈公事。共修蜀志見《文集》卷二〈四川總誌序〉。

〔註30〕《明史》卷一百九十二楊愼等列傳末贊語。

郭楠，字世重，福建晉江縣人。正德九年（西元 1514 年）進士。諸臣伏闕爭大禮，皆得罪，楠方巡按雲南，馳疏言：「人臣事君，阿意者未必忠，犯顏者未必悖，今羣臣伏闕呼號，或榜掠殞身，或間關謫戍，不意聖明之朝，而忠良獲罪若此。乞復生者之職，卹死者之家，庶以收納人心，全君臣之義。」帝大怒，遣緹騎逮治，廷杖之，削其籍（《明史》卷一九二）。按、郭楠上此疏，和升菴之南下，不無關係，《函海本年譜》云：「（升菴）公力疾冒險，抵永昌幾不起，巡按郭公楠、清戎江公良材，極爲存護，卜館雲峯居之，且上疏乞宥議禮諸臣，而郭亦被詔下獄爲民。」即指此事。

（2）歐陽重

歐陽重，字子重，江西盧陵人。正德三年進士。殿試對策，歷詆闕政，授刑部主事。劉瑾兄死，百官往弔，重不往。嘉靖六年春，拜右僉都御史，巡撫應天。會尋甸土酋安銓、鳳朝文反，廷議以重諳滇事，乃改雲南。後因揭鎮守太監杜唐及黔國公沐紹勛相比爲奸利事，竟見劾解職。家居二十餘年，不復仕。

嘉靖八年（西元 1529 年）八月，升菴寓雲南大理府趙州（今鳳儀縣），聞石齋公訃，奔告巡撫歐陽重，疏上得歸襄事。升菴事前有書致歐陽重，請求協助其獲准回新都善後，云：「萬里聞訃，五內摧裂……執事若矜其情而賜之告，使襄事寧凶，遄歸反役，維情與憲，實兩兼之」（〈與歐陽子重都憲書〉），事後又致書感激，對於這位執事「處我，勝我自處」，鼎力相扶持的「仁人錫類」，再三申其受恩心情云「匪不敢忘，將不能忘，匪不能忘，焉忍忘之」（〈謝歐陽子重書〉）。〔註31〕

謫戍後期有黔國公沐紹勛及其子弟，重慶守劉繪，四川巡撫劉大謨，雲南臺司顧應祥等，都是升菴在無盡遊子孤臣歲月中遇合的重要人物。

（3）沐紹勛

沐紹勛，字希甫，襲祖業爲黔國公，鎮守雲南。有勇略，用兵輒勝。尋甸土舍安銓及武定土舍鳳朝文先後叛，連兵攻雲南大擾，紹勛督所部與官軍合力敗破之，時嘉靖七年（西元 1528 年）。後南中悉定，紹勛功不可沒。其後升菴撰《南詔野史》，即以沐公《古滇集》作爲藍本。〔註32〕

〔註31〕歐陽重事蹟見《明史》卷二百零三。升菴聞訃一節見《函海本年譜》。致歐陽子重二書，見《文集》卷六。

〔註32〕定南中事據《明史》卷一二六〈沐英傳〉中所記載。「字希甫」則另據《文集》

升菴謫戍南中，沐氏便欣然與之把臂論交，多所照拂，所謂「顧我於逆旅，慰我於天涯」。〔註33〕紹勳嗜吟詠、閑翰札、珍繪事等藝文；今《陶情樂府》中錄有升菴〈一封書粉席送別〉並石岡沐〈次韻〉。升菴有〈次沐希甫山茶韻〉七律一首寫「山茶競開如火然（燃）」，而一己避地山城，到如今已是「青鏡綠樽非壯年（《文集》卷三十）」的心境。而紹勳子弟八九人，亦多與升菴來往，升菴有〈贈沐錦衣（五華）〉、〈沐五華送雞樅〉、〈憶沐九華兄弟〉，〔註34〕及〈黃鶯兒小令一首與沐大華遊蓮池〉（《陶情樂府》卷四）。迨其奄逝，則有〈祭黔國恭熙（僖）公（紹勳子，名朝輔）文〉、〈祭沐九華文〉，至於紹勳之云亡則有〈祭參戎石岡沐公文〉，〔註35〕〈石岡沐公希甫輓詩〉誌其「露薤霜高」的悲懷（《文集》卷三十一）。

唯據前述歐陽重事，重嘗因揭鎮守太監杜唐及黔國公沐紹勳「相比為奸利」，「二人懼且怒，遣人結張璁（按、當時權臣）謀去重」（《明史》卷二〇三），不知升菴當時是否知情？蓋升菴在滇，每歎消息閉塞，〈與徐用先書〉（《文集》卷六）即有「伏在草莽，不知外事」語。

（4）劉 繪

劉繪，字子素，或作汝素，一字少質，河南光州人，弘治十八年（西元1505年）生，小升菴十八歲。長身修髯，磊落負奇氣。好擊劍，力挽六石弓。舉鄉試第一，登嘉靖十四年進士。授行人，改戶科給事中。後出為重慶知府，因土官爭地相讐事，罷官家居二十年，卒。〔註36〕年六十九。子素文章雄健可喜，其詩才氣奔騰，而風調未諧。著有《嵩陽集》十五卷，《奏議》二卷及《劉子通論》十卷。〔註37〕

有關詩文推斷。作為「藍本」事，見《南詔野史》楊慎序文。

〔註33〕《文集》卷九〈祭沐九華（按即紹勳子）文〉。

〔註34〕分見《文集》卷三十六、卷二十六。按樅，土菌也，高腳繖（傘）頭，俗謂之「雞樅」，出滇南。雞樅又作「雞塅」，雲南語草名。《升菴文集》卷七十九有〈鶏菌〉一條，云：「鶏菌菌如鶏冠也，與《莊子》云『牂生於奧』（徐无鬼篇）義相叶，故雲南名佳菌曰鶏塅，鳥飛而斂足，菌形如之，故以鶏名。」（亦見《升菴外集》卷二十三〈飲食類〉）。

〔註35〕以上三篇見《文集》卷九。

〔註36〕《明史》卷二〇八本傳。又《明文海》存張佳治撰〈中憲大夫重慶知府嵩陽劉公暨配胡孺子墓誌銘〉一篇，劉繪字作「汝素」（《明文海》卷四百三十六）。

〔註37〕評語見錢謙益《列朝詩集小傳》丁集上「劉重慶繪」條。所著則見《明史‧志七四、七五藝文》著錄。

升菴曾與劉繪等「數遊昆明池，有池賞詩社集」（見年譜）。升菴有〈滇海曲〉十二首，詠「昆明池水三百里」風光，兼寄「邊愁」（《文集》卷三十四），可能即作於與劉繪等同遊之時。

劉繪有〈與升菴楊太史書〉，頗道其傾慕之意，至擬升菴為楊雄、王褒、謝玄暉、鮑明遠其人；升菴則〈答重慶太守劉嵩陽書〉中，亦詳陳「荒戍瑟居，得以息黥補刖」的斐然志趣：「欲訓詁章句，求朱子以前六經，永言緣情，效杜陵以上四始（國風、小雅、大雅、頌）。」劉繪書中又自言「負單僻之性，凡與人交識，惟期意氣任情」，升菴亦自道「天稟倔強，不能以過情接物，虛言定交」，因知二公性情當甚相投（《文集》卷六）。

（5）劉大謨

劉大謨，字遠夫，正德三年進士。嘉靖十九年（西元 1540 年）七月升菴歸新都，八月，巡撫東阜劉公大謨，聘升菴等各纂修《蜀志》（《函海本年譜》）。升菴當初在朝，本授翰林修撰，世稱太史，故得劉大謨聘修四川史乘（藝文志），除藉便盤桓鄉土以慰羈愁外，當亦不無重作馮婦之慨。

修史開局於翌年（嘉靖二十年）八月，在成都靜居寺宋（濂）、方（孝孺）二公祠，升菴有〈宋潛溪、方遜志二賢祠亭陪東阜，狷齋坐〉詩（《文集》卷三十一），憑弔此一「江漢炳靈遷謫地」，又曾泛舟浣花（溪）與東阜、狷齋同賦「楊雄玄閣」、「杜甫草堂」（《文集》卷二十六），修史竣事後，偶遊百福寺見二公詩，又有懷二位以「生死論交」（《文集》卷二十七〈懷劉東阜、謝狷齋〉）的七律一首，記與東阜論詩趣談一則，〔註38〕又記其愛護古物的事蹟。〔註39〕

升菴於劉氏卒後，偶過駐節橋，讀到其人生前碑文，頓生無限追思：「可憐東阜客，今作北邙塵。憶昨錦江離別處，江邊手折垂楊樹，千里還鄉不見君，斷腸鄰笛山陽賦。」〔註40〕

〔註38〕 升菴《丹鉛總錄》卷八：〈孟光舉案〉一則，論「青玉案是何物」並謂「無幾時，東阜奄逝」。

〔註39〕 《升菴文集》卷五十五有〈崔道融梅詩〉一則，內容本謂「古人詩文前代不傳（如唐人崔道融詠梅詩，楊誠齋不見全篇，而升菴於雜抄唐詩冊子此首適全），或又出於後，未可知也」，乃舉「如（福建）蒲城縣李邕書『雲麾將軍碑』，已為人擊斷，正德中劉東阜謫居蒲城，乃鐵（撮）束之復完……」。

〔註40〕 〈過駐節橋讀東阜劉遠夫公碑文愴然有感〉一詩屬卷三十七「長短句」。篇中「北邙」在今河南洛縣北；言「錦江離別」、「千里還鄉」，駐節橋當在成都府一帶。

（6）顧應祥

顧應祥，字惟賢，號箬溪，浙江長興人，孝宗弘治十八年乙丑（西元1505年）進士。〔註41〕曾任都察院都御史，巡按雲南，嘉靖二十九年庚戌（西元1550年）七月，除刑部尙書，旋於三十年辛亥二月降調，三十二年癸丑十二月，以三載滿，得請致仕，嘉靖四十四年乙丑（西元1565年）卒，年八十三。〔註42〕著有《顧應祥文集》十四卷（《明史》著錄），《惜陰錄》、《南詔事略》等（清〈四庫存目〉），另升菴並評選有《箬溪歸田詩選》一卷。〔註43〕

升菴有〈僧鞋菊和顧箬溪韵〉（按、僧鞋菊，「附子」別稱，以其花似僧鞋，故名）一首，以「花開」「挹露」象徵友誼之清新，〈顧箬溪中丞載酒過滇館〉一首，以「春夢依稀蕉鹿後，晨星寥落雪鴻前」慨言世事人情之餘，似亦在表露如手足之深情。〔註44〕升菴又在〈射虎圖爲箬溪都憲題〉七言古詩，兼抒其披卷觀畫所引發暮年壯思：「老驥伏櫪悲鳴苦，壯士哀歌淚如雨。」（《升菴文集》卷二十三）可謂心聲的傾吐。又二人論詩升菴亦有所記載。〔註45〕

今觀前引〈載酒過滇館〉一詩，其首聯，即「濁水清塵十七年，豈知披霧更雲滇。」大約是升菴自述「己巳（正德四年，西元1509年）歷事禮部」（函海本年譜），以迄乙酉（嘉靖四年，西元1525年）正月抵雲南戍所，是爲十七年仕宦生涯，其間自認操守廉介不阿，而遭遇如此，則「青天」何在。〔註46〕另據《函海本年譜》，升菴應顧之請，記海口（昆明附近）疏濬事於石。事在「庚戌（西元1550年）四月」，而當年七月，顧即拜刑部尙書返回朝廷，故升菴識荊箬溪，雖未能確知始於何時，今推測至少在升菴步入花甲晚景以

〔註41〕籍貫及登科見清黃大華撰〈明七卿考略〉，由《明史》卷一一三彙證所引述；《明史》包遵彭主纂，張其昀監修，國防研究院印行。

〔註42〕顧任刑部及降調，見《明史》卷一一二「七卿年表」，卒年見《歷代名人年里碑傳總表》。

〔註43〕《箬溪歸田詩選》明嘉靖刊本善本今存國家圖書館（原國立中央圖書館）。

〔註44〕〈僧鞋菊〉詩見《升菴文集》卷二十六，〈載酒〉詩見《文集》卷三十。「蕉鹿夢」事出《列子·周穆王篇》，喻人生得失如夢；「雪泥」則隱括蘇軾〈和子由（弟轍）澠池懷舊〉一詩意。

〔註45〕《升菴文集》卷五十中有〈趙野叉〉一條云：「北齊武平（西元570～576年）初，領軍趙野叉獻白兔、雁各一。頃日與顧箬溪倡和雪詩，次東坡叉字韻，顧言『叉字韻窄，古人和此詩極多，韻事押盡矣。』余言『佛經『力叉』，《北齊書》『趙野叉』皆奇僻未經人押。」顧笑曰：「公大能記。」

〔註46〕《世說新語·賞譽篇》有「披雲霧覩青天」事，喻除去障翳，得睹光明之意。

前若干年月，已見二人交情。

升菴於嘉靖三年七月兩次上議大禮疏，嗣後跪門哭諫，中元日下獄，十七日及二十七日兩度遭廷杖，幾喪命，接著謫戍雲南，途中又經歷一番瘴癘與風險的折騰，未久聞訃丁憂，流言聞戒（有欲傷害升菴者），接踵而來，其間幸得郭世重等地方官吏，惠伸一臂，多方照應，才得以苟延性命（但郭氏不久竟因此亦被詔下獄為民，事在嘉靖四年三月甲子）故升菴對於太史公書所言「一死一生，乃知交情，一貴一賤，交情乃見」，〔註47〕當有刻骨銘心的體會；對於傳聞中翰林編修戚瀾顯靈報恩，惠及故人妻，亦頗加表揚（《文集》卷七十三〈死友救難〉），因此，臨書寫信不免「涕泗交頤，哀感切骨」（〈謝歐陽子重書〉）。

又升菴〈悲酸行〉古樂府詩長吟「遊子久不歸，憔悴羈南冠」（《文集》卷十二）極寫其漂泊征途之苦難，又幸獲沐希甫等公卿經常相互唱和論學，使得升菴在悲酸歲月中仍有雅興在瘴域蠻鄉，步烟霞為朝夕之賓，傍林泉作漫興之吟。〔註48〕這些都是升菴風雨中的故人。由於升菴一生於君臣之道有憾，而父子、夫婦、兄弟方面，亦始終恨在乖離，故升菴應於朋友一倫特加珍視可知。

第三節　詩文與門生

升菴在政界方面的友人，本多兼擅詩文，已略知上節所述。今繼續說到升菴所交遊中，特別又以詩文相期會的諸君子。茲分麗澤會，何景明、李夢陽及王廷相，楊門六學士，其他滇中詩友及門生等敍介之。

一、麗澤會

升菴在京師初期（時年十九），與同鄉文士馮馴、石天柱、夏邦謨、劉景宇、程啓充等六人共同為「麗澤會」。會友中石、程二人，因正史有專傳、文

〔註47〕見《史記》卷一百二十汲、鄭列傳「太史公曰」語。瀧川龜太郎「考證」云：
「炎涼世態，自古而然……王鏊（西元 1450～1524 年）曰『太史公感慨之言，其深情，從朋友不救腐刑中來。』」

〔註48〕「烟霞」「漫興」云云係約取自〈答劉南坦司空書〉，（《文集》卷六）；劉南坦，名元瑞，嘗托顧箸溪惠贈升菴以手帖佳篇，并扇墨，其事亦見該書札中。

獻較詳，已先在「宦途」一項敘介，馮馴與劉景宇但知分別是正德三年及六年進士出身。〔註49〕馮馴於正德中曾任戶部主事，陳言切至；〔註50〕劉景宇，則不詳。

　　夏邦謨，字號松泉，四川涪陵人。正德三年進士。嘉靖二十六年丁未（西元1547年）九月，任戶部尚書，至二十八年己酉九月，改吏部，三十年辛亥二月，以吏部尚書致仕。〔註51〕

　　升菴有〈寄夏松泉名邦謨〉七律一首云：

> 山中睡起三竿日，天上書來五朵雲。
>
> 念我獨愁開閣寂，感君長跪謝殷勤。
>
> 兩年故國交遊隔，千里同心岐路分。
>
> 奇樹華滋看已徧，不禁春色惱離群。（《文集》卷三十一）

在慵懶的山居日子裏，忽得尺素雲箋，長跪感謝閣下爲我袪除寂寥的美意。故鄉兩年聚首交遊，雖已過去，岐路分手，卻千里同心。奇樹繁花的春景獨賞時候，心頭不禁湧上幾許離群的感傷。升菴戍滇期間，曾數度乘便返回梓里省親，最長一段是嘉靖十七年（西元1538年）至二十一年（間亦還滇戍所），推測此期間夏邦謨或即亦賦閑居，回到四川老家，因此得以把晤，嗣升菴回雲南山區，乃通此魚雁。

　　升菴於邦謨任吏部尚書（一般稱「太宰」）之後，有〈夏松泉太宰壽詩〉七律爲祝嘏禮，而於邦謨致仕之後，又寄七古一首托門生返鄉之便，致其勸勵之雅意，云：

> 嘉君新自涪州至，袖有松泉經歲字。
>
> 江潭憔悴采〈離騷〉，丘壑風流閑啓事。
>
> 西窗剪燭話巴山，空谷跫音一解顏。
>
> 何日陶潛三徑就，追隨范蠡五湖間。
>
> 　　　　——贈張生一鵬歸涪江，并柬太宰松泉夏公〔註52〕

或邦謨告老之後，仍經常以天下爲憂，雖在野爲民，而時發感慨，國事固當

〔註49〕據《明清歷科進士題名錄》。
〔註50〕《明通鑑》正德九年正月事。
〔註51〕見《明史》卷一一二，表第十二「七卿年表二」，夏邦謨《明史》無專傳，唯卷二百○九沈鍊傳中略云：「吏部尚書夏邦謨曰：若何官，鍊曰，錦衣衛經歷沈鍊也。大臣不言，故小吏言之。……」
〔註52〕七古見《文集》卷二十五，七律見《文集》卷二十八。

關切，但此身既已去位，何妨多與知心夜話，效陶朱之高行；則來日歸隱田園，微斯人吾誰與歸！

就詩中「袖有松泉經歲字」看來，升菴曩得舊雨函扎，至少已在致仕期年以上，則兩人交遊若始自「麗澤會」時代，迄於此時，亦垂五十年。故夏邦謨〈思友賦寄楊用修〉即形容彼此的情誼如「膠漆之相投」，〔註53〕並自表其有意以夙昔典型作爲安身立命的願望，相互策勵：

> 嗟百歲之易邁兮，胡歡寡而多憂。
>
> 當其群嬉而愉樂兮，寧知愁苦而淹留。
>
> 欲剪迹而橫逝兮，非弱質之勝耰。
>
> 欲蕩志以怡悅兮，畏淫肆之爲尤。
>
> 固自屬其不豫兮，惟靜默之相攸。
>
> 庶尚友於古人兮，考往則以藏謀。

二、何景明、李夢陽及王廷相

（1）何景明

何景明（西元 1483～1521 年），字仲默，號大復，河南信陽人。弘治十一年舉於鄉，年方十五。弘治十五年（西元 1502 年）第進士，授中書舍人。李夢陽下獄，眾莫敢爲直，平反其冤，景明上書吏部尙書楊一清救之。久之，進吏部員外郎，直制敕如故。尋擢陝西提學副使。正德十六年八月五日卒；或作嘉靖初，引疾歸，未幾卒，年三十有九。時升菴三十四歲。景明志操耿介尙節義，鄙榮利，與夢陽並有國士風。兩人爲詩文，初相得甚歡，名成之後，互相詆諆，夢陽主摹倣，景明則主創造，各樹堅壘，不相下，兩人交遊，亦遂分左右袒。然天下語詩文，必並稱「何、李」。又與邊貢、徐禎卿，並稱「四傑」。號大復山人。著有《大復集》三十八卷傳於世。〔註54〕

〔註53〕《文集》卷一附載夏邦謨此賦。

〔註54〕〔校記〕以上據《明史》卷二八六「文苑傳」何景明傳。其中生卒就本傳所示年代「弘治十一年……年方十五」算，何景明當生於憲宗成化二十年（西元 1484 年），卒於世宗嘉靖元年（西元 1522 年），剛好得年三十九；錢氏《列朝詩集小傳》云「十五舉於鄉，……又四年，弘治壬戌，舉進士，授中書舍人（「壬戌」是弘治十五年）……出爲陝西提學副使。居四年，勞瘁嘔血，投劾歸，抵家六日而卒，年三十九」，則所示生卒年代與《明史》本傳合。唯晚出年表，如姜亮夫《歷代名人年里碑傳總表》、鄭氏〈中國文學年表〉（在其所著《插圖本中國文學史》中）以及廣文版《中西文學年表》，

　　景明爲人尙節義，亦可自其讀史的識鑑得知梗概。其〈易水行〉云：「寒風久吹易水波，漸離擊筑荊卿歌。白衣灑淚當祖路，日落登車去不顧。秦王殿上開地圖，舞陽色沮那敢呼。手持匕首摘銅柱，事已不成空罵倨。吁嗟乎，燕丹寡謀當滅身，田光自刎何足云，惜哉枉殺樊將軍。」(《史記・刺客列傳》)明義理，然後踐行之，才不致流於愚昧，此是景明心得，故清沈德潛就其末三語評曰「千古斷案」。至於〈立春日作〉一首後幅，云：「心存漢陰灌，躬學南陽耕。疏還念知止，莊論持達生；自非秉昭曠，能不嬰世營。」〔註55〕效孔明隱居漢水之南，抱膝長吟，耕讀於南陽之畎畝間，是謂逍遙；不過景明後來「勞瘁嘔血」(《列朝詩集小傳》)，以此亦見「達生」修養之誠屬不易也。又，升菴嘗評景明〈送彭總制之西川〉一詩，謂之「森嚴莊重」，〔註56〕其實，那也是等於評景明其爲人，蓋試觀景明行事，即可資相互證成之，《明史》本傳云：「錢寧欲交驩，以古畫索題，景明曰，『此名筆，毋污人手』，留經年，終擲還之。」〔註57〕敢於峻拒得勢寵臣如錢寧者之所請，決不乘便附驩，其志操如此。

　　升菴曾與何仲默說及詩經〈卷耳〉一詩要義，「仲默大稱賞，以爲千古之奇」(《文集》卷四十二〈卷耳〉)，又「何仲默嘗言，宋人書不必收，宋人詩不必觀。余一日書此四詩（按、即文中所舉宋張文潛蓮花詩等），訊之曰，此何人詩？答曰，唐詩也。余笑曰，此乃吾子所不觀宋人詩也。仲默沈吟久之，曰，細看亦不佳。可謂倔強矣。」(《文集》卷五十七) 由此可以略見二人平生論學情景，同時也是表達升庵對何景明等「割斷歷史，一味仿古，不能實事求是地對待古人詩文書籍的一種有力諷刺」(賈順先〈楊愼的文學思想〉一文)。

─────────────────────────────────

　　於何景明生卒都作憲宗成化十九年（西元 1483 年）生，正德十六年（西元 1521 年）卒，生卒年皆較《明史》所示提前一年，其中《總表》並註明資料來源──「喬世寧〈何先生傳〉，樊鵬〈中順大夫陝西提學副使何大復先生行狀〉，孟洋〈中順大夫陝西提學副使何大復先生墓誌銘〉，汪道昆『中順大夫陝西提學副使何大復先生墓碑』，可謂信而有徵，姑備一說。又，楊蔭深《中國文學家列傳》「何景明」目下標其生卒爲「西元 1483～1521 年」，而内容亦引述《明史・文苑傳》作「嘉靖初，引疾歸，未幾卒，年三十九」，嘉靖初當公元 1522 年。

〔註55〕以上所引見清沈德潛與周準選《明詩別裁（集）》卷五。

〔註56〕〈送彭總制之西川〉詩，見《明詩別裁》卷五。

〔註57〕見《明史・文苑》本傳。又錢寧傳在《明史・卷三〇七佞倖》，其前序云：「武宗日事盤遊，不恤國事，一時宵人並起，錢寧以錦衣幸……」。又《大復集》末附〈何先生傳〉(門生喬世寧譔) 等文亦及此一事。

景明生前讀〈焦仲卿妻〉樂府，頗稱道之，曾屬意升菴也創作一篇敘事詩，等升菴覓得題材，友人已物故多時，升菴古樂府〈邯鄲才人嫁爲廝養卒婦〉序曰：

> 昔吾亡友何仲默，一日讀〈焦仲卿妻〉樂府，謂予曰：「古今惟此一篇，更無第二篇也。凡歌辭簡則古，此篇愈繁愈古，子庶幾焉，可作一篇，與此相對。」予謝未遑，然亦未有茲奇事直當之也。去今二十年，屏居滇雲，平晝無事，散帙見此事（按、指序文開頭已敘及樂府有〈邯鄲才人嫁爲廝養卒婦〉一篇，《史記·張耳傳》及《楚漢春秋》則載有其事本末），思與仲卿事適類，復憶仲默言，乃操觚試爲之，以成此篇，惜不使仲默見之。永昌張愈光，亦仲默文字友也，遂往一通，以寄愈光云。〔註58〕

升菴以逐臣之身，讀書得間，一償宿願，而追思疇昔，文友聲欬形容，猶在耳目，當不勝歔欷之至。升菴另有〈無題〉七律一首（《文集》卷三十），題目下自註云：「丁丑歲，同何仲默、張愈光、陶良伯作，追錄于此。」按、「丁丑歲」即正德十二年（西元 1517 年），則何景明直到逝世前五年與升菴仍保持交往。

（2）李夢陽

李夢陽，字獻吉，陝西慶陽（今屬甘肅省）人。憲宗成化八年（西元 1472 年）生。弘治七年成進士。倡言「文必秦漢、詩必盛唐，非是者勿道」。與何景明、徐禎卿、邊貢、康海、王九思及王廷相，號「七才子」。嘉靖八年（西元 1529 年）卒，年五十八，升菴時四十二。著有《空同集》六十六卷、《空同子》一卷等，今傳於世（《明史·文苑傳》）。

升菴向持「諺語有文理」之說，〔註59〕曾對夢陽〈土兵行〉一詩下過評語云：「只以謠諺近語入詩史，而（高）古不可及。」〔註60〕〈土兵行〉所由作，是有感於正德六、七年間贛州賊亂，都御史陳金奏調廣西狼兵征之，而這批「蠻奴」竟亦乘機擄掠百姓，起句「豫章城樓饑啄鳥，黃狐跳踉追赤狐」，或即當時民間流傳謠諺，刺城狐、社鼠的騷擾，而中幅「蠻奴怒言萬里入爾

〔註58〕見《文集》卷十四。此樂府及序明陳耀文《正楊》一書曾辨正之（見《正楊》卷二）。
〔註59〕《升菴詩話》卷十三；又見商務本人人文庫《古今謠諺》上冊（史夢蘭補註）。
〔註60〕見《明詩別裁》卷四〈土兵行〉篇末引「楊用修云」。

都，爾生我生屠我屠」，則是土兵操方言的紀實，語氣甚見鷙悍凌人。升菴於嘉靖六年曾親遭尋甸土舍安銓之變亂，體驗深刻，其〈惡氛行〉一首有云「萬家仰首呼蒼穹，相顧慘然無顏色……土兵抄掠盡村園，升天無梯地無穴」（《文集》卷三十七）。《明史》中另有〈土兵謠〉二則，亦可以想見當日人民驚恐心理，其一云：「土賊猶可土兵殺我。」，其二云：「賊如梳，軍如篦，土兵如鬎（按、即「剃」本字）。」〔註61〕

（3）王廷相

王廷相，字子衡，河南儀封人。生於憲宗成化十年（西元 1474 年），登孝宗弘治十五年（西元 1502 年）進士，選庶吉士，授兵科給事中，以言事謫判亳州（安徽亳縣）判官。後歷四川按察使，拜右副都御史，巡撫四川，入為兵部侍郎、都察院左都御史，進兵部尚書，提督團營，仍掌院事，加太子太保，罷歸，嘉靖二十三年（西元 1544 年）卒。有《家藏集》行世。〔註62〕廷相卒時升菴五十七歲。

升菴於正德十二年曾切諫武皇遊幸宣、大，上〈丁丑封事〉，不報，乃養疾歸田，三年後，即正德十四年，即作五古一首答廷相及另一友人，述其居家感懷，云：

> 我辭承明直，矯志青雲端，銷聲絕車馬，臥痾對林巒，甘此皐壤怡，謝彼颸飇干。晨夕詠鑿井，春秋歌伐檀。奔曦豈不疾，國火三改鑽。遊子戀所生，不獲常懷安。微尚何足云，弱質良獨難。衡門坐成遠，塵冠行復彈，已負濩落性，更從樗散官。進阻巖廊議，退抱江湖歎。曠哉宇宙內，吾道何盤桓。（《文集》卷十七〈言將北上述志一首答蘇從仁恩王子衡廷相〉）

詩中大約是說，升菴本有意藉歸蜀休居機會，清屬其志，息影林巒，大有「即此堪招隱，無勞賦遠遊」〔註63〕之概，故聊以歌謠譏刺時政，抒寫抑悒而已；但君臣之義，一時之間，終竟還是無法像「帝力於我何有」的描述那般釋然——升菴《風雅逸篇》卷一錄有〈擊壤歌〉，《文集》卷二十三也有〈擊壤圖〉

〔註61〕見《明史》卷一八七陳金、洪鍾傳。清史夢蘭輯〈古今風謠拾遺〉并收入卷四〇。今〈拾遺〉合升菴《古今風謠・古今諺》為一種行世（商務本人人文庫特四六七）。

〔註62〕據錢氏《列朝詩集小傳》丙集；又《明史》卷一百九十四，《玉堂叢語》卷一「文學」亦可參閱。

〔註63〕《升菴文集》卷二十一：〈池上會心亭初成與客小飲〉（五言排律）。

一首——於是對廷相等這樣的朋輩，何妨訴說一番中心的委曲？次年，即正德十五年重陽後，升菴即北上京師仍舊官。

升菴雖曾「與何、李諸子交游接席」，〔註64〕但《升菴文集》中僅存前述所引這首答詩，再不見有標示致何、李及其他嘉靖七子的篇什；或者升菴本來就對「才子」們的詩文觀不能完全贊同，爲了自闢新路、自成一隊，因此終鮮詩文相及。升菴所爲詩文雖不能如何李等的「名震海內」，但是由於「三人行」所激發的內省，使得他的詩文論對於後來唐順之的「直據胸臆，信手寫出」（〈答茅鹿門知縣論文書〉）以及歸有光的「變秦漢爲歐曾」的主張，以至於公安派的理論，產生了披荊斬棘之功，故今人游國恩等所著《新編中國文學史》有如下的評述：

> 在他們（前、後七子）這種句剝字竊和生吞活剝的摹擬下，古典詩
> 歌和散文的藝術生命，幾乎到了被扼殺的地步。這種惡劣的影響，
> 遠超過其反「臺閣體」和衝擊八股文的積極作用。因此，他們就不
> 能不引起人們愈來愈多的不滿和抨擊。與前七子同時的楊愼（升菴）
> 就批評李夢陽說：「正變雲擾而剽竊雷同，比興漸微而風雅稍遠。」
> （按、此語見《文集》卷五十四〈胡唐論詩〉；據原文升菴所批評的
> 當是「李、何二子」，並不是李夢陽一人而已）王愼中、唐順之、歸
> 有光等，對他們的批評也繼之而來，到了萬曆年間，公安派更掀起
> 了聲勢浩大的反復古主義的文學改良運動。（第四章「明代詩文」（上）
> 二「前後七子復古主義的文學思潮」）。

三、楊門六學士

清陳田《明詩紀事》云：「升菴謫滇，滇人楊給事士雲、王僉事廷表、胡副使廷祿、李荊州元陽、唐僉事錡、張舉人含，與升菴遊；同時吳高河懋品題爲『楊門六學士』。」（戊籤卷八）此一說法，亦係有所據而言然，〔註65〕今即準此以臚述「六學士」與升菴交游始末。

〔註64〕錢基博《明代文學》第一章語。

〔註65〕《升菴文集》卷三十，七言律詩〈病中永訣李、張、唐三公〉自註云：「吳高河懋嘗以楊弘山士雲、王純菴廷表、胡在軒廷祿、張半谷含、李中溪元陽、唐池南錡爲楊門六學士，以擬蘇門秦、黃、晁、張、廖略云。……按「廖略」或又作「廖明略」，見《文集》卷廿五〈香霧髓歌〉序，唯其生平未詳。又「純菴」當作「鈍菴」。

（1）楊士雲

楊士雲，字從龍，太和（今雲南大理縣）人，生於憲宗成化十三年（西元 1477 年），長升菴十二歲。正德十二年進士第三甲及第。焦竑《玉堂叢語》云：「楊士雲，正德間爲翰林庶吉士，授給事中。以外艱歸里，養母不出。嘉靖間舉遺逸，有司強之起，至京師，遷左給事中，推爲官僚，以病辭不就。人問其故，曰：『吾豈能俯仰人以求進乎。』乞歸，里居二十餘年，甘貧自樂，不入郡城。鄉人不知婚喪禮節，教以易奢爲儉，所居環堵蕭然。」（卷之五「退讓」）其〈春事龍關作〉一詩（《明詩綜》卷三十六）「醉餘白石高歌調，日落水流西復東」句，頗亦見其自怡情趣。嘉靖三十三年（西元 1554 年）卒，年垂八十（時升菴六十七）。有《弘山集》。〔註66〕

升菴曾爲修《大理府志》禮謁弘山與李元陽，蓋以二家「多識前代之載，且諳土著之詳」〔註67〕升菴又在嘉靖十五年丙申（西元 1536 年）曾至喜州（雲南大理府太和縣）訪給事楊弘山士雲，復寓點蒼山感通寺之寫詠（韻）樓（據《函海本年譜》），其時士雲自京乞歸本籍數年，升菴對於士雲不屑汲汲名位，急流勇退的風範，殊表贊許，〈寄楊弘山都諫〉云：

> 螭頭早掛進賢冠，跡遠東墀玉笋班。
>
> 倦意已還飛鳥外，歸心元在急流間。
>
> 仙郎高議留青瑣，學士新詩滿碧山。
>
> 十九峯前同醉處，夢中瓊樹幾迴攀。（《文集》卷卅一，按、點蒼山
>
> 有峯十九，「蒼翠如玉盤」。）

返里之後，雖然得遂所願，一如陶靖節的掙脫塵網，但繫念京師安危之情，不減當年杜工部賦〈秋興〉：「直北關山金鼓震，征西車馬羽書馳。魚龍寂寞秋江冷，故國平居有所思。」當時北邊的回紇正威脅著長安，而此時的秋江却一片冷寂；士雲一度被「有司強之起」，勉強又作了三年的京官，無法輕身嘯歌，而此時身在仙居，却不能不有所思。升菴很能了解老友心事，〈答楊從龍給事〉云：

> 仙居深紫府，旅望渺蒼波，
>
> 五夜勞魂夢，三年阻嘯歌。

〔註66〕楊士雲字號，籍貫、生卒據《歷代名人年里碑傳總表》（引方樹海《滇賢生卒考》）定。又今日本京都大學人文科學研究所有《楊弘山先生存稿十二卷》。

〔註67〕見《升菴文集》卷三：〈大理府志序〉。

　　雲心陶令遠，秋興杜陵多。

　　魚浦南風便，龍關一羽過。（《文集》卷十九）

又升菴與弘山聚會，常以研讀唐詩爲樂。升菴云：

> 詩話稱韋蘇州〈郡齋燕集〉首句「兵衛森畫戟，燕寢凝清香，海
> 上風雨至，逍遙池閣涼」爲一代絕唱。余讀其全篇，每恨其結句
> 云：「吳中盛文史，群彥今汪洋，方知大藩地，豈曰財賦強。」深
> 爲未稱。後見宋人《麗澤編》無後四句，三十年之疑，一旦釋之，
> 是日中秋與弘山楊從龍飲，讀之以爲千古一快，幾欲如貫休之撞
> 鐘矣！〔註68〕

升菴有〈謝楊蕭菴都諫惠筆〉（《文集》卷十九）一首，以昆崙解谿的神竹，
可以吹奏雅頌，譜出白雪樂曲，相互勉勵。

（2）王廷表

　　王廷表（西元 1490～1554 年），字民望，號鈍菴，雲南臨安府阿迷人。
孝宗弘治三年（西元 1490 年）生。正德九年（西元 1514 年）與郭楠同列進
士第二甲。廷表爲升菴「刻丹鉛餘錄」撰有一序文，略稱：「表訪升菴子於連
然，獲《丹鉛餘錄》，讀之未竟也。尋升菴子持以過表，訂〈卷耳〉〈東山〉
詩。……升菴子嗜學不倦，多所著作，若《四詩表傳》、《風雅逸篇》、《選詩
外編・拾遺・附錄》、《古今詩選》、《皇明詩抄》、《古音略》、《古音餘》、《篆
韻索隱》、《奇字韻》、《墨池瑣錄》、《古文韻語》、《赤牘清裁》、《塡詞選格》、
《古雋》、《韻藻》、《隸駢》、《金石古文》、《水經碑目考》、《禪藻集》、《滇載
記》、《滇程記》表皆先得之。〔註69〕富蘊健筆，繼往覺來，方盰盰乎未艾也。
表幼與升菴子共學，今幸與遊，教益滋至，欲往從之。」末署「嘉靖丁酉（西
元 1537 年）正月十五日鈍菴王廷表書」，廷表雖諸書闕其詳傳，但因其序文，
亦可略窺其平生與升菴共學交游的大端。

　　升菴在滇期間有〈贈王民望〉五首，序云：「鈍菴王民望自臨安千里來訪
予，信宿而別，期與池南唐子、午衢段子會于晉寧（按、屬雲南府），爲盤龍
海寶之遊；值予阻疾，不果行，作此以寄，且訂後期。」（《文集》卷十九）

〔註68〕《文集》卷五十四。「詩話」云云今見《詩話總龜》卷二十九引王直方詩話。
　　　　唐僧貫休（俗姓姜，浙江蘭谿人）傳聞中秋詠月，乘興子夜鳴鐘。說見王大
　　　　厚《升菴詩話箋證》（北京中華書局，西元 2008 年）頁 463-4。

〔註69〕今據王文才統計，升菴所著知見書篇目，分經、史、子、集四部表列，共得
　　　　二百六十九種，概見升菴「嗜學不倦」之精神。見《楊慎學譜・升菴著述錄》。

詩中「雲嶠苔屐並，風檐蘭襟披」的遊處寫照，可知升菴與民望諸友是以金蘭相許的。

升菴另有〈自江川之澂江（按、皆雲南府屬縣）贈王鈍菴廷表并東董西泉雲漢三首〉（《文集》卷卅六）及〈孟春與葉桐岡迎王鈍菴于郊即事〉（《文集》卷卅）等，當皆是升菴六十七歲，即王廷表六十五歲逝世（世宗嘉靖三十三年，西元 1554 年）前所作——〈孟春〉一首有云「綠樽共喜日月醉，華髮那畏星星侵」，知二人至暮景垂老，仍然對於「苔池飛泉」頗為賞心，且輕酌淺斟，以至酩酊，以此宣洩胸中塊壘。

（3）胡廷祿

胡廷祿，有關廷祿生平不甚詳，今據《明清歷科進士題名錄》但知其為武宗正德十二年（西元 1517 年）進士第三甲。升菴〈祭在軒胡公文廷祿〉云：「己酉之春，余謫滇雲，君來溫泉，實始識君。」則二人於世宗嘉靖二十八年（西元 1549 年）才彼此認識。又云：「余奉戎檄暫歸江岷，承君凶問，迸淚傷神。」按升菴居滇期間，領戎役歸蜀，在戊戌、己亥、癸卯及癸丑年各有一次，這裏所指當是癸丑年，即嘉靖三十二年（西元 1553 年），得悉廷祿訃聞。二人雖僅有數年來往，但由於升菴慕其「清標玉立，雅韵蘭芬」的氣質，廷祿又對升菴「獨親」，終能「契以莫逆，交以論文」，（上引祭文句見《文集》卷九）成為詩文至交。升菴有〈自滇歸高嶢留別胡在軒名廷祿〉（《文集》三十三卷）及〈與胡在軒簡西壩泛舟至柳壩晚歸〉（《文集》卷十九）頗道二人往來倡和，乘風醉歌的雅興。

（4）李元陽

李元陽，《明詩紀事》云：「元陽字仁甫，大理太和人。嘉靖丙戌（按即五年，西元 1526 年）進士，除江陰知縣，徵授御史，出為荊州知府。有《中谿漫稿》、《艷雪臺稿》。」今海外有《中谿家傳彙稿十卷》〔註70〕另外，今傳升菴《古音叢目五卷》、《奇字韻五卷》、《古音獵要五卷》、《古音略例一卷》、《轉注古音略五卷》、《古音後語一卷》等有李元陽校刊本行世。

升菴有〈游點蒼山記〉一文，記述與李元陽在世宗嘉靖九年（西元 1530年）二、三月間，同遊大理名勝點蒼山的經過情景。升菴該文，特意在首幅規摹柳宗元（西元 773～819 年）永州八記中〈始得西山宴游記〉的筆法，

〔註70〕今有《中谿家傳彙稿十卷》，見日本京都大學人文科學研究所漢籍目錄《雲南叢書》中。

以寓一己遷謫懷抱於其中；元陽是升菴詩文知交，點蒼山更是升菴心目中的「西山」：

> 自余爲僇人，所歷道途，萬有餘里，齊、魯、楚、越之間，號稱名山水者，無不游已。乃泛洞庭，踰衡廬，出夜郎，道碧鷄而西也，其於山水，蓋飫聞而厭見矣。及至楪榆（按、在大理太和縣，即李元陽家鄉）之境，一望點蒼，不覺神爽飛越。比入龍尾關，且行且玩，山則蒼龍疊翠，海則半月拖藍，城郭奠山海之間，樓閣出烟雲之上，香風滿道，芳氣襲人。余時如醉而醒，如夢而覺，如久臥而起作，然後知吾嚮者之未嘗見山水，而見自今始。

接著，便說到「嘉靖庚寅（按、即嘉靖九年，西元 1530 年）約同中谿李公，爲點蒼之游」，自二月辛酉，至三月己亥，一方面瀏覽幽絕之山光與瑩澈之水色，一方面乘興相與酌酒賦詩，操筆論學。二人同登雞額山，「則見削壁卷阿正向點蒼，十九溪峰，盡在几席，山巔積雪，山腰白雲，天巧神工，各呈其伎，余曰：此非點蒼眞面目乎？微公幾失此奇觀矣！……自念放逐以來，得此佳游，眞如隔生事矣。中谿與余賡和詩若干首，彙爲一帙，題曰〈點蒼雜詠〉云。」〔註71〕

今人黃慶萱氏〈始得西山宴游記新探〉云：

> 柳宗元在此等遊記中，要表達的到底是什麼？僅僅是西山的怪特嗎，僅僅是宴游的情趣嗎？或者是那天人合一的神秘經驗嗎？不！不！不！絕不僅此而已的。「然後知是山之特出，不與培塿爲類。」是一把鑰匙，足以啓示我們：柳宗元描寫的，不僅是自然界中的一座山，而是人類中一座特出不與培塿爲類的山！一座放眼天下，「尺寸千里，攢蹙累積，莫得遯隱；縈青繚白，外與天際，四望如一」的山。問題至此便豁然開朗。使人恍然大悟：〈永州八記〉不僅是柳宗元遨遊山水的紀錄；而是柳宗元潛意識中對自己及自己所交遊的人物特出人格的認定。（見《中國文學鑑賞舉隅》）

柳宗元古文，本多比興之旨，〔註72〕黃氏〈新探〉一文所發明者，的是知人

〔註71〕見中華版《古今遊記叢鈔》卷三十七。

〔註72〕段醒民著有《柳子厚寓言文學探微》一書，即以爲柳宗元文學精英正在其寓言作品，並引升菴《丹鉛雜錄》卷七——今亦見《升菴文集》卷五十二：〈柳文蘇文〉一則，以爲〈梓人傳〉一篇是子厚「敷演郭象注莊子所云『工人無爲於刻木而有爲於連矩』數語而成的。」（該書頁 209）按、郭注語見〈天道

知言之論。

　　觀升菴與李元陽同作點蒼山之遊，一路「殊覺快適」，每「戀戀不能去」，一如柳宗元得西山後「猶不欲歸」，確實有心要將「放逐以來」的諸般感慨，借著這一篇遊記聊作譬況（升菴亦有專文論「譬況」，見《丹鉛總錄》卷十二）來感念元陽作陪的盛情，且於漂泊戎旅中來印證自贊所說的「困而亨，沖而盈，寵爲辱，平爲福」的人格理想；切不可像瀑布溪承流處的盤中之石，「爲瀑流所激，跳躍如馬，聲如雷鞫」。特別是升菴當初由於廷杖幾死，所以一旦遨遊山水時那種「暝色欲來，河水浮綠」的體認，視柳宗元在「蒼然暮色」中逐漸「心凝形釋」的境界，恐亦不遑多讓；正因爲升菴對柳宗元那種「一身去國三千里，萬死投荒十二年」（〈別舍弟宗一〉詩）的僇人生涯，在遊點蒼山時竟更能感同身受；於是這一篇遊記自然要以「自念放逐以來，得此佳游，眞如隔生事矣」作結了。

　　之後，升菴於嘉靖十五年（西元 1536 年），曾因到大理喜州（太和縣）訪給事楊宏山（士雲），再一次寓居點蒼山感通寺之寫詠（韻）樓，明年，又與李元陽遊鶴慶石寶山，七月還戍所。〔註73〕升菴卒後第三年，李元陽與趙中丞者登九頂山，明年元陽撰〈九頂山記〉一文書其始末，並綴以完稿年份，曰：「嘉靖癸亥」，即嘉靖四十二年，西元 1563 年。〔註74〕

　　升菴與元陽交誼狀況尙可由詩中傳達消息，如〈溫泉再過懷李仁甫〉七絕逕以香草（杜蘅）美人比元陽（《文集》卷三十六），〈大理春市因憶李仁甫〉五律，以「佳人眇天末，因之問阻修」（《文集》卷十九）憶元陽，又有〈雨中漫興柬泓山中溪洱皐〉四首（《文集》卷卅四），而且曾因元陽之故，而發皈依空門之想云：「虛界一那刹，實際萬由延。伊予漂戎旅，同君登法船。」（〈四月八日觀李中溪元陽浴佛會〉見《文集》卷二十一）。又，《文集》中另有題爲「李仁夫」者，疑即李仁甫〔註75〕——其一是〈寄任少海（按、少海

────────────

篇〉「古之人貴夫無爲也」一節下；「運矩」今台北木鐸版《點校本莊子集釋》作「用斧」。

〔註73〕以上據《函海本年譜》。唯其中「寫詠樓」一名，〈游點蒼山記〉文中作「寫韻樓」；又《升菴外集》（一）頁 125 亦有〈寫韻樓雜錄〉一則。今《日本京都大學人文科學研究所漢籍目錄》中《雲南叢書二編》集部有清趙蕙元撰〈楊文憲公寫韻樓遺像題詞彙鈔一卷〉。

〔註74〕〈九頂山記〉見《古今遊記叢鈔》卷之三十七，頁 27。

〔註75〕「甫」「夫」二字常用；如前擧藍田，字玉夫，清《四庫總目》作「玉甫」（在總目卷一七七「北泉集」下）是。

名瀚，世宗時考功大夫）、李仁夫〉（《文集》卷三十），中有「溪通九曲李仙舟」，元陽大理人，大理有九曲山；其二是〈浩然閣舟泛同李仁夫作〉（《文集》卷三十六），浩然閣正在洱水（《文集》卷卅有〈次姜夢賓登洱水浩然閣韻〉七律一首），按河南雖亦有「洱水」者，在南陽縣，而此洱水當指雲南大理府太和縣的西洱海，或稱西洱河、洱江，即升菴在〈遊點蒼山記〉中引李元陽所說的「洱水」──「中谿謂予曰，不見廬山眞面目，只因人在此山中，必須東泛洱水，臥數溪峰，庶盡點蒼之變耳」。又李元陽〈滇南遊記〉中「西洱海志」云：「葉楡水一名西洱河，出浪穹縣罷谷山下。……《水經》曰，罷谷山，洱水出焉。」，今按《大明一統志》亦有西洱海，即古所謂葉楡河的記載，故升菴〈滇海曲十二首〉之四云：「葉楡巨浸環三島，益部雄都控百蠻；神禹導河雙洱水，武侯征路七星關。」（《文集》卷卅四）因此，單就地緣而言，升菴在大理一地李姓朋輩中，堪令升菴爲之詠唱「明朝君上仙槎去，也憶狂夫夢海濱」（〈浩然閣舟泛〉）者，諒非李元陽莫屬了。

（5）唐　錡

　　唐錡，字號池南。據《函海本年譜》云：「戊申春至晉寧，與侍御池南唐公錡遊海寶、蟠龍、生佛諸山陀。」按戊申即嘉靖二十七年（西元 1548 年），當升菴六十一歲；晉寧即雲南府晉寧州，在府城東南一百里。晉寧當即唐錡居住地。

　　升菴曾在「唐池南席上」作有〈琵琶短引〉七古一首（《文集》卷二十三），有意步武白居易（西元 772～846 年）左遷江州司馬時（四十三歲）作品〈琵琶行并序〉（亦七古），一抒其「漂淪憔悴」的謫戍心情，且表達對唐錡的情誼，有元稹（西元 779～831 年）的親切，連帶寫出了唐錡諧謔的性格。其詩結尾云：

> 善謔欣逢宋魏三，知音況對唐元九。
>
> 飽諳世事反覆多，甘向天涯淪落久。
>
> 船中肯涴馬曹衫，樽前且進牛殳酒。

升菴與池南曾論及浮圖詩所謂「應眞」一詞之義，升菴引《文選》孫綽〈天台山賦〉注（應眞謂羅漢也）以解之（《文集》卷六十），又說到元天目山釋明本中峯有〈九字梅花詩〉，有「齋飯酸餡氣」，乃重作一首（《文集》卷五十七），二事概見二人以詩會友，相互切磋的情景。

　　升菴又曾〈爲唐池南題秋江遠眺圖〉（《文集》卷二十四）詩中有「爲君

走筆賦新詩，却笑蕭郎擊銅鉢」句，則二人相處之歡洽可以略見；又盛稱唐之詩藝：「詩瓢不似山人瘦，大雅堂高接盛唐。」譬以唐末隱居詩人唐球作詩置大瓢中事，堪足入盛唐（《文集》卷三十一〈登海寶寺望侍御唐池南錡別業因贈〉）。

（6）張　含

《列朝詩集小傳》云：「含，字愈光，永昌人。父志淳，南京戶部右侍郎，舉鄉試不第，遂不謁選，年八十餘乃卒。愈光少與用修同學，丙寅（按、武宗正德一年，西元 1506 年，時升菴十九歲）除夕，以二詩遺用修，文忠公極稱之，謂當以詩名世。嘗師事李獻吉（夢陽），友何仲默（景明），然其生平知契，白首唱酬者，用修一人而已。愈光詩行世者，有《禺山七言律鈔》，皆用修手自評騭云。」今臺北國家圖書館藏有明嘉靖刊本《升菴選禺山七言律詩》一卷，《日本京都大學人文科學研究所漢籍目錄》中有《盛明百家詩・張禺山集》一卷，及《雲南叢書・張愈光詩文選》八卷。

《四庫全書總目》著錄有張含的〈禺山文集〉一卷及〈詩集〉四卷存目，亦云：「（含）與楊愼最契，故詩文皆愼所評定。」〔註76〕又張含之父張志淳，號南園，與升菴「先人通家三世，同朝衣冠，異姓兄弟」，早年並頗受南園指導書冊，其後來滇「升堂謁公，實獲願言」，〔註77〕二人平生襟契深淳，自有淵源。

升菴與張含交遊之有作品爲之記者，當溯自孝宗弘治十六年（西元 1503 年），即升菴十六歲時〈招張愈光〉詩：「古道塵埃多去馬，故人書信少來鴻。」──詩題下自註「癸亥歲，時十六附此」（《文集》卷二十八）；越四載，即武宗正德二年丁卯（西元 1507 年）張含鄉試中舉（據《四庫總目・存目三》及《明詩紀事・戊籤》）。

〔註76〕語見《四庫全書總目》卷一七六別集存目三。又升菴有《升菴選禺山七言律詩》一卷明嘉靖刊本，臺北國家圖書館有善本。又升菴〈李太白詩題辭〉一文，末云：「吾友張子愈光，自童習至白紛，與下走共爲詩者。嘗謂余曰：李、杜齊名，杜公全集外，節抄選本，凡數十家，而李何獨無之。乃取公集中膾炙人口者，一百六十餘首，刻之明詩亭中，屬愼題辭其端云。」（《文集》卷三）

〔註77〕上說見升菴〈祭張南園文〉，文見《明文海》卷四七四。《升菴文集》中則未見此文。又據明胡應麟《少室山房筆叢》卷二十三〈二唐書〉條下云：近南園張公漫錄，以舊書證新書之謬，良快人意。……《南園漫錄》，滇人張志淳撰。張含父也。

其後，升菴在滇約九年時，即嘉靖十二年（西元 1533 年），有〈光尊寺別張愈光〉七絕云：「萬里炎荒萬里身，銷魂何別離頻。光尊寺裏桃應笑，回首東風九度春。」（《文集》卷卅四）

又升菴在滇約十三年時，即嘉靖十六年（西元 1537 年），年五十，當時朝廷議討安南登庸之亂，升菴有〈龍編行答愚山〉古樂府一首，云：「北極軍書一羽過，南交氛祲九眞（按、今越南河內以南）多；金潾（按、交阯地名）銅柱天王地，象渚龍編瘴海波。……」（《文集》卷十二）龍編，在廣西交州府東。此詩以馬援立銅柱事起興，其中當不無馳想馬援當日「男兒要當死於邊野」（《後漢書》本傳）的壯懷。張含〈歲暮寄升菴〉一首中有「赤龍不見凌霄漢，銅柱徒聞起甲兵」（《明詩紀事・戊籤》）等語，而升菴〈廣心樓小酌憶張禺山〉：「久客高嶢上，登樓眺望頻」（《文集》卷十九），大約都是此一時期所作。

及張含八十生日，升菴則有〈題五老圖遙壽張禺山八十〉，中云「遐籌誰論魏羅結，著書君似范長生」（《文集》卷二十九）句，自永昌寄書向至交祝壽。

四、其他滇中詩友及門生

（1）滇中詩友——曾璵、章懋與簡紹芳

升菴年譜云：「甲辰（嘉靖二十三年）至瀘州，與少岷曾公璵遊九十九峯山。」「公僑寓江陽者十數年，交遊日衆，與曾岷野、章后齋諸公友善。」

曾璵，瀘州（四川）人氏，據〈曾璵墓誌銘〉〔註78〕略云：正德丁卯年舉省試第五人，明年（正德三年）成進士，授戶部江西司主事。時逆瑾為政，搢紳趨者如市，公不惟無所投刺，間有言觸之，會瑾執不附己者跪午門外，而曾公幾不免。所與交者，如王伯安、何仲默……皆當世偉人也，楊用修（升菴）白首戍滇，欲歸蜀為首邱計，乃不歸新都，而卜宅江陽（即瀘州）以就公，相與賡酬甚盛。生成化庚子三月三日，卒於嘉靖戊午十一月二十九日（西元 1480～1558 年），先升菴一年而卒。有《拾存篇》云。

〔註78〕張佳胤撰〈中憲大夫江西建昌府知府少岷曾公墓誌銘〉，在《明文海》卷四百三十六中。又墓誌銘所及「拾存篇」，清《四庫全書總目・別集存目三》作《少岷拾存稿四卷》，中云：「宸濠之叛（按、在正德年間），璵率屬引兵從王守仁破賊，收復南康。集中有平江凱歌，即記是事也。」今按、曾公墓誌銘云：「其於題詠箚記……草畢亦隨散逸，今存者皆諸子私錄特百之一、二耳，故名《拾存篇》云」則篇中當有與升菴「相與賡酬」之作。

　　升菴有〈曾少岷惠忠州（按、四川省忠縣）新琢雲根筆〉七律一首，其頸聯云：「高標自表嚴顏節，文藻堪招陸贄（西元 754～805 年）魂」（《文集》卷廿八），頗以學行文章互勉，癸丑（嘉靖三十二年）曾璵曾為升菴父石齋公《樂府餘音》寫小序，盛稱之曰「〈卷阿〉之餘音」。〔註79〕

　　章懋（西元 1436～1521 年），字德懋，號后齋，別號闇然子，浙江蘭谿人，成化丙戌（二年，西元 1466 年）會試第一，改庶吉士，授編修，與莊昶、黃仲詔諫內廷張燈，杖闕下，謫知湖南臨武縣。改南京大理評事，陞福建僉事，致仕，家居二十餘年。嘉靖初進南京禮部尚書，致仕，年八十六，謚文懿。今有〈楓山語錄〉一卷傳世。〔註80〕

　　升菴有〈次韻章后齋為余壽〉七律一首（《文集》卷二十八），中有「明月臨時仙客醉，碧雲合處美人來」句。另有〈次韻章后齋〉一首（同卷）及〈次姚鳳岡（名梧）玉蟾寺韻約曾少岷（名璵）章后齋（名懋）同遊〉（《文集》卷二十七）可約略知道諸人交遊時的一鱗半爪。

　　至於簡紹芳，號西罍，江西新喻人，嘗序升菴《陶情樂府》，時在嘉靖三十年春；又曾編〈升菴年譜〉，〔註81〕惜其生平事蹟因文獻不足未能詳敘。

　　升菴有〈贈簡西罍〉五言排律一首，中有「才藻媲劉珊，經術擬杜環……硯沼三江狹，詩囊五岳慳」（《文集》卷二十一）句，譬諸明初名儒，富比河嶽，斐然成章，亦可知升菴心目中簡紹芳之腹笥如何了；五律一首是〈高嶢臥疾喜簡西罍至自滇城〉（《文集》卷十八）。而另有七律一首，最見二人交誼：

　　　　金蘭意氣昔論文，燕坐朝霜竟夕曛。
　　　　千里驅馳來僰道，十年羈旅共滇雲。
　　　　交遊落落晨星散，蹤跡悠悠水國分。
　　　　江北江南從此隔，何時何地再逢君。

　　　　　　——甲寅新正六日送簡西罍登舟（《文集》卷廿七）

〔註79〕見世界本《飲虹簃所刻曲》下冊。〈樂府餘音小序〉，末署「嘉靖癸丑春岷野晚學曾璵頓首書」。〈卷阿〉係《詩經·大雅》篇名。有頌美之詞如「鳳凰鳴矣，于彼高岡。梧桐生矣，于彼朝陽」。

〔註80〕此節據《明史》本傳（卷一百七十九）及錢謙益《列朝詩集小傳》丙集「章尚書懋」。《楓山語錄》則著錄於《四庫全書總目》卷九十三子部儒家類三。

〔註81〕簡所編年譜後為清程封改編，稱《楊文憲公年譜》一卷，古棠書屋叢書本，今有清道光間孫氏刊，中研院史語所藏有善本。

（2）門　生

升菴云：「昔年余寓居大理三塔寺，榛莽滿目，飛螢數萬如白晝，余戲相從諸生，曰：『車胤（《晉書》本傳）見此不必囊螢，隋煬帝（西元 605～617）見此，不必下詔搜索矣。』因作流螢篇。」（《文集》卷五十七：〈螢詩〉）升菴與諸生門人相遊之悅樂如此。

《函海本年譜》稱「乙巳（按、嘉靖二十四年）二月，徙居大理，與門生董難尋罷谷山，經喜臉，會弘山諸公倡和」，董難曾見宋人小說，發現周有八士姓名，八人而叶四韻，所謂：

> 伯達、伯适，一韻也；仲突、仲忽；叔夜、叔夏（夜音亞），一韻也；
> 季隨、季騧（隨音馱、騧音窩），一韻也。周人尚文，於命子之間，
> 亦緻密不苟如此。〔註82〕

此是升菴與門生董難論學的一得。

〈丹鉛餘錄提要〉云：「（嘉靖丁未）後，（升菴）其門人梁佐裒合諸錄為一編，刪除重複，定為二十八類，名曰總錄，刻之上杭。」（《四庫全書總目·子部雜家類二雜考之屬》）。

又、〈詩話補遺三卷提要〉云：「此編乃（升菴）戍雲南後所作，其門人曹命編次者也。」（集部詩文評類二）。

又、〈洞天玄記跋〉，署「嘉靖戊午（三十七年，西元 1558 年）孟夏門生威楚作類子張天粹謹跋」（《孤本元明雜劇》）。

以上三書皆升菴所著，而門人所整理編次，雖梁佐、曹命及張天粹文集不載，史傳亦一時未見，但同屬有功於升菴的門生則無疑。

其他如「張生一鵬」（《文集》卷二十五）「周生宗堯」（《文集》卷二十八）、「薛生季德」（《文集》卷二十八）「周生太霞」（《文集》卷二十九）「鄒生謙之」（《文集》卷三十七）等，升菴都有詩相贈述志，其中尤以〈贈門生楊靜夫北上〉與〈贈老門生八人〉二首感慨最深：

> 滇海門生廿載遙，飛騰次第上雲霄。
> 衰年七十猶羈旅，誰向玄亭慰寂寥。（《文集》卷三十五）
> 昔年群賢沂水，今日九老香山。
> 百歲重來會面，一樽相對開顏。（《文集》卷四十）

〔註82〕「周有八士」出《論語·微子篇》。升菴「八士姓名」一則見《升菴文集》卷四十五，又《丹鉛餘錄》（四）卷十亦載。

第四節　秉性與治學

　　自前述升菴的交遊中，可以發見，升菴無論與師友、同寅或門生的往返過從或進退酬對方面，已經很自然的流露出升菴一己的性情，以及升菴問學讀書的精神。前者如天性至孝，在與歐陽重書中，表露無遺，樂山樂水，在與李元陽同遊中觸處可見；後者如強識與博聞，嗜學而不輟，此自王廷表、唐錡諸人的談藝話詩中，足為旁證。吾人循此，雖然也可以知升菴，但若能更就升菴其他各方面的有關言行與著述，繼續探索其人特有的秉性與治學的心路，則對於升菴生平的體認，當更加深切著明。

一、秉　性

（1）倔強之個性與堅忍之意志

　　升菴〈答重慶太守劉嵩陽書〉嘗云：「下走賦質愚憨」，以升菴所謂自幼「警敏」、「岐嶷穎達」而言，自是謙詞，而「天稟倔強」，確是一句由衷之言、知己之論；倔強，應該是影響升菴生平重要的因素。

　　史稱大禮之議事件，朝臣為堅決反對世宗繼統而不繼嗣之主張，常出現群情洶洶的局面，而當時升菴等人的表現，據史傳所載者如此：「修撰楊慎曰，『國家養士百五十年（按、自太祖洪武迄世宗嘉靖初），仗節死義，正在今日。』編修王元正，給事中張㬟等，遂遮留群臣於金水橋南，謂『今日有不力爭者，必共擊之。』（於是朝臣一百餘人）俱跪伏左順門……自辰至午，凡再傳諭，猶跪伏不起，帝大怒，遣錦衣先執為首者……楊慎、王元正乃撼門大哭，眾皆哭，聲震闕廷。帝益怒，命收繫四品以下官若干人，而……慎、元正，俱謫戍。」。〔註83〕

　　帝已大怒，而猶「撼門大哭」，讀史至此，或將以為升菴不知明哲，意氣為用，或將以為升菴義無返顧，不屈至尊，似乎都不致厚誣或溢美升菴其人；然而，若對升菴此舉稍加分析，那麼，其所謂意氣或許可以見諒於世，而其所謂不屈，亦當獲致一定的認同。

　　升菴〈廣正統論〉一文云：

　　　國之統也，猶道之統也。堯以是傳之舜，舜以是傳之禹，禹以是傳

〔註83〕《明史》卷一百九十一何孟春傳。升菴本傳所載此事經過較為簡略，故別引之。又大禮之議〈世宗本紀〉之外散見有關人物傳中，如升菴父楊廷和傳以及毛澄、張璁等傳。

之湯，湯以是傳之文武、周公，周公以是傳之孔子（西元前 551～
479 年），孔子以是傳之孟軻（西元前 372～289 年），軻之死，不得
其傳，則如荀（卿）、如楊（雄）（西元前 53～西元 18 年）者，不
敢輕以道統與之。夫不以道統輕與之，則道猶尊；而統猶在也。如
使道統而可以承之，可以假借，秦之道統，可付之斯高，漢之道統
可屬之蕭曹，而晉宋齊梁之道統，可移之佛圖澄，鳩摩羅什乎？（《文
集》卷五）。

國統，一如道統，絕不能稍紊，更不得苟且絲毫者如此，升菴觀念可謂根深
柢固，因此姑不論〈廣正統論〉一文成於何時，升菴或多或少必受到此一思
想的暗示，一旦大禮之議起，父石齋身為重臣，例以先儒（司馬光，西元 1019
～1086 年、程頤，西元 1033～1107 年）說漢定陶王、宋濮王故事，以為當時
的世宗必須追尊孝宗為皇考，所生為皇叔，繼統又繼嗣，如此才可以恩義備
至，升菴適逢其會，豈能袖手等閒？從《升菴年譜》所謂「兩上議大禮疏，
嗣復跪門哭諫，中元日下獄，十七日廷杖之，二十七日復杖之，斃而復甦」
看來，知明廷用刑苛峻外，亦升菴「如矢」的剛烈性格有以致之。固然，升
菴之所以形成這樣的性格，與其所敬重愛戴的父親志行當不無影從關係，又
復與當世言官之「以矯激相尚」的風氣攸關。〔註84〕

　　由於升菴本身有此倔強個性，故偶以「倔強」說友人，〔註85〕乃令人會
心而歎。

（2）詼諧之傾向與活潑的文思

　　升菴引章楓山（名章懋，號后齋，著有《楓山語錄》）云：「處順境而樂
之者易，處逆境而樂之者難。若曾點之浴沂，邵雍（西元 1011～1077 年）之
擊壤，皆順境也，惟夫（虞舜）床琴于浚井之日，（孔子）絃歌於絕糧之餘，
以至（曾參）捉衿肘見而歌商聲，（顏淵）簞食瓢飲而不改其樂，乃為境之逆
而樂之眞耳，豈人所易及哉。」（文集卷七十一）。

　　「升菴紅顏而出，華巓未歸，幾三十年，得古今奇謫」，〔註86〕升菴遭逢
的「逆境」，可以說是伴隨一生：「只今行年七十二，猶作羈縲滇海陬。」（〈黃

〔註84〕見趙翼《廿二史箚記》卷三十五：「明言路習氣，先後不同」一則。
〔註85〕事載《文集》卷五十七：〈蓮花詩〉一則；已見本章第三節詩友何景明一段所
　　　　引。
〔註86〕簡紹芳〈陶情樂府序〉。（《飲虹簃所刻曲》下冊）

栢行〉,《文集》卷三十七)而且幾乎萬念俱灰:「遙想生還成幻夢,縱令死去
有誰憐。」(〈行戍稿〉,《文集》卷二十九),但升菴要將這一切苦難的情緒投
射在著述上,昇華爲一種中心自足的悅樂情操。

因此,升菴有時在考證名物之實際,每不期然的在筆端湧現幾許諧趣。
如《丹鉛餘錄》有〈玄鳥生商〉一則,云:

> 詩緯含神霧曰:「契母有娀(音松),浴于玄丘之水,睇玄鳥銜卵,
> 過而墜之,契母得而吞之,遂生契。」此事可疑也。夫卵不出蕣,
> 燕不徙巢,何得云銜?即使銜而誤墜,未必不碎也;即使不碎,何
> 至取而吞之哉。」(卷十四)

又如《丹鉛續錄》亦有〈孟子注〉一則,云:

> 《孟子》注疏「非禮之禮」(〈離婁篇〉)注云:「陳質娶妻而長拜之。」
> 「西子蒙不潔」(〈離婁篇〉)注云:「西施,越之美女,過市欲見者,
> 先輸金錢一文。」此二事不見於他書,若(陳)質者,古今畏內之
> 最也。西施事尤可笑,亦後世搖錢樹之比乎。(卷二)。

此二則應是升菴投荒居滇期間所爲,〔註87〕文字間透露撰寫者愉快心理、幽
默態度。另升菴有〈戲作破蚊陣露布〉一篇,中有「擾仙遊之夢,栩栩難成,
妬文苑之思,便便奚用……投間抵隙,乘暗幸昏」句,戲筆之外,不無美刺
之微意;近世有華亭雷瑨輯之入《古今滑稽文選》一書中;〔註88〕至〈群妃
御見〉(《文集》卷四十四)、〈戲婦〉(《文集》卷四十六)、〈好風好雨〉(《文
集》卷四十二)、〈蔣北潭戲語〉(《外集》卷六十)、〈張禺山善謔〉(《丹鉛摘
錄》卷六)等各條,亦類此,茲不具引。

〔註87〕 明張素〈丹鉛餘錄序〉云:「(楊子用修)居滇日暇,尤以敷文析理自娛。
彙爲一帙,曰《丹鉛餘錄》。」末署「嘉靖庚寅(按、即嘉靖九年,西元 1530
年)冬十有一月吉」。所據餘錄一書在清四庫全書珍本二〇一冊。〈玄鳥生商〉
一則并見《升菴文集》卷四十二。又、升菴〈丹鉛續錄序〉云:「天假我以
暮齡,逸我以投荒,洛誦之與居,而副墨之爲使。丹鉛之研,點勘之餘,
旣錄之,又續之。」末署「嘉靖丁酉(十六年,西元 1537 年)冬十一月朔
日升菴楊愼書于高嶢別業之朝暉軒」。今所據「續錄」一書在四庫珍本第二
〇二冊「《丹鉛餘錄》(二);〈孟子注〉一則,又見《升菴外集》卷三十七「經
說」。

〔註88〕 〈戲作破蚊陣露布〉一篇見《升菴文集》卷一;後輯入《滑稽文選》「露布」
類第三篇(見台北廣文本);又「露布」者,本軍中告捷之文書,該篇起段有
「破蚊陣於乙夜,收鶉捷於寅籌,不憚宵征,即陳露布」句。

（3）落拓不羈與壯志

明焦竑《玉堂叢語》云：「楊用修（升菴）好縱倡樂。」又云：「用修在瀘州嘗醉，胡粉傅面，作雙丫髻，插花，門生舁之，諸伎捧觴，遊行城市，了不為怍。」〔註89〕

又，清王士禎《皇華記聞》云：「楊用修在滇，製小肩輿，如升之形，僅可容膝，張愈光（含）題一聯其上，云：『人到東京須氣節，地當西晉且風流。』所謂升菴者，以此。」

觀此，則升菴放誕不經的行徑，似已不可諱，然而倘若深究升菴之所以不惜甘冒此「白圭之玷」的眞相，瞭解升菴「一朝遠謫濱萬死，曠野匪兕誰與鄰」的〔註90〕怖懼，則以之論升菴生平之本末，較稱平允。

升菴友人重慶太守劉繪（嵩陽），曾以書規勸升菴此種跡近放浪形骸的行為。升菴答云：

> 束髮以還，頗厭進取。幸茲荒戍瑟居，得以息黥補劓。回惟千鈞之弩，一發不鵠，則可永謝。焉復效枉矢飛流，嚆箭妄鳴乎。故無寧效昔人，放於酒，放於賞物。且又文有仗境生情，詩或托物起興，如崔延伯每臨陣，則召田僧超為壯士歌，宋子京修史（按、即宋祁與歐陽修共撰《新唐書》），使麗豎爇（燃）椽燭，吳元中起草，令遠山磨隃糜（按、陝西隃糜縣產名墨），是或一道也。走豈能執鞭古人，亦聊以耗壯心，遺餘年，若所謂老顚欲裝風景，不自洗磨者，良亦有之。不知我者，不可聞此言，知我者，不可不聞此言。〔註91〕

此升菴有意上法李太白為人，〔註92〕亦焦竑所說「人謂此君故自污，非也，

〔註89〕見《玉堂叢語》卷之七任達。又王世貞《藝苑卮言》卷六亦載「用修在瀘洲」一事。沈自徵所撰〈楊升庵詩酒簪花髻〉一種即敷寫其事，見台北鼎文書局印行《全明雜劇》第八冊。

〔註90〕《文集》卷三十七〈結交行〉。

〔註91〕《文集》卷六：〈答重慶太守劉嵩陽書〉。又明焦竑所撰《玉堂叢語》卷之七「任達」亦載此書部分內容，而其中文字與明刊本《太史升菴文集》者小異，如《文集》「永謝」，《叢語》作「永發」；「復效枉矢……妄鳴乎。」《叢語》未引入。

〔註92〕《文集》卷四十九〈李白墓誌〉云：「范傳正作〈李太白墓誌〉云：白常欲一鳴驚人，一飛沖天……及其謫退乃歎曰：『千鈞之弩，一發不中，則當摧撞折牙，而求息機，安能效碌碌者蘇而復上哉。用是脫屣軒冕，釋羈韁鎖，因肆性情，太放於宇宙間，意欲耗壯心而遺餘年。』此數語足以盡太白為人。」

特是壯心不堪牢落，故耗磨之耳」。〔註93〕故年譜（《函海本》）謂之：「至若陶情乎艷詞，寄意乎聲伎，落魄不羈，又公所以用晦行權，匪恒情所易測者也」。

　　清李慈銘頗是其說，云：

　　　髻，簪花、穿緋衣，令妓舁之行。內侍有自滇升菴編成後，世廟猶念之；乃以狎伎自污，至縮角回京者，以聞，世廟以爲病風，乃得免。是其佯狂避禍，同時袁海叟之對使者唱月兒高一曲，亦古之智士歟！〔註94〕

由於升菴必欲「耗壯心」常醉酒，晚年多疾，或與之不無因果。如〈秋日枕疾〉四首（五律），中有「肺病知秋早，身閒覺日長……衰鬢難禁日，幽憂不寐時」（《文集》卷十九），且常由〈春月臥病至夏首〉（同卷），而病榻之間，但能徒呼「安得班超（西元 32～102 年）投筆起，戎州暫得破愁顏」、「炎荒避地廿年過，杞國憂天奈爾何」（〈病中秋懷八首〉《文集》卷二十八）。

　　升菴既知「冶容誨淫」（《文集》卷四十一），又知愔憂玩時，逸豫淫樂（卷四十三），皆易令人「銷神流志」、速禍亡身，又慕莊周養生主篇之奇文，〔註95〕而其行也猶不免疵累如此，正見所謂修養心性之不易與。

　　要之，升菴既思用晦行權，此計誠令武侯復生，爲之借箸而籌，必以爲「澹泊寧靜」，〔註96〕無論如何皆遠勝於耽聲伎，縱濁醪；不過，升菴子是否也會發出「其然，豈其然乎」之感慨？至於升菴個性倔強的一面，流戍滇雲之後，適足以成就其堅忍的生活意志，體驗「忍含百善」的妙諦，而升菴諧謔的性向，亦適足以宣洩悲愁意緒於楮墨之間，反而更能「活潑潑地」激起「文苑之思」，〔註97〕以成就其著述的宏富。

〔註93〕《玉堂叢語》卷之七「任達」；又王世貞《藝苑卮言》卷六亦載。

〔註94〕《越縵堂讀書記》八、「文學」：〈升菴集〉。

〔註95〕《升菴外集》卷四十六「子說」，〈穎濱評〉一則云：「穎濱云，莊周養生主一篇，讀之如龍行空，爪趾鱗翼所及，皆自合規矩，可謂奇文。」

〔註96〕《升菴外集》卷四十九〈淮南子載格言〉云：「非澹泊無以明志（按、今本淮南子作明「德」），非寧靜無以致遠……」並謂孔明傳世名言即精擇於此（按、即出自《淮南子·主術訓篇》）。又《升菴文集》〈楚雄府定遠縣新建儒學記〉一文，升菴云：「武侯之所過者化，澹泊明志之道，眞寧靜致遠之心學，諸士子獨無興起之思乎？」又「走也獨舉武侯澹泊寧靜之二言」（《文集》卷四）。

〔註97〕〈忍含百善〉見《文集》卷三〈宋封君一默壽七秩序〉一文所引「內典」語；「活潑潑地」，見《文集》卷四十五。「文苑之思」，即前引〈戲作破蚊陣露布〉

二、治　學

（1）尚友古人

孟子謂萬章曰：「一鄉之善士，斯友一鄉之善士；一國之善士，斯友一國之善士；天下之善士，斯友天下之善士。以友天下之善士為未足，又尚論古之人。頌其詩，讀其書，不知其人，可乎？是以論其世也，是尚友也。」（〈萬章篇〉）此孟子示萬章之徒，以至後世天下士君子，以擇友的精義與論學的理想，升菴深造之不輟，當有自得乎其中三昧者，故其一生儘多患難知己，詩文至交，而又「肆力古學」「好學窮理，老而彌篤」（本傳），這應該也可以說是心存乎尚友之道有以致之。觀升菴樂道江漢文章之盛事，[註98] 以及麗澤友人夏邦謨〈思友賦寄楊用修〉所謂「庶尚友於古人兮，考往則以臧謀」（《文集》卷一），或可略知其中消息。故升菴亦曰：「於尚友師其峻特。」（〈清音競秀詩卷序〉）

今舉升菴中心嚮往之古人諸葛武侯、陶淵明（西元 365～427 年）、李太白（西元 701～762 年）以及蘇東坡（西元 1036～1101 年）四人以明升菴治學的理想所在。

先述諸葛武侯。

升菴知武侯之深，吾人從一首傳為元人壁間詩之每被學者疑為升菴代表之作的現象，或可看出端倪。升菴云：

正德戊寅（按、即正德十三年，西元 1518 年），予訪余方池編修于武侯祠，見壁間有詩云：

> 劍江春水綠沄沄，五丈源頭日又曛。
> 舊業未能歸後主，大星先已落前軍。
> 南陽祠宇空秋草，西蜀關山隔莫雲。
> 正統不慚傳萬古，莫將成敗論三分。

後有題云：「此詩始終皆武侯事，子美或未過之。」方池不以為然。予曰：「此亦微顯闡幽，不隨人觀場者也。」惜不知其名氏。（《文集》卷五十六：〈武侯祠詩〉）

〔註98〕　中句。〈四川總誌序〉云：余嘗讀左太沖賦蜀都云，江漢炳靈，世載其英，蔚若相如，矞若君平，王褒韡韡而秀發，揚雄含章而挺生。自漢而下，文章之盛、無出于四子矣……若夫陳子昂縣文宗之正鵠，李太白曜風雅之絕麟，東坡雄辯，則孟氏之鋒距……況子安、少陵薄遊徧乎三巴。石湖、放翁，篇詠洎于百漢……。」（《文集》卷二）

　　升菴所見此詩，是否誠如詩後所題「子美或未過之」，可謂見仁見智，〔註99〕而所說「不知其名氏」，雖然，清康熙年間仇兆鰲已有「閱《七修類稿》（明郎瑛撰），載戴天錫集句，知是元人吳漳作也」的說法，但後來的學者，卻仍一逕視之爲升菴所爲，或表示作者可能就是「楊慎」本人，〔註100〕豈升菴所謂「不知其名氏」，是不知詩後題字評語者的名氏。

　　今設想武侯祠壁間詩果眞是升菴所爲，又能得知音贊歎，以爲「子美或未過之」，則升菴亦可說是武侯千載之下的知音，因此才能有如是神來之筆，成此佳構；若該詩本不出升菴之所作，自其生平景慕武侯之爲人，遂「愛屋及烏」，對於詩後題辭，也認爲獨具欣賞眼光，而稱之爲「不隨人觀場」。

　　升菴推崇武侯「精擇」格言，流被萬世〔註101〕而滇中名作〈春興八首〉中，亦極爲緬懷武侯功烈，且有意要藉這位心目中的英雄人物，振起一己的志氣。其詩云：

　　　　諸葛提兵大渡津，河流禹鑿迥如新。

　　　　彩雲城郭那無跡，黑水波濤亦有神。

　　　　象馬遠來銅柱貢，犬羊不動鐵橋塵。

　　　　靈關在眼平於掌，歲歲蒲桃首宿春。（《文集》卷二十六）

又孔明「用兵如神」，〔註102〕故出師二表，不待詰屈聱牙而工，此亦升菴所得，或不約而同於明太祖朱元璋所論〈出師表〉之文「誠意溢出」〔註103〕者。

〔註99〕清仇兆鰲《杜詩詳注》〈蜀相〉一詩後，就升菴所言，予以評論之：「今按杜詩先祠廟而後弔古，此詩先弔古而後祠廟。其云『春水』，指當時出師之時；又云『秋草』，乃後人謁祠之日；結用『萬古』、『三分』，亦本杜詠懷諸葛詩，但杜是以虛對實，此則以實對虛，尤爲斟酌耳。」

〔註100〕仇氏說見前揭書〈蜀相〉一詩後注。視壁間詩爲升菴作品者如清乾隆初沈德潛、周準選《明詩別裁》「楊慎十五首」之第十三首作「武侯廟」，末小評云：「古來武侯廟詩，以此章爲最，情韻聲律，無一不合也；或云，此升菴錄元人作。」又如《宋元明詩三百首箋》「明七律」部分，除題目作「題武侯廟」，「源」作「原」，「莫雲」作「暮雲」，「慙」作「慚」等三個字形通假小異外，完全與所引明刻本《升菴文集》同。按此三百首箋一書，清道光年間冷鵬等纂評，今廣文版該書有「道光辛丑（按、即道光二十一年，西元1841年）上元日序」。又、表示存疑者，有今人金達凱〈明詩的分析〉一文，論及明詩「在抒情中穿插著議論」時，舉升菴等人爲例，於引武侯祠詩下註「楊慎（？）……武侯廟」字樣。（見《民主評論》十二卷8期）。

〔註101〕精擇格言見《升菴外集》卷四十九。

〔註102〕《丹鉛餘錄》（四）總錄卷十「三蘇不取孔明」。

〔註103〕焦竑《玉堂叢語》卷之四：「纂修」：「詹同自翰林待制遷直學士陞侍讀學士，

其次述陶淵明。

升菴〈送彭幸菴尙書致仕（二首，名澤）〉有云：

> 諸葛蔓菁遺壁壘，陶潛松菊舊柴扉，
>
> 前賢出處眞相似，雅志如公兩不違。（《文集》卷二十七）

此升菴盛讚彭公的雅志，也是自道一己慕遠之私曲。尤其對於陶淵明〈讀書不求甚解〉一說，遠較前人爲具體。〔註104〕升菴云：

> 《晉書》云（按、卷九十四隱逸）：陶淵明「讀書不求甚解」，此語俗世之見，後世不曉也。余思其故，自兩漢來，訓詁盛行，說五字之文，至於二、三萬言，陶（淵明）心知厭之，故超然眞見，獨契古初，而晚廢訓詁，俗士不達，便謂其「不求甚解」矣。
>
> 又，是時周續之（西元357～423年）與學士祖企、謝景夷，從刺史檀韶聘講禮城北，加以讐校，所住公廨（按、官署），近於馬肆。淵明示以詩云：「周生述孔業，祖、謝響然臻；馬隊非講肆，校書亦以勤。」〈示周續之、祖企、謝景夷三郎時三人皆講禮校書〉詩不屑之也。觀其詩云「先師遺訓，今豈云墜」，又曰「詩書敦夙好」，又云「游好在六經」，又云「汎覽周王傳，流觀山海圖」。
>
> 其著〈聖賢群輔錄〉、〈三孝傳贊〉，考索無遺。又跋之云「書傳所載，故老所傳盡於此矣」。豈世之鹵莽不到心者耶。
>
> 予嘗言，人不可不學，但不可爲講師，溺訓詁。見淵明傳語，深有契耳。（《外集》卷六十）

今按《晉書》、《宋書》、《南史》等〈隱逸傳〉及蕭統〈陶淵明傳〉，皆謂淵明「嘗著〈五柳先生傳〉以自況，時人謂之實錄」，可以覆按；則升菴所謂「《晉書》……此語俗世之見」者，似將淵明自況語，當作他人評淵明語，所謂「俗士不達，便謂其不求甚解」。但升菴力表淵明超然的治學方式，固非尋行數墨，亦絕非粗心魯莽──果如俗士之不求甚解，則讀書又如何會意而欣然忘食，賦

　　上（按、即高帝，明太祖）嘗論曰：「……孔明〈出師表〉亦何嘗雕刻爲文，而誠意溢出，至今使人誦之忠義感激。」又、「不待詰屈聱牙」語本〈羣公四六序〉見《文集》卷二。

〔註104〕元李冶〈敬齋古今黈〉一則云：「陶淵明讀書不求甚解，又蓄素琴一張，弦索（徽）不具……此二事正是此老得處，俗子不知。便謂淵明眞不著意，此亦何足與語。不求甚解，則如勿讀，不用琴聲，則如勿蓄。蓋不求甚解，得意忘言，不若老生腐儒爲章句細碎耳。」

詩又如何至於「文體省淨，殆無長語」之真率詩品（鍾嶸《詩品》）。因此，升菴於淵明傳語，確是「深有契」者。

　　然迄今世俗，對於淵明此語的印象，仍多偏於「消極」方面感覺，而缺少探究此中真意的認知，〔註105〕有如歷來世俗對於莊子〈逍遙遊〉一篇的看法，每易流於放任之一途者然，則使之閱升菴此說或可一祛其疑。

　　惟升菴著述，引用古書常「不及檢核原書，致多疏舛」（《四庫全書·升菴集提要》），除非確因滇中書缺有間，不然是否也會因此而貽笑於大方之家。

　　其次述李太白。

　　升菴云：「太白號斗酒百篇，而其詩精練若此，所以不可及也。」（《文集》卷六十〈李太白相逢行〉）又引裴敬〈李白墓碑〉曰：「白爲詩，格高旨遠，若在天上物外。」（卷四十九：〈李白墓誌〉）精練與高遠，亦升菴所祈嚮。

　　尚友之道亦在論其世。太白籍貫自來說法不一，有謂之蜀昌明，又有謂之山東或隴西者……可謂不一而足，升菴「嘗怪杜少陵有年譜，而太白出處，略不著見，因刊定李詩，遂就其集中遊歷及小說諸家，著其梗概」，以爲「太白生於蜀之昌明縣青蓮鄉」，〔註106〕並詳予考辨，略云：

> 〈成都古今記〉（宋趙朴撰，《說郛》卷第四）云：「李白生於彰明縣（按、明彰明即唐昌明）之青蓮鄉。」而劉全白〈李翰林墓碣記〉以爲「廣漢人」。蓋唐代彰明屬廣漢，故獨舉郡稱云。……五代劉昫（西元 887～946 年）修《唐書》，以白爲山東人，自元稹序杜詩而誤。詩云：「汝與山東李白好。」樂史云：「李白慕謝安（西元 320～385 年）風流，自號東山李白。」杜子美所云，乃是「東山」，後人倒讀爲「山東」，元稹之序，又由于倒讀杜詩也；不然，則太白之詩云「學劍來山東」，又云「我家寄東魯」，豈自誣乎？

> 宋有晁公武（高宗紹興進士，著有《郡齋讀書志》等）者，孟浪人也，遂信《舊唐書》及元稹之誤，乃曰：「太白自敘及詩，皆不足信。」噫，世安有己之族姓，己自迷之，而傍取他證乎。

〔註105〕如中央日報副刊有署名達寰者撰〈五柳先生〉一文，云：「這種『不求甚解』的態度，妨害各方面的進步。用之於讀書，打不好基礎，無法開創……」（七十五年十一月一日）。

〔註106〕以上見《丹鉛摘錄》卷六。

《新唐書》知其誤，乃更之爲唐宗室，蓋以隴西郡望爲標也。……

誦其詩，不知其人，可乎？余故詳著而明辨之，以訂史氏之誤、姓譜之缺焉。……（《文集》卷三：〈李太白詩題辭〉）

近世學者再綜考李白鄉里，結論亦以爲李白「爲蜀人，而生於蜀」，〔註107〕太白出處，大抵已可不見憾於升菴才是。

又、尚友之道，既在論其人，則李白詩名苟遭到假冒，有損詩仙令譽，能不奮然起而澄清之。升菴云：

李太白過武昌，見崔顥黃鶴詩，歎服之，遂不復作，去而賦金陵鳳凰臺也。其事本如此。

其後禪僧用此事作一偈云：「一拳搥碎黃鶴樓，一脚踢翻鸚鵡洲。眼前有景到（按、當作道）不得，崔顥題詩在上頭。」

傍一遊僧舉前二句而綴之，曰：「有意氣時消意氣，不風流處也風流。」……元是借此事設辭，非太白詩也，流傳之久，信以爲眞。

宋初有人僞作太白〈醉後答丁十八〉詩云：「黃鶴高樓已搥碎，一首樂史編太白」；遺詩遂收入之。

近日解學士縉（西元1369～1415年），有〈弔太白〉詩云：「也曾搥碎黃鶴樓，也曾踢翻鸚鵡洲。」殆類優伶之語。噫，太白一何不幸耶？（《文集》卷六十：〈搥碎黃鶴樓〉）

按、升菴言「李太白過武昌」云云，宋計有功《唐詩紀事》雖已有存疑：「世傳太白云：眼前景物道不得，崔顥題詩在上頭。遂作鳳凰臺詩一較勝負，恐不然。」，〔註108〕今據黃永武先生研究敦煌本唐詩，頃已證實太白歎服崔詩有關之傳說，一定有相當憑藉，值得相信。〔註109〕

〔註107〕日本兒島獻吉郎著《中國文學研究》第三篇〈詩仙李白考〉（台北新文豐本，胡行之譯頁117～120）。

〔註108〕《唐詩紀事》卷二十一「崔顥」。（台北木鐸本頁311）。

〔註109〕黃氏〈昔人已乘白雲去──敦煌本唐詩的價值〉一文云：「崔顥本詩的結尾原來是：『日暮鄉關何處在？煙花江上使人愁。』（按、指今所見敦煌本唐詩）大家熟悉的是『煙波江上使人愁』，看到唐人手寫，原來『煙波』本是『煙花』，這一字之差，令人想起古代的一項傳說，說大詩人李白曾經遊歷到黃鶴樓上，正想吟詩，擡頭讀到崔顥的這首詩正題在壁上，詩寫得太好，李白也只能歎息，無法再出手了，便坦然認輸說：『眼前有景道不得，崔顥題詩在上頭！』這種服善的美談，一直教人疑眞似假，無從證實。可是現在可以相信眞有其事了。因

最後，述蘇東坡。

升菴早在十有四歲的沖齡，就有〈題赤壁圖〉的詩作，並一方面觀圖憑弔史上著名戰役，一方面即有高步追東坡之想。其末四聯云：

懷哉玉堂仙，〔註110〕遼矣黃州客。

文光貫斗牛，天遊忘遷謫。

名姓識兒童，畫圖燦金碧。

赤壁幾千秋，山青江月白。（《文集》卷二十）

升菴後來（約在嘉靖十五年）又有〈蘇祠懷古〉詩，深感東坡學問才氣，有如大海，大有令人「東面而視，不見水端」（《莊子·秋水》）之概，誰又如何能踵事這位蜀地前賢而增華之？其詩云：

眉山學士百代豪，夜郎謫仙兩爭高。

岷峨凌雲挾天藻，江漢流湯驅硯濤。

虎豹虬龍自登踞，鱺鱔狐狸休舞號。

井絡鍾靈竟誰繼，海若望洋增我勞。〔註111〕

不過，升菴讀東坡之書，頌東坡之詩，且知東坡之爲人，必也能因此從中獲致相當的啓發。升菴有〈蘇公讀書法〉一文，云：

嘗有人問于蘇文忠公曰：「公之博洽可學乎？」曰：「可。吾嘗讀《漢書》矣，蓋數過而始盡之，如治道、人物、地里、官制、兵法、貨財之類，每一過專求一事，不待數過，而事事精覈矣，三五錯綜，八面受敵，沛然應之而莫禦焉。」此言也虞邵菴（名集，西元1272～1348年）常舉以教人，誠讀書之良法也。〔註112〕

升菴論學術之辯博，史稱「不減古之蘇頌（西元1020～1101年）」〔註113〕良

為李白寫『故人西辭黃鶴樓，煙花三月下揚州』，在黃鶴樓前用『煙花』來描寫，原來是學自崔顥，由敦煌本的出現，確信李白是真的讀到了崔詩，而李白對崔顥的傾服也由此獲得了明證。」（文見台北洪範版《讀書與賞詩》一書頁51～52）。

〔註110〕《漢書·李尋傳》王先謙（西元1840～1917年）補注云：「何焯曰：『漢時待詔於玉堂殿，唐時待詔於翰林院，至宋以後翰林遂並蒙玉堂之號。』」（「尋曰：『臣請隨衆賢待詔，久汙玉堂之室。』」一句下）按、東坡嘗任翰林承旨數月，故此詩中以玉堂仙呼之。

〔註111〕詩見《升菴遺集》卷十四；清陳田輯入《明詩紀事》戊籤「楊慎五十九首」。

〔註112〕見《文集》卷七十二，又《外集》卷六十「理學」類亦錄此篇。

〔註113〕《函海本年譜》云：「用修之博，何減古之蘇頌（西元1020～1101年）乎。」《年譜》並列舉升菴「該洽精辨」之例，如：「嘉靖中，給事中張翀上言時政，論學術不止一條，有『喬宇鬼瑣』之語，上問之內閣，公適在館中，即取《荀

有以也。

（2）治學方法與態度

升菴讀書揭博與精爲重要方法。其說云：

> 先太師（按、李東陽文正）戊戌（按、成化十四年，西元 1478 年）
> 試卷出舉子蹊徑之外，考官邵公（暉）批云：「奇寓於純粹之中，巧
> 藏於和易之內。」當時以爲名言。後觀《龍川集》，乃知爲陳同甫（西
> 元 1143～1194 年）作論法也。先輩讀書博且精，不似後生之束書不
> 觀，游談無根也。因書之家乘。（《升菴外集》卷六十：〈邵公批語〉；
> 《丹鉛總錄》十九）

抄書之工夫，且不失爲博學的途徑。升菴云：

> （晉）葛稚川云：「余抄掇衆書，撮其精要，用功少而所收多，思不
> 煩而所見博。或謂予曰：『流無源則乾，條離株則悴，吾恐玉屑盈車
> 不如全璧。』洪答曰：『泳圓流者，採珠而捐蚌，登荊山者，拾玉而
> 棄石，余之抄略，譬猶孔翠之藻羽，脫犀象之角牙矣。』」

> 王融（西元 468～494 年）云：「余少好抄書，老而彌篤，雖遇見瞥
> 觀，皆即疏記，後重覽省，歡情益深，習與性成，不覺筆倦。」愼
> 執鞭古昔，頗合軌葛、王，自束髮以來，手所抄集，袟成踰百，卷
> 計越千，其有意見，偶所發明，聊擇其菁華百分，以爲丹鉛別錄……
> （〈丹鉛別錄序〉）

以至「升菴先生雜採經子中語加之鎔冶陶鑄成文，著爲二字、三字，以及八
字之目，名曰《謝華啓秀》」〔註 114〕者，皆升菴抄書之心得。近世如梁啓超亦
主張「勤於抄錄」，以爲「顧亭林的《日知錄》、錢大昕的《十駕齋養新錄》、
陳蘭甫的《東塾讀書記》都係由此作成」，〔註 115〕可資相互印證。但抄書的原
則是爲「扶微學，廣異義」，不是「逞博麼，累卷袟而已」。〔註 116〕

> 子・非十二子篇》以復。」按、此事焦竑《玉堂叢語》亦載，文字小異，並
> 另引荀子注「喬即譑，詭詐也。字訓大，言放蕩恢大也。」「嵬」，說文，「高
> 不平也」釋之（見《叢語》卷之一「文學」）。《年譜》又舉升菴通天文之事，
> 今詳見《升菴外集》卷一「天文」類，而《玉堂叢語》「文學」亦載之，亦文
> 字小異而已。

〔註 114〕升菴撰《謝華啓秀》清李調元序文。

〔註 115〕梁啓超《中國歷史研究法補編》總論第二章。

〔註 116〕《文集》卷二：〈轉注古音略序〉。

　　另外，專心一致，本自古以來治學所貴，升菴固亦強調此治學之「三昧」。
〔註117〕升菴〈心結于一〉一文云：

> 凡治氣養心之術，莫徑由禮，莫優得師，莫慎一好。好一則博，博
> 則精，精則神，神則化，是以君子務結心于一也。詩曰：「淑人君子，
> 其儀一分，其儀一分，心如結分。」（曹風・鳲鳩篇）韓嬰詩說如此
> 精矣哉。（《文集》卷四十二）

治學專一始能「審心精考」，免於訛傳〔註118〕；徑由禮、或優得師，其目的之
一即在培養「心結于一」，亦即專一之治學態度。

　　升菴既能博與精，再益以「老而不倦」及病而不輟的治學精神，讀書才
能時時得間，筆硯老病猶親。〔註119〕升菴有〈茶夾書燈二銘〉（《文集》卷五
十三）亦可代表一生治學的精神——

> 程宣子〈茶夾銘〉曰：「石筋山脈，鍾異於茶，馨含雪尺，秀啓雷車，
> 采之擷之，收英歛華，蘇蘭薪桂，雲液露牙，清風雨腋，玄圃盈涯。」
> 晁無咎（西元 1053～1110 年）書〈燈銘〉曰：「武子聚螢，孫生映
> 雪，雪固易消，螢亦易滅，惟此銀缸，不沒其光，黃簾綠幕，永夕
> 煌煌。經史在右，子集在左，如或不勤，負此燈火。」
>
> 余少讀書，每夕烹茶，書此二銘於座右，今老矣，不復夜讀，茶亦
> 以脾寒而廢，書此二銘，以傳同好。

〔註117〕《升菴外集》卷十三〈三昧〉條云：「夫稱三昧者何，專思寂想之謂也。思專
　　　　則志一不分，想寂則氣虛神朗，氣虛則智恬其照，神朗則無幽不徹。」
〔註118〕《文集》卷四十四〈鍾馗即終葵〉一則。
〔註119〕升菴七十一歲，仍接受馮定水之託，寫〈郭門雙節記〉一篇（見《文集》卷
　　　　四）七十二歲有〈病中感懷〉等詩作（分見《文集》卷二十九、卷三十六等）。

第四章　楊愼文學析論

楊愼友人劉繪（事蹟已見第三章第三節）〈與升菴楊太史書〉云：

> 僕之仰于足下者有年，方其挾策西蜀，賜對明光，垂虹掣電，振耀宇內，知足下爲相如、揚雄其人也。至操觚藝苑，校書秘府，辭調敵乎金石，頌聲叶于韶濩，知足下爲劉向、王褒其人也。至攖時吐氣，舒悃飛章，叫閶闔于五奏，攀琅玕而九死，知足下爲賈誼、晁錯其人也。及今成集所著，士人所傳，傷時述懷，其孤憤結憂之聲，憫流離歎瑣尾者，又競英綴彩，燦玄珠而流華寶，凌蹤乎七子，飛蓋乎四傑，又知足下爲鮑明遠、謝玄暉其人也（《文集》卷六）。

劉繪在同書中曾自稱其「道不足以華躬，文不足以衡世」，今則逕擬升菴爲儒林文苑大家，是否係但憑「意氣之交」而作溢美之辭？因此上述這番話且毋庸遽爾視爲升菴文學的定評；然而升菴在所撰《譚苑醍醐‧序》云：「醍醐者鍊酥之纂晶，佛氏借之以喻性也，吾借之以名吾譚苑也。夫從乳出酪，從酪出酥，從生酥出熟酥，從熟酥出醍醐，猶之精義以入神，非一蹴之力也。」（《文集》卷二）又升菴論文亦有〈精鑿醍醐〉一則，云：「儒書以精、鑿喻學，精、鑿皆言米也，穀一石，得米六斗爲糲，一石五斗爲毇，得四斗爲鑿，得三斗爲精，精之爲字從米爲義，從青爲聲。古文作晶，象三米之形，尤見意義。佛書以醍醐之教喻於佛性，從乳出酪，從酪出酥，從生酥出熟酥，從熟酥出醍醐也。」（《外集》卷五十三）因知升菴心目中當自有一番「飛軒絕跡，一舉千里」〔註1〕的理想，故吾人也不妨借「醍醐」一物，以象徵升菴所要企慕

〔註1〕曹植（西元192～233年）〈與楊德祖書〉語。

的文學境界。

　　茲請分就文學批評理論、文學創作之特色以及修辭與風格三個部分，論述升菴在文學方面的成就。

第一節　文學批評理論

一、文學批評思想溯源

　　升菴云：

> 宣獻宋公（宋綬，西元991～1040年）嘗謂：「左丘明工言人事，莊周工言天道。二子之下，無有文矣。雖聖人復興，蔑以加云。」予謂：老子《道德篇》爲玄言之祖，屈、宋〈離騷〉爲辭賦之祖，司馬（遷，西元前145～西元前86年）《史記》爲紀傳之祖，後人爲之，如至方不能加矩，至圓不能過規矣。（《升菴外集》卷五十二「論文」）。

今以宣獻宋公所說二子書，加上升菴所增四子書，說明其文學批評思想的來源，並及其懷疑精神之所自。

（1）左氏傳

　　升菴云：

> 《左傳》：「士會自秦歸晉，繞朝贈之以策，云：『子勿謂秦無人，吾謀適不用也。」（按、事在文公十三年，又「士會」升菴以爲當作「土會」，見《升菴外集》卷三十一）『策』，如『布在方策』之『策』，蓋書也。其下云云，即策文也。蓋（晉臣）士會將歸，（秦大夫）繞朝諫止之，而秦君不聽，及其行也，又難顯言，故贈以策書云云，見秦之有人使歸晉而不敢謀秦也。今以爲鞭策非也。劉勰《文心雕龍》曰：「繞朝贈士會以策，子家與趙宣以書（左傳文公十七年），巫臣之遺子反（成公七年），子產之諫范宣（襄公二十四年），詳觀四書，辭若對面。」（按、在〈書記〉二十五）
>
> 據此，則豈鞭策乎？李白詩「臨行將贈繞朝鞭」，詩人趁韻之誤耳。
>
> （《文集》卷四十三〈繞朝贈策〉）

「又難顯言，故贈以策書」者，言人事之委曲委婉者。升菴「今以爲鞭策，

非也」──其實迄於現今，一仍以策爲鞭策，〔註2〕而《文心雕龍》所謂「繞朝贈士會以策」，今亦訓策爲馬檛，即馬鞭，〔註3〕升菴當一併以爲皆非也，故又舉太白〈送羽林陶將軍〉詩「莫道詞人無膽氣，臨行將贈繞朝鞭」，鞭字亦就句以成韻，所謂「趁韻」而已，「鞭」非實際詩意也；考白另有〈贈宣城宇文太守兼呈崔侍御〉詩即作「敢獻繞朝『策』」。因而，升菴據《左傳》所體會之文意，與《文心雕龍‧書記》、李太白詩合參，研判「策」乃書函之簡策而非趕馬之鞭策。

（2）史　記

升菴云：

> 俗士以帖括講麓之耳目，而欲窺雄深雅健之心胸，無怪其然（按、指本條上文史記翻刻妄改之事），獨可爲一二好古之士道耳。（《文集》卷四十七：〈史記〉）

科舉應試，徒知強記經文，未明深指，以此耳目淺學，固無法眞正認識太史公的風格和精神，則史記版本無怪乎屢經翻刻，而妄改亂添之事時或有之，頗失古人之意。此處升菴即拈出「雄深雅健」以爲史記文筆之佳勝，並每據之而論略其他史籍。升菴云：

> 史記自左氏而下，未有其比，其所爲獨冠諸史，非特太史公父子筆力，亦由其書薈萃《左氏》、《國語》、《戰國策》、《世本》及漢代司馬相如（西元前179～西元前117年）、東方朔輩諸名人文章，以爲楨幹也。《五代史》所載，有是文章乎？況其筆力萎靡，不足窺司馬遷藩籬，而云勝之，非公言也。（《文集》卷四十七：〈五代史〉）

升菴並以爲李耆卿所謂《（新）五代史》比起韓愈等所修《唐順宗（西元805年）實錄》有出藍之色，或非虛語，但「不知《五代史》本學《史記》，非學韓也」（《文集》卷四十七：〈五代史學史記〉）故曰「《史記》爲紀傳之祖」。

（3）老　莊

升菴云：

〔註2〕今人沈玉成譯《左傳譯文》（木鐸版）亦作「把馬鞭送給他」（頁152）。

〔註3〕《文心雕龍注》（黃叔琳本）云：「杜注『策，馬檛』，正義引服虔云『繞朝以政書贈士會』，彥和此文有二誤，士會倉卒歸晉，繞朝何暇書策爲辭（此說本正義），其誤一也。下文云『詳觀四書，辭若對面』，案《左傳》既不載其文，彥和從何詳觀，其誤二也。杜預訓策爲馬檛，義優於服虔。」（開明本卷五頁44）

老子以自然爲宗。(《升菴外集》卷四十六：老子)

又云：

> 郭象《莊子注》曰：「工人無爲於刻木，而有爲於運矩；主上無爲於
> 親事，而有爲於用臣。」〔註4〕柳子厚演之爲〈梓人傳〉一篇。(〈柳
> 文、蘇文〉《外集》卷五十三「論文」類，《文集》卷五十二「文類」
> 亦載)

老莊同以自然無爲爲宗法(《莊子·繕性》亦言「莫之爲而常自然」)，升菴既
有此一文學思想，於評論之際，便可看出。升菴說李白(西元701～762年)
〈浣沙女〉，云：

> 太白〈浣沙女〉詩：「一雙金屐齒，兩足白如霜。」又〈越女詞〉云：
> 「屐上足如霜，不著鴉頭襪。」又云：「東陽素足女，會稽素舸郎。」
>
> 予嘗戲謂：「太白何致情迴盼此素足女再三？」張愈光戲答云：「太
> 白可謂能書不擇筆矣。」
>
> 余嘗題浣女圖詩，純用太白語意：「紅顏素足女，兩足白如霜。不著
> 鴉頭襪，山花屐齒香。天然去雕飾，梅岑水月妝。肯學邯鄲步，匍
> 匐壽陵傍。」蓋竊病近日學詩者拘束蹈襲，取妍反拙，不若質任自
> 然耳。(《升菴外集》卷十四「人物」)

(4) 屈 宋

劉勰《文心雕龍》云：「自〈九懷〉以下，遽躡其跡，而屈、宋逸步，莫
之能追……枚、賈追風以入麗，馬、揚沿波而得奇，其衣被詞人，非一代也。」
(〈辨騷〉)在有明一代，升菴其人即相當仰慕屈子「夷險不易其操，危難不
更其守，家國一體，休戚同之」(《文集》卷五十一〈屈平〉)的人格。升菴評
陸士衡《文賦》注，即以此爲憑：

> 文賦「寤防露與桑間，又雖悲而不雅」，注(按、李善注)引東方朔
> 〈七諫〉謂「楚客放而防露作」，〔註5〕此說謬矣。若指楚客即爲屈

〔註4〕 〔校記〕《莊子·天道第十三》「故古之人貴夫无爲也」下郭象注語。唯其中
「有爲於運矩」，「運矩」二字今覆按今校勘本作「用斧」(據台北木鐸版《莊
子集釋》卷五中，頁465；該書〈點校後記〉云：「摘引了清代漢學家如王念
孫(西元1744～1832年)、俞樾(西元1821～1906年)等人的訓詁考證，盧
文弨(西元1717～1795年)的校勘……」。

〔註5〕 《文選》李善注此句下云：「防露，未詳，一曰謝靈運〈山居賦〉曰：『楚客
放而防露作』。注曰：『楚人放逐，東方朔感江潭而作七諫，有防露之言，遂

原，屈原忠諫放逐，其辭何得云「不雅」？「防露」與「桑間」爲對，則爲淫曲可知。……（《文集》卷五十二：〈防露之曲〉）

另外，升菴治學上善疑的精神，也是其文學批評重要的主導。升菴云：

信信，信也；疑疑，亦信也。古之學者，成于善疑，今之學者，盡于不疑。談經者曰：「吾知有朱而已，朱之類義，可精義也。」言詩者曰：「吾知有杜而已，杜之窳句，亦秀句也。」寧爲佞，不肯爲忠，寧爲僻，不肯爲通。聞有訾二氏者，輒欲苦之，甚則鄙之如異域，而仇之如不同戴天，此近日學之竺癃沈痼也。（丹鉛續錄序）

「善疑」，一方面可以免除文學上甘於寡陋，「陳陳相因」的心態，〔註6〕一方面可以獲得眞確而不誣的結果。升菴論「疆場」云：

《左傳》「疆場之地，一彼一此」，注「音易，言疆土至此而易也。」〔註7〕

唐高適（西元 704～765 年）詩「許國從來徹廟堂，連年不得在疆場」，〔註8〕乃讀爲平音，可謂不識字矣。駱賓王詩亦作「場」皆誤甚。豈可謂唐人詩便不敢議乎？（〈疆場〉《文集》卷四十三；《外集》卷三十）

二、詩文（含辭賦、詞曲、小說）主張

升菴對於詩文的主張，大抵與其治經「多取漢儒，不取宋儒」〔註9〕的態度一致。

以七諫爲防露也。《禮記》曰：『桑間濮上之音，亡國之音也。』（按、在樂記篇）則升菴「引東方朔〈七諫〉」云云，與善注有異。

〔註6〕　《文集》卷五十二：〈陸韓論文〉；又見《升菴外集》卷五十二。

〔註7〕　〔校記〕見左傳昭公元年，唯今《十三經注疏》本作「疆場之邑」，與《升菴文集》或《外集》作「疆場之地」者不同。（按、《十三經注疏》本，清阮元用文選樓藏本校勘，清嘉慶二十年重刊宋本）。

〔註8〕　〔校記〕《全唐詩》高適詩卷題目是〈九曲詞三首〉，原詩是：「許國從來徹廟堂，連年不得在疆（按、《全唐詩》此字註：「一作壇」）塲（《升菴文集》作「場」，《外集》亦同）；將軍天上封侯印，御史臺中異姓王。」（據台北復興書局全唐詩高適詩卷四，在《全唐詩》頁 1212）。

〔註9〕　《升菴外集》卷二十六經說〈日中星鳥〉一條。又《文集》卷四十八〈漢辭深厚〉云：「漢世訓辭深厚，皆此類也。」

（1）辭　賦

升菴以爲論詞賦，自有標準，不應一律以理學曲予詮釋。升菴由〈大招〉
一篇說起：

> 〈大招〉一篇，景差所作，體製雖同（按、指《楚辭·招魂》），而
> 寒儉促迫，力追而不及。《昭明文選》獨取〈招魂〉，而遺〈大招〉，
> 有見哉。

> 朱子謂〈大招〉平淡醇古，不爲詞人浮艷之態，而近於儒者窮理之
> 學。〔註10〕蓋取其尚三王尚賢士之語也。然論詞賦不當如此。

> 以六經言之，《詩》則正而葩，《春秋》則謹嚴。今責十五國之詩人，
> 曰「焉用葩也，何不爲春秋之謹嚴」，則詩經可燒矣。止取窮理，不
> 取艷詞，則今日五尺之童，能寫仁、義、禮、智之字，便可以勝相
> 如之賦，能抄道德性命之說，便可以勝李白之詩乎？（《文集》卷四
> 十七：〈大招〉）

升菴所謂「論詞賦不當如此」，以升菴思想言之，屈宋離騷既爲辭賦之祖，則
《史記·屈原賈生列傳》所謂「〈國風〉好色而不淫，〈小雅〉怨誹而不亂，
若離騷者，可謂兼之矣」，庶可作爲論詞賦之標準。

（2）詩　詞

升菴謂〈卷耳〉一詩，不應如朱子所說，「以爲文王朝會征伐而后妃思之」，
而當如《荀子·解蔽篇》所謂「卷耳易得也，頃筐易盈也，而不可貳以周行」
爲深得詩人之心矣。升菴「曾與何仲默說及此，仲默大稱賞，以爲千古之奇」
（按、指升菴原詩人之旨，復說〈卷耳〉一章新義：「蓋身在閨門，而思在道
途，若後世詩詞所謂計程應計到梁州，計程應說到常山之意」）。何又語升菴
曰：「宋人尙不能解唐人詩，以之解三百篇，眞是枉事，不若直從毛鄭可也」
（《丹鉛總錄》卷十八：〈荀子解詩〉；《文集》卷四十二：〈卷耳〉）。

以爲「宋人不能解唐人詩」似亦升菴與景明共同的看法，果如所說，宋
人雖不能解唐詩，却能瞭解唐詩興衰，而此一說，升菴且復加以發揮，足見
上述宋人者當隱指朱熹理學一派人物而言。〔註11〕

〔註10〕　朱熹《楚辭集注·大招第十》云：「……凡（景）差語皆平淡醇古，意亦深靖
　　　　　間退（安閒退居），不爲詞人墨客浮夸艷逸之態……要爲近於儒者窮理經世之
　　　　　學……」。

〔註11〕　開明版《中國文學批評史大綱》第二十六云：「此段（按、指蘇東坡〈書黃子

　　升菴論詩，首重發乎性情，以爲凡詩皆自然出於性情。升菴在〈李前渠詩引〉一文中云：

> 六情靜於中，萬物盪於外。情緣物而動，物感情而遷。是發諸性情，而協於律呂。非先協律呂，而後發性情也。

> 以茲知人人有詩，代代有詩。古之詩也，一出於性情，後之詩也，必潤以問學。性情之感異衷，故詩有邪有正；問學之功殊等，故詩有拙有工，此皆存乎其人也。（《文集》卷三）

其次，升菴詩「含吐六朝」，〔註 12〕與升菴之特別留心其「老成」，或不無關係？升菴《丹鉛總錄》云：

> 庾信之詩，爲梁之冠絕，啓唐之先鞭。史評其詩曰「綺艷」，杜子美稱之曰「清新」，又曰「老成」，「綺艷」「清新」人皆知之，而其老成，獨子美能發其妙。余嘗合而衍之曰「綺多傷質，艷多無骨，清易近薄，新易近尖；子山之詩，綺而有質，艷而有骨，清而不薄，新而不尖，所以爲老成也。（卷十八詩話類：「庾信詩」；又見《升菴詩話》；《升菴外集》卷六十九；《升菴文集》卷五十四）。

其次，升菴論詞。

　　由於升菴論文學，總是力求推陳出新，絕不可如布帛菽粟因「紅腐而不可食」，〔註 13〕又秉性亦有諧趣之一面，已於前章論及，故升菴於論詞的用韻，亦主張革新不相襲。其論「塡詞用韻宜諧俗」（《外集》卷八十一）云：

> 沈約之韻，未必悉合聲律，而今詩人守之，如金科玉條，此無他，今之詩學李、杜，李、杜學六朝，往往用沈韻，故相襲不能革也。

> 若作塡詞，自可通變。如「朋」字與「蒸」同押，「打」字與「等」同押，「卦」字、「畫」字，與「怪」「壞」同押，乃是鴂舌之病，豈可以爲法邪？

> 元人周德清著《中原音韻》，一以中原之音爲正，偉矣。然予觀宋人

思詩集後〉引述）認定李、杜既興，而六代之古詩中衰，此爲東坡絕大識見。明楊慎〈答重慶太守劉嵩陽書〉云：「竊有狂談異於俗論，謂詩歌至杜陵而暢，然詩歌之衰颯實自杜始。」李攀龍亦云：「唐無古詩而自有其古詩。」二人見地皆與東坡關合，後人每詆明人爲狂妄，蓋不知東坡先有此論也。」（頁132）。

〔註12〕 清《四庫全書總目》卷一七二〈升菴集提要〉。又明王世貞《明詩評》「楊修撰慎」條下云「凡所取材，六朝爲冠」（卷九）。

〔註13〕 同「註6」。

填詞，亦已有開先者。蓋真見在人心目，有不約而同者。俗見之膠固，豈能眛豪傑之目哉。

於是升菴繼續「試舉數詞於右」，首闋是東坡的〈一斛珠〉，云：

洛城春晚，垂楊亂掩紅樓半。小池輕浪紋如篆，燭下花前，曾醉離歌宴。自惜風流雲雨散，關山有限情無限。待君重見尋芳伴，爲説相思，目斷西樓燕。

升菴於東坡此詞按云：「『篆』字沈韵在上韵，本屬鳩舌，坡特正之也。」〔註14〕

其次一闋是蔣捷元夕〈女冠子〉，云：

蕙花香也，雪晴池館如畫。春風飛到，寶釵樓上，一片笙簫琉璃光射。而今燈謾挂，不是暗塵明月，那時元夜。況年來、心嬾意怯，羞與鬧蛾兒爭耍。

江城人悄初更打，問繁華誰解，再向天公借。剔殘紅炧，但夢裏隱隱，鈿車羅帕。吳牋銀粉，〔註15〕待把舊家風景，寫成閒話。笑綠鬟鄰女，倚窗猶唱，夕陽下。

升菴於蔣捷此詞按云：「是駁正沈韵，『畫』及『挂』『話』及『打』字之謬也。」又「再向天公借」一語，具趣味性。

〔註14〕升菴《均藻》卷之二上聲十三阮列有「若木晚」（自註「《國語》賈逵注」），於十六銑列有「孤乘夏篆」（《周禮》巾車五乘）及「前圖遐篆」（《晉書》郭璞贊）。

按、「篆」字今依王熙元等合編的《詞林韻藻》，仍列在第七部上聲「獮」中，並於「篆」字下云：「柱袞切。『紋如篆』，蘇軾〈一斛珠〉：小池輕浪紋如篆。」（見台北學生版《詞林韻藻》一書頁218）。

又、升菴素不贊同沈約用韻之拘，云：「惟彼文人用韻，或苟以流便其辭，而於義、於古，實無當，如沈約之『雌霓』是已，又奚足以爲據耶。」（《升菴文集》卷二：〈轉注古音略序〉）按、《梁書·王筠傳》：「沈約製〈郊居賦〉，要筠示其草，筠讀至『雌霓（五激切）連蜷』，約撫掌欣抃曰：『僕常恐人呼爲霓（五雞切）。』」

清徐釚《詞苑叢談》具引升菴所論〈填詞用韻宜諧俗〉一則，唯文字小異。並云：「沈休文四聲韻中如朋與蒸、靴與戈、車與麻、打與等、卦畫與怪壞之類，挺齋（按、即元周德清字），升菴俱駁爲觖舌。」另引毛稚黃（先舒）詞韻說云：「沈約韻雖有其書，世實未嘗遵用之；……蓋沈氏之韻最爲煩苛……即約亦不能自遵之，其昭君詞歌與戈合者也，酬謝宣城朓詩元與魂合者也，新安江詩眞與諄合者也。」（以上皆見叢談卷二：〈音韻〉）

〔註15〕據台北明倫版《宋詞精選會注評箋》，蔣詞「銀粉」下，還有一「砑」字，注云：「宋朝吳地出產的箋紙很著名，即蘇箋。銀粉砑、有光澤的銀粉紙。砑，光潔貌。

最後一闋是明初高季迪（啓）〈石州慢〉，云：

> 落了辛夷，風雨頓催，庭院瀟灑。春來長恁，樂章懶按，酒籌慵把。
> 辭鶯謝燕，十年夢斷青樓，情隨柳絮猶縈惹。難覓舊知音，把琴心
> 重寫。　天冶，憶曾攜手，鬥草闌邊，買花簾下。看轆轤低轉，秋
> 千高打。如今何處，總有團扇輕衫，與誰共盃（走）章臺馬。回首
> 暮山青，又離愁來也。〔註16〕

升菴於高季迪詞後總評諸公（按、高詞前尚有呂聖求〈惜分釵〉一闋等，未
加引述）數詞云：「可爲用韵之式，不獨綺語之工而已。」

　　上述升菴各就南北宋以至「國朝」詞家，提出用韵與沈約異者，略如一
詞韵革新小史。詞韵宜諧俗如此，升菴即以之說李清照。升菴論「李易安詞」
（《升菴外集》卷八十二）云：

> （易安詞如〈聲聲慢〉、〈永遇樂〉等）皆以尋常言語度入音律，鍊
> 句精巧則易，平淡入妙者難，山谷所謂以故爲新，以俗爲雅者，易
> 安先得之矣。

升菴以爲另有一種詞境就如元人丘長春（處機）詠梨花無俗念所謂「渾如姑
射眞人，天姿靈秀，意氣殊高潔」之「清拔」，〔註17〕姑射眞人，即《莊子・
逍遙遊》藐姑射之山所居的神人。然則升菴論詩出乎眞性情，論詞之超軼常
塵等，亦顯然有得於老莊思想之陶鑄者。

（3）文

　　升菴論文基本上亦每多著墨於宋人而上溯三代。升菴「辭尚簡要」（《外
集》卷五十二：〈論文〉）云：

> 書曰：「辭尚體要」（按、在畢命篇），子曰：「辭達而已矣」（在《論
> 語・衞靈篇》），荀子曰：「亂世之徵，文章匿采。」（〈樂論〉），揚子
> 所云：「說鈴書肆」（《法言・吾子篇》）正謂其無體要也。

> 吾觀在昔文弊於宋，奏疏至萬餘言，同列書生，尚厭觀之，人主一
> 日萬機，豈能閱之終乎？……朱子作張魏公浚行狀四萬字猶以爲

〔註16〕《續古今詞話》曰：「石州慢一詞，又極纏綿之致，綠楊芳草，年少拋人，晏
元獻何必不作婦人語？」（見劉子庚《詞史》頁138）。又、高啓詞下片「看轆
轤低轉，秋千高打」爲五、四字句，宋賀鑄石州慢詞「回首經年，杳杳音塵都
絕」，則作四、六字句式。賀詞「不著律調」，見夏敬觀《詞調溯源》頁110。
〔註17〕《升菴外集》卷八十二詞品〈丘長春梨花詞〉。

少，流傳至今，蓋無人能覽一過者，繁冗故也。

故升菴論文有時至有「愈短愈妙」的說法。〔註 18〕其實升菴當然亦不忽略其他理想文章的條件。升菴以爲「文不論繁簡難易，惟求其美」，〔註 19〕「該贍」是美，「要約」是美，而「複奧」也是美。升菴云：

> 論文或尚繁或尚簡，予曰，繁非也，簡非也，不繁不簡，亦非也。或尚難，或尚易，予曰，難非也，易非也，不難不易，亦非也。繁有美惡，簡有美惡，難有美惡，易有美惡，惟求其美而已。
>
> 故博者能繁，命之曰「該贍」，左氏、相如是也，而請客者，頃刻能千言。精者能簡，命之曰「要約」，公羊、穀梁是也，而曳白者終日無一字。奇者工於難，命之曰「複奧」，莊周、列禦寇是也，而郇模、劉煇亦詭而晦，辨者工於易，張儀、蘇秦是也，而張打油、胡打鈜亦淺而露。
>
> 論文者當辨其美惡而不當以繁、簡、難、易也。（《升菴外集》卷五十二：「論文」）

另外，升菴主張觀察一篇文章取材所自及靈感來源，從中亦可探知爲文道。楊誠齋（名萬里，西元 1124～1206 年）文云：「風與水相遭也，爲卷爲舒，爲疾爲徐，爲織文爲立雪爲湧山，細則激激焉，大則洶洶鞠鞠焉，不制于水，而制于風，惟風之聽，而水無拒焉。」吾人如注意觀察誠齋此文，則知本於蘇老泉（名洵，西元 1009～1066 年），老泉文略云：「夫水與風乎，油然而行，淵然而留，淳泗汪洋，滿而上浮……」云云凡二百四十三字，變化奇偉，類莊子。其實吾人如注意觀察，則又知老泉文復本於毛公詩傳在〈魏風・伐檀〉所謂「風行水成文曰漣」一句，故從文章通變、增刪之際，亦可以悟出前述所謂該贍、要約與複奧之道。〔註 20〕

〔註18〕《升菴外集》卷五十二〈半山文妙〉云：「王半山之文，愈短愈妙，如書刺客傳後云云。」

〔註19〕台北成均版《中國美學思想彙編》一書下冊「楊愼」第一項標題。該條所引，據清光緒八年新都王鴻文堂藏版《總纂升菴合集》卷一二四「論文」。

〔註20〕本節取自《升菴外集》卷五十三論文〈風行水上〉。按，詩魏風伐檀首章「河水清且漣漪」句下云：「風行水成文曰漣。」即升庵所謂毛公傳文。楊誠齋文則見於《誠齋集》卷八十八千慮策「治原」下，惟文有小異，即「細則激激」下仍有「滌滌」二字（據清《四庫全書》本）。升庵引文多不標詳細出處，乃覆按如上。蘇洵文見《嘉祐集》卷十五〈仲兄字文甫說〉。

（4）小說（含彈詞、雜劇）

升菴以爲「後世多以正史證小說之誤」，但有時小說可反過來證正史之誤，乃舉《鶴林玉露》（宋羅大經撰）一書所載王庭珪（西元 1079～1171 年）末嘗死於辰州（湖南沅陵縣）事（《升菴文集》卷四十七）用示小說在學術上價值之一例。

小說家每具經史根柢，非同市井里巷道聽塗說之流，升菴特就「李泰伯（名覯，西元 1009～1059 年）不喜孟子」一事申其說，云：

小說家載李泰伯不喜孟子事，非也。

泰伯未嘗不喜孟子也。何以知之？曰，考其集（《盱江集》三十七卷）知之。「內始論」引「仁政必自經界始」（按、在《孟子·滕文公上篇》）⋯⋯〈富國策〉引「楊氏爲我，墨氏兼愛」（〈滕文公下篇〉），〈潛書〉引「萬取千焉，千取百焉」（〈梁惠王篇〉），〈廣潛書〉引「男女居室，人之大倫」（〈萬章上篇〉）⋯⋯由是言之，泰伯蓋深於孟子者也。古詩〈示兒〉云：「退當事奇偉，凤駕追雄軻」，則尊之至矣。

今之淺學舍經史子集而勤小說，以爲無根之游談，故詳辯之。（《升菴文集》卷十六）

升菴既重視小說，乃有《二十一史彈詞》（或稱《歷代史略十段錦詞話》）之作，可入歷史小說一類，今亦名之爲講唱文學。〔註21〕而《洞天玄記》雜劇一種「與

〔註21〕今傳有《二十五史彈詞》一種，台北老古出版社印行，楊升菴編著，孫德盛輯註，明清二代由楊達奇養勁氏續著，乃從正史例名廿五史彈詞。又升菴原撰《二十一史彈詞》或稱《歷代史略十段錦詞話》，屬子部小說家演義之屬，今傳有明刊本程仲秩旁註本，臺北國家圖書館善本室藏。唯比對彈詞與詞話，其組織結構雖相同，而文字多見互異者，尤以唱文部分爲最。茲舉其一、二：如《二十一史彈詞》「說南北朝」「梁武帝、報兄仇、心生奪位，廣文學、勤庶政、禮待群臣」二句下尚有「卻獻奉，抑奢靡、求成于魏、天藍世、治安久、年歲豐登」，數語十段錦沒有；彈詞接著是「敬佛法、造浮屠、捨身同泰」，十段錦同，而再接下去彈詞「戒宰殺、宗廟祀、麵做犧牲，信牧守，來降夢、猿猴納叛⋯⋯荷荷聲、索蜜水、餓死臺城」等五句，十段錦則僅用一句帶過：「損金甌、信侯景、餓死臺城」。

又如第八段「說五代十國」，十段錦作「說五代史」。「詩曰」中彈詞「人生在世幾回春」下作「消磨白髮詩和酒，斷送青春利與名，蓋世功名野馬礮，掀天事業閬婆城」等，十段錦作「黃塵埋沒英雄老，白髮消磨壯士心，蓋世功名如一夢，掀天事業到頭空」「詩曰」最後彈詞作「珍重相知勿倦聽」，十段錦則作「珍重知音仔細聽」。

又如「說元朝」，十段錦作「說元史」，其「詩曰」後彈詞有「玉輳曲終詞打

西遊記同一意」，〔註 22〕《雜事秘辛》一卷，學者多指為升菴所造，〔註 23〕目前雖尚未有最確鑿的證據，更周密的推論，但以升菴之重視小說度之，誠難免見疑於考據之士林。

三、「詩史」問題的討論

升菴「該洽精辨」開明人考據之風〔註 24〕如此力倡漢學的結果，舉凡論文、論詩等，似皆有意傾力駁難宋人（尤其理學），今再就「詩史」問題加以考察，則更可知曉其脈絡始末。

升菴嘗以為宋人「詩史誤人」，其言云：

> 宋人以杜子美能以韻語紀時事，謂之「詩史」。鄙哉，宋人之見不足以論詩也。……
>
> 杜詩之含蓄蘊藉者，蓋亦多矣，宋人不能學之。至於直陳時事，類於訕訐，乃其下乘末腳，而宋人拾以為己寶，又撰出「詩史」二字以誤後人。
>
> 如詩可兼史，則《尚書》、《春秋》可以併省，又如今俗〈卦氣歌〉

疊，餘文煞尾奉知音」字樣，十段錦作「八句罷談停玉軫，詞文再舉奉知音」。而唱文部分彈詞「終老在六盤山，雄心未已，尚叮嚀，約宋國，併力平金」二句，置「能委政……萬古留名」後，與十段錦異。彈詞與十段錦之間相異者類此，其所以如此者之故，蓋以歷年升庵之史略詞話頗有刊本、評本、套印本、刪刻本及翻刻本等傳世，其間難免有所點竄更訂，清康熙廣陵李清〈史略詞話正誤序〉云：「予以甲辰（按，即康熙三年，西元 1664 年）早春，忽感重疾，呻吟半載，它書皆不能讀，獨取楊升庵《史略詞話》，為陳方伯惟直校定者，朗吟悲歌聊自娛，還自傷已。念笥內尚貯閩本，命取而復觀，則此本所刪冗句，頗簡潔可喜。然諸國興廢提綱，與詞話中臚列事實，或承上或起下，亦有不應刪而過刪者。適橋李一門人，以古禾王君起隆新本見寄，少所正，多所益，亦佳本也。因偃臥一榻，出此三本，日聽兩僮子王遜、吳金對讀，讀已乃呼兒穡執筆，代余復補數則，且汰繁易俗正舛，幾費研籌。而余友宮紫陽，又能出其同心卓見，匡我不逮，是本得此，其為完璧乎？」另有孫同邵〈史略詞話正誤跋〉等文，皆見大陸學者王文才、張錫厚輯《升庵著述序跋》一書頁 151～169。

〔註 22〕台北商務本《孤本元明雜劇·洞天玄記》楊悌用安序云：「其曰形山者身也，崑崙者頭也，六賊者，心意眼耳口鼻也，降龍優虎者，降伏身心也，人能如此，則仙道可冀矣。此書當與《西遊記》並傳可也。」又、鄭西諦《插圖本中國文學史》謂升菴另有《太和記》六本，今不可得見（第五十九章二）。

〔註 23〕見張心澂《偽書通考》頁 872。

〔註 24〕「該洽精辨」出《函海本年譜》；開考據風見林慶彰《明代考據學研究·序》。

〈納甲歌〉兼陰陽而道之，謂之「詩易」可乎？〔註25〕

又以杜甫褒貶失當，因謂詩史不足採信。升菴云：

> 杜子美〈滕王亭子詩〉：「民（人）到于今歌出牧，來遊此地不知還。」
> （按、此爲該五律末聯）後人因子美之詩，注者遂謂滕王（李元嬰）
> 賢而有遺愛于民。今郡志亦以滕王爲名宦。
>
> 予考新舊唐書（按、《新唐書・卷七十九》，《舊唐書・卷六十四》），
> 並云：「元嬰爲荊州刺史，驕侈失度……以貪聞，高宗給麻二車，助
> 爲錢緡……。」其惡如此，而少陵老子乃稱之。所謂詩史者，蓋亦
> 不足信乎？（《外集》卷七十五「詩品」）

升菴所引子美此詩末聯，或原意並非所謂遺愛云云，按清仇兆鰲註〈滕王〉
一詩即有「今按末二句，一氣讀下，正刺其荒遊，非頌其遺澤」之說，故升
菴「少陵老子乃稱之」，疑子美褒貶失當者，亦見仁見智。

明王世貞（西元 1526～1590 年）於前舉升菴「詩史誤人」提異議，云：

> 楊用脩駁宋人「詩史」之說而譏少陵云：「詩刺淫亂，則曰『雝雝
> 鳴雁，旭日始旦』；不必曰『愼莫近前丞相嗔』也……其言甚辯而
> 覈，然不知嚮所稱皆興比耳。詩固有賦，以述情切事爲快，不盡
> 含蓄也。語荒而曰「周餘黎民，靡有孑遺」……若使出少陵口，
> 不知用脩何如貶剝也。且「愼莫近前丞相嗔」，樂府雅語，用脩烏
> 足知之？〔註26〕

稍後，胡應麟於所撰《少室山房筆叢》中亦針對升菴「詩史誤人」中詩史出典，
糾升菴之未密，以爲「詩史」之說出唐孟棨《本事詩話》，並非宋人。〔註27〕

今覆按孟棨詩話（當作《本事詩》，見其序目）「高逸第三」云：「杜（甫）
所贈二十韻，備敘其事（按、即李白始受恩禮，終累謫夜郎事）。讀其文，盡
得其故跡。杜逢祿山之難，流離隴、蜀，畢陳於詩，推見至隱，殆無遺事，
故當時號爲『詩史』。」〔註28〕

升菴致訛如此，可能原因大概有二：首先是升菴曾於詩話中論及杜子美
滕王亭詩時即有「讀書不多，未可輕議古人」之嘆，故升菴以「詩史」出宋

〔註25〕《升菴文集》卷六十詩類〈詩史〉，所載内容同。
〔註26〕《藝苑巵言》卷四（輯入《歷代詩話續編》中）。
〔註27〕見《筆叢》卷十九續乙部藝林學山〈詩史〉一條。台北世界本上冊頁264。
〔註28〕見《歷代詩話續編》（木鐸版上冊頁14～15）。

人，或未更考而已；其次，是「升菴生平不喜宋人」，乃故設此說。〔註29〕

平情論之，這兩個原因都有可能。因爲升菴一方面除杜詩之外，並不反對使用「詩史」一名義，此或係升菴晚年定論？其〈經史相表裏〉一說云：

> 蘇老泉曰：「經以道法勝，史以事辭勝；經不得史，無以證其褒貶，史不得經，無以要其歸宿。」言經史之相表裏也。……
> 此論甚新。余嘗欲以漢、唐以下事之奇奧罕傳者，彙之，而以蘇、李、曹、劉、李、杜、韓、孟詩證之，名曰〈詩史演說〉。衰老無暇，當有同吾志者。（《升菴文集》卷四十七）

升菴子部小說方面已有《歷代史略十段錦詞話》人謂之《小二十一史》；〔註30〕是子、史相表裏，升菴又欲以蘇、李等詩證漢唐以下事，成〈詩史演說〉，又可說是詩史相表裏；升菴詩史的觀念，至「衰老」之時當已有所肯定。

其他如升菴論詩之得失，亦用「詩史」爲準。如《明詩別裁》選李夢陽〈土兵行〉，引升菴語論其詩云：「楊用修云，只以謠諺近語入詩史，而古不可及。」（見卷四）又、升菴評「元微之〈唐憲宗挽詞〉」（升菴詩話）亦有「斯亦近詩史矣」之論。而至友張含（禺山，愈光）評升菴〈楊柳枝詞〉亦謂之「詩史」，〔註31〕序《陶情樂府》，又謂之「曲史」。

升菴或以太史眼光論詩史問題，杜子美乃恒成矢的。其實，升菴數以杜詩爲說，目的應如春秋責備賢者，欲其盡善盡美，非執意貶之者可比。因此，升菴文學批評，由懷疑精神出發，以創新爲鵠的，而詩史每著眼於史的講求，則又以眞實爲根本，完成升菴文學批評的理論。

第二節　文學創作之特色

升菴曾因《文心雕龍》之言文學內容與形式亦有一喻：

> 劉勰云：「夫鉛黛所以飾容，而盼倩生於淑姿；文采所以飾言，而辯麗本於情性。」（按、見《文心雕龍·情采》）予嘗戲云：「美人未嘗

〔註29〕論滕王亭詩，見《升菴詩話》卷十四〈鶯啼修竹〉一則；謂其「不喜宋人」，同註27。

〔註30〕見該詞話「旁註敘」（天都吳之俊彥章著）。

〔註31〕《升菴文集》卷三十六〈楊柳枝詞（二首）〉第二首末有「張禺山云，此紀彭幸庵（按、即升菴忘年交彭澤）平藍鄢二賊事也，可謂『詩史』，可謂善頌。」

不粉黛，粉黛未必皆美人；奇才未嘗不讀書，讀書未必皆奇才。」

（《丹鉛摘錄》卷五）

升菴幼有穎達奇才，而又知終身好學不倦，故表現在文學創作上的情采，乃甚為可觀。錢基博氏所謂：「楊慎以宰相子，文采照映；獨不在七子聲氣之中，而其詩含吐六朝，以高明亢爽之才，鴻博絕麗之學，隨題賦形，一空依傍；而於李、何諸子之外，異軍特起。」〔註32〕

前面（第三）章節已敘及升菴仕途因「議大禮」事件而流離異鄉，其後半生羈旅南中，乃特別珍視朋友一倫〔註33〕故而遣懷、交游、酬贈之類的詩文，本是升菴文學中重要的特色，固已隨其所宜，綜合呈現其情采。

今再就升菴創作中表現的特色，諸如創作中寓有批評及考訂意味者，如滇雲風土的特殊見聞且有補於生平之考察者，又如典故的使用與民俗文學的創作等，論述如下。

一、作品中具批評、考訂及表旌之任務

（1）為批評而創作

升菴創作中，每明顯寓有文學批評用意於其間。如升菴有古樂府〈梅花落〉四首，其序云：

古樂府有梅花落曲，唐人諸家作者多矣，皆詠其開，不言其落也。旅行松次，適見梅花落，乃援舊題以成新曲。雖有愧緣情，庶不謬體物云耳。〔註34〕

此升菴創作的靈感，來自一般詩人但詠其開，不言其落也。升菴重在詠梅花之落，同時也示人以批評的範例，自況其思鄉之情懷：「古梅飄古香，新梅綴新粧；那枝傳妾恨，何樹近君鄉？」（〈梅花落〉其二）

其次，有〈詠梅九言〉一首八句，升菴於題下自註云：「元僧高峯有此詩而不佳，特賦一首。」按、元僧高峯，即升菴另文（《文集》卷五十七：〈九

〔註32〕台北商務人人文庫《明代文學》第二章（頁90）。
〔註33〕見第三章第二節「一、在京師」及同節「二、謫戍以後」。
〔註34〕見《升菴文集》卷十四。又古樂府〈梅花落〉見郭茂倩《樂府詩集》卷二十四，「橫吹曲辭四」漢橫吹曲四。其中並錄有唐盧照鄰、沈佺期、劉方平〈梅花落〉各一首。茲錄其中盧照鄰一首如下：「梅嶺花初發，天山雪未開。雪處疑花滿，花邊似雪回。因風入舞袖，雜粉向妝臺。匈奴幾萬里，春至不知來。」

言詩〉〉所載「元天目山釋明本中峯」，〔註35〕其九字梅花詩云：

> 昨夜西風吹折中林梢，渡口小艇滾入沙灘坳。
>
> 野樹古梅獨臥寒屋角，疏影橫斜暗上書窗敲。
>
> 半枯半活幾個撼蓓蕾，欲開未開數點含香苞。
>
> 縱使畫工奇妙也縮手，我愛清香故把新詩嘲。

此元人詩當初是由於楊門六學士中的唐錡表示讀後感：「此詩不佳，『影』不可言『敲』，又後四句，有齋飯酸餡氣。」於是屬升菴作一首，升菴乃口占云：

> 玄冬（或作「昨夜」）小春十月微陽回，綠萼梅蕊早傍南枝開。折贈未寄陸凱（西元 198～269 年）隴頭去，相思忽到盧仝（～西元 835 年）窗下來。歌殘水調沈珠明月浦，舞破山香碎玉凌風臺。錯恨高樓三弄叫雲笛，無奈二十四番花信催。〔註36〕

觀升菴之作固富麗典雅，絕不類元僧者，但高峯詠梅亦具禪門苦行清儉之機鋒氣韻，不宜用尋常紅塵眼力月且其詩，且所謂「影不可言敲」亦非的論，因影既虛幻而竟能叩窗，令人聯想其所發出的無聲之聲，何其玄遠，實更具意象之美，此亦修辭上「以聲響字代聲啞字」的運用。〔註37〕不過，也由於有唐池南的建議，使升菴增加了許多創作題材，並因此對於同類作品有所比較批判。〔註38〕

（2）為考訂而創作

升菴另有古樂府〈邯鄲才子嫁為廝養卒婦〉（《文集》卷十四），係有鑑於「六朝及唐人擬作者，皆似眯目道黑白，雖吾鄉太白亦迷其原」（詩前序言）

〔註35〕杭州天目中峯明本禪師（西元 1263～1323 年），據台北老古文化公司《續指月錄禪詩偈頌》，明本禪師屬「臨濟宗」，錄其〈牧雲門頌〉，有「訛言日出古風沈，一門當前意自深」之句（見該書卷七，頁 99）。

〔註36〕《升菴文集》卷八十，升菴另有〈二十四番花信風〉一則，可資參考。

〔註37〕黃永武《字句鍛鍊法》代字法二十三「以聲響字代聲啞字」云：「詞旨有詞說七則，其一云：『鍊字貴響』。詞源亦云：『字字敲打得響，方為本色語。』」（台北洪範本頁 295）。

〔註38〕《升菴文集》卷五十七〈九言詩〉，於引述元僧詩作，並升菴口占之作後，升菴又云：「近觀盧贊元〈酴醾花〉詩云：『天將花王國艷殿春色，酴醾洗妝素煩相追陪。絕勝濃英綴枝不韻李，堪友橫斜照水挽先梅。瑤池董雙成浴香肌露，竹林嵇叔夜醉玉山頹。風流何事不入錦囊句，清和天氣直挽青陽面。』亦九字律也，詩亦有思致，以李花為不韻，甚切體物，前人亦未道破者。」

故升菴據正史，考訂邯鄲才子本事，別作一篇，以歌詠此一戰國時代佳話，而使之不致訛傳。全篇計兩百三十八句，一千一百九十言，〔註 39〕首先言才人美德，云：「貞心比筠竹，榮華如茂松。」中言養卒立功而歸云：「養卒御王歸，喜氣如渴虹。」末再頌才人，云：「爾名播樂府，爾芳輝管彤。」

（３）為表旌大節而創作

升菴〈補杜子美哀張九齡詩〉後有跋曰：

> 劉須溪云：「九齡大節，在奏請斬祿山，以絕後患。杜公〈八哀詩〉既不明白，末亦不及另祭事，殆失詩史，未免拾其細而遺其大也。」慎輒為補一篇，豈敢以龍涼門華袞，鉛及齒步光哉。亦續須溪之餘蘊，發曲江（按、張九齡，曲江人）之幽光，觀者勿哂之。（《文集》卷二十二）

清仇兆鰲云：「曲江見祿山有反相，欲因失律誅之，明皇不聽，至幸蜀以後，追思其言，遣使祭贈，此事乃一生大節，關於國家治亂興亡，篇中尚略而未詳。」〔註 40〕故升菴篇中有「狐媚蕩主心，狼子紆皇眷……絕綫國步危，規瑱忠言賤……」之句，則升菴欲秉史筆以表揚忠貞的詩意可知過半。

其次，升菴有〈擣衣杵〉五言絕句一首，云：

〔註 39〕升菴所謂「六朝及唐人擬作者」云云，今《樂府詩集》第七十三卷雜曲歌辭十三輯有齊謝朓〈邯鄲才子嫁為廝養卒婦〉云：「生平宮閨裏，出入侍丹墀。開笥方羅縠，窺鏡比蛾眉。初別意未解，去久日生悲。憔悴不自識，嬌羞餘故姿。夢中忽彷彿，猶言承謔私。」同題有唐李白一首：「妾本叢臺女，楊蛾入丹闕。自倚顏如花，寧知有凋歇。一辭玉階下，去若朝雲沒，每憶邯鄲城，深宮夢秋月。君王不可見，惆悵至天明。」
又、升菴〈邯鄲才子嫁為廝養卒婦〉詩前序言云：「予觀樂府有邯鄲才人嫁為廝養卒婦，特亡其辭，亦失其解，及考《史記・張耳傳》洎《楚漢春秋》，并云『趙王武臣為燕軍所獲，囚於燕獄，先後使者往請，輒為燕所殺。趙有廝養卒，謝其舍中曰：『吾將載趙王歸』，舍中人笑之，乃走燕壁，以利害說燕將，燕以為然，乃歸趙王。廝養卒御王以歸。武臣歸趙，以美人妻養卒以報之，是其事也。」（升菴序言後半，已於本論文第三章第三節二「何景明」部分引述，茲從略）。
按、《史記・卷八十九張耳陳餘列傳第二十九》，云：「趙王（武臣）閒出，為燕軍所得。燕將囚之，欲與分趙地半，及歸王。使者往，燕輒殺之，以求地。……有廝養卒，謝其舍中曰：『吾為公說燕、與趙王載歸。』……」與升菴所引有異，且未有「以美人妻養卒」之事。故明萬曆間陳耀文《正楊》云：「張耳傳祇云『廝養卒』，並無『才人嫁為婦』語，曷以知所嫁者即此卒耶？」（卷之二：〈邯鄲才人嫁為廝養卒婦〉）。
〔註 40〕《杜少陵集詳註》卷十六〈八哀詩〉末註。

戎賊金鈷鉧，擊賊搗衣杵。今見趙小錢，昔聞楊愍女。(《文集》卷
三十三)

題下自註云：「山東女子趙小錢，年十五，爲賊所掠，罵賊不從，以搗衣杵
擊賊，遇害。事聞，詔旌其門。」升菴生平本樂道人善，又常爲之表出之。
〔註41〕

另外，升菴亦有爲了諷權臣而創作者，〔註42〕在在都可以想見升菴爲人。

二、特殊之風物與見聞

(1) 奇觀・珍異

升菴詠安寧〈晨霧〉五言排律，其序云：

> 安寧之境（按、安寧屬雲南府），杪秋初冬，天將晴霽，晨必大霧，
> 千里一白，如銀色界，須臾日出，霞彩暉煥，亦奇觀也。

詩中「文彩南山豹，威稜北塞貂。馴星收閃閃，曦星煥昭昭」，寫晨光穿霧，
彩霞萬道，足以繪飾豹文，足以顯赫貂威，〔註43〕誠景物之奇，亦想像之奇
者。

安寧亦以溫泉名，〔註44〕升菴頗有遊溫泉心得，故曾自道因奇景而創佳
句。升菴〈正月六日溫泉晚歸〉〔註45〕，云：

> 月似銀船勸酒，星如玉彈圍棋。
> 幾杵林鍾敲後，兩行松火歸時。

詩後自註云：「溫泉晚舟歸，漏已下三鼓。新月將沈，望之比初出甚大，形如

〔註41〕《文集》卷五十一：〈楊察兄弟〉、〈王欽若〉兩則（二人事蹟見《宋史》卷二
百八十三）或「屬文雅致有體」或「亟改追欠」，但「郡志不載」，或「此事
史不書」皆「當表出之」。

〔註42〕升菴另有諷權臣詩〈寶慶相〉（寶慶，南宋理宗年號，西元 1225～1227 年）
一首（七古）序云：「詠史彌遠（《宋史》卷四一四）也。楊鐵崖（名維楨，
西元 1296～1370 年）有此篇，余讀之恨其深文隱語，不足以誅姦諛，且捨彌
遠而傍罪余天錫、梁成大與趙葵，諺所謂『無奈冬瓜何，捉著瓠子磨』也。
重賦此首」（《升菴文集》卷二十五）。

〔註43〕貂之爲物，每用以象徵貴顯，如貂珥、金貂、貂璫等。又以上見《文集》卷
二十。

〔註44〕升菴所編《南詔野史》云：「雲南府安寧州城外，色如碧玉清鑒毛髮，滇中共
十七泉，此爲第一，即唐玄宗驪山玉蓮池、想亦不及也。（下卷「南詔古蹟八
十條」）。

〔註45〕見《升菴文集》卷四十。

銀船，衆以爲異，予曰：『非異也，古之詩人亦未嘗玩新月至三更耳。李文饒云，日月終古常見，而光景常新。』信夫，昔人詠月，『金波』自司馬相如始，『玉塔』自東坡始，（按、東坡有「一更山吐月，玉塔挂微瀾」句）『銀船』，自予始也。」按、《佩文韻府》「銀船」一詞，引白居易〈西湖詩〉：「畫舫牽徐轉，銀船酌慢巡。」經覆查《白香山詩集》該詩全篇，「銀船」當指銀色遊艇之類〔註46〕則銀船以喻月或自升菴始創。升菴世傳有〈安寧溫泉詩一卷〉（有明嘉靖刊本）。

又，升菴寫奇景，似常用銀色，如〈奇景行畢節（按、今貴州畢節縣）早行作〉有「下窺深箐如銀海……銀海鎔爲紫磨金」（《文集》卷二十三），又如〈臥月引爲錢節夫賦〉有「何如放舟臥明月，仰看銀河天倒流」（《文集》卷二十三）等。

其次，升菴曾見梅樹之奇特者。〈南枝曲〉（七言古詩）序云：

> 會川（按、四川會理衞指揮所，近雲南境）五里坡玁玁哨邊有古梅一株，婆娑蔭映，形如曲蓋，封蘚斑駁，文如篆籀，蓋數百年物也。予生平所見梅樹，此爲冠絕，惜乎生於窮山絕域，而不得高人韻士之賞也，玩歎之餘，作此曲焉。

詩篇一開始即說「我渡烟江來瘴國，毒草嵐叢愁箐黑。忽見新梅粲路傍，幽秀古艷空林色。絕世獨立誰相憐，解鞍藉草坐梅邊。」所謂「幽秀古艷、絕世獨立」，一方面是古梅的姿韻，一方面也是升菴借物自況之文詞（《文集》卷二十五），一如〈刺桐花行〉中「蠻烟瘴霧雨餘天，耀彩舒芳最可憐」（《文集》卷三十九），既狀寫刺桐（滇中名鸚哥花）的清翠鮮艷，亦援以遣懷。

復次，升菴得巨柑之奇異者。〈香霧髓歌〉（七古）序云：

> 余得巨柑於江陽（按、四川瀘州，升菴晚年常居於是），形如北方瓶梨，不忍食之，攜至榮昌（按、近瀘州），清夜與冷漢池（名珂）夜話，漢池不飲，乃出是柑，剖之，味亦異恒品。
>
> 漢池曰：「昔廖明略晚登坡門，飲以蜜雲龍，飲茗遂爲嘉話。珂也晚登公門，此亦公之密雲龍也。請以坡詩『香霧噀人（噀，噴水）』及

〔註46〕「銀船」見《佩文韻府》（一）冊 731 頁（商務本）；又、白居易此詩題爲：〈早春西湖閒遊悵然興懷，憶與微之同賞，因思在越官重事殷，鏡湖之遊，或恐未暇，偶成十八韻寄微之〉。見《白香山詩集》卷二十六，後集六、律詩（《四庫全書》本）。

陸天隨『星髓未彫』之句，合而名之，曰：『香霧髓』。」仍出鵝硯
棗心筆，屬予作此歌云。

升菴歌詞中有云：「君不見東坡先生密雲龍，緘藏遠自朝雲峯，宛丘淮海四學
士，分江貯月初啓封，又不見升菴老人香霧髓。」由瑞柑之香氣及於冷漢池
之才氣，在清夜沈沈中，芳思遂不斷從棗心筆端流瀉而出（《文集》卷二十五）。

（2）風俗・民情

滇南地區有一個紀念貞烈女子的「星回節」，每年六月都要燃炬爲弔，升
菴在戍期間，亦頗詠其事，其七言絕句〈星回節〉一首云：

忽見庭花拆刺桐，故園珍樹幾然（即「燃」）紅。年年六月星回節，
長在天涯客路中。（《文集》卷卅六）

又，升菴〈滇南月節詞（調寄漁家傲）〉，六月節詞云：

六月滇南波漾渚，水雲鄉裡無煩暑。東寺雲生西寺雨，奇峯吐，水
椿斷處餘霞補。　松炬熒熒宵作午，星回令節傳今古。玉傘雞樅初
薦俎，荷芰蒲，蘭舟桂楫喧蕭鼓。〔註47〕

此敘六月星回節期間雨霽虹景無限，入夜則炬光映天，熱鬧非常。

升菴月節詞除六月節詞外，如四月佛浴節。「共傾浴佛金盆水，拜願靈山
催早起，爭乞嗣，蛛絲先報釵梁喜」，寫滇南地方婦女盛粧祈願，七月節「七
夕人家衣襏繡，巧雲新月佳期又，院院燒燈如白晝」，寫滇南人家過七夕而「臘
月滇南娛歲晏，家家玉餌雕盤薦，雞骨香馨火未燄……百夷枕燦文衾爛，醉
寫宜春情興懶，粧閣畔，屠蘇已識春風面」，又寫歲暮所見當地習俗。皆升菴
流居滇雲廿載，所記滇之土俗，亦紀思鄉之懷。〔註48〕升菴別有〈滇海歲暮〉

〔註47〕見《南詔野史》下卷〈滇南月節詞〉：商務本《升菴全集》（國基叢書）第三
十九卷，頁369。

「水椿」句下升菴自註云：「滇人謂虹爲水椿」又升菴〈滇海竹枝詞〉有「東
浦彩虹懸水椿」句，末亦註云：「滇人喚虹霓爲水椿」（《文集》卷十二）。

「令節傳今古」，據《雲南通志》略云：「漢太和人（今雲南大理）阿南，武
帝元封間（西元前110～101年），其夫爲郭世忠所殺，欲妻之；南曰：『能從
我三事乎？一作幕次祭故夫，一焚故夫衣易君新衣；一令國人徧知禮嫁。』
如其言，於六月二十五日阿南抽刀出會，火熾盛，自引刀斷身仆火；國人哀
之，每歲以是日燃炬爲弔，名曰星回節。」

「玉傘雞樅」，見《升菴外集》卷二十三飲食類〈雞菌〉條，本論文第三章「註
34」已有所說明。

〔註48〕見商務國基叢書本《升菴全集》頁370「漁家傲」後記。

七律一首，更見升菴每逢年節的即景心情：

> 村燈社酒簇辛盤（按、元旦食品，取迎新之意），春立星回臘已殘。
> 故國江山遙悵望，浮生節序幾悲歡。寇公心事雷州竹，屈子情辭澧
> 蒲蘭。草蓐藜床無雪霰，醉來一枕且偷安。（《文集》卷二十九）

另外，升菴於〈雨夕夢安公石張習之覺而有述因寄〉（五言排律，見《文集》
卷二十一）一首，中亦多記滇地交易、樂曲、癖好及氣候等風習。如：

> 「淜街龍簇市」下自註云：「土人以辰日爲市，名『龍街』。」

> 「海貨貝投莊」下云：「滇貨以貝，一貝爲一莊，四莊爲一首。」

> 「逄迎烏爨弄」下云：「烏爨，古之烏蠻，今之玀人也；其樂謂之爨
> 弄，唐世取樂府以爲笑云。」

> 「星低蠱飲光」下云：「夷人畜蠱，夜出飲水有光，如星之曳尾。」

> 「堁風氛甚惡」下云：「其地不時暴風，如嶺南之颶風，土人名曰『堀
> 堁』。宋玉〈風賦〉云：『堀堁，揚塵也』。」

（3）待考遊踪——黑龍江

升菴有〈渡黑龍江時連雨水漲竟日乃濟〉五律一首云：

> 飛鸕朝曒霽，停驂午漏分。客心隨水急，人語隔江聞。
> 雨過添清氣，風生愛縠紋。中流歸棹穩，跂望有來群。（《文集》卷
> 十九）

升菴到過「黑龍江」一事，史乘及年譜、傳記等未見記載；唯此詩題目與詩
句一致以「江」爲名，諸本並同，因假設此詩係升菴行千里路，遠赴當時女
眞境內的黑龍江之後所作，則可謂升菴旅遊中之極爲特殊者。

但，今細觀篇中所描述，似獨缺少一種我國第三大江滾滾壯濶氣勢（如
升菴〈渡黃河〉一詩，即有「廣武城邊河水黃，沿河百里盡沙岡」之句，見
《文集》卷三十六），或透露一點該地方特具的民情或風俗。

人語而可以「隔江聞」，則兩岸之遠近可知；中流而可以「歸棹隱」，則
水路之緩急可見。故又疑此處所謂黑龍江，或指雲南楚雄府的黑龍潭、雲南
府城北的黑龍池，澂江府的黑龍泉等，〔註49〕而其別稱或即以「江」呼之，

〔註49〕雲南境內水名「黑龍」而稱「潭」、「池」、「泉」者，見《大明一統志》各府
「山川」之部。今再據《華陽國志校補圖註》（晉常璩撰、任乃強校注，上海
古籍出版社，西元 1994 年 8 月二刷）考查昆明市北有黑龍潭，引《清一統志》

却不見附帶註明於方志者。是以升菴「黑龍江」一詩，並非升菴果曾至於窮北邊鄙；而以如此難得之見聞，又僅得此一篇，亦非升菴創作之常態。

因此，要研判升菴生平行蹤之在胡、在越，其作品之關係密切，亦由此見之；「黑龍江」問題當容後續考。

三、典故之運用

升菴多見古書，沈酣六朝（四庫全書〈升菴集提要〉語），嘗云：「先輩言杜詩、韓文無一字無來歷；予謂自古名家皆然，不獨杜、韓兩公耳。」〔註50〕升菴亦欲效名家所為，故凡論學或抒情寫志，乃隨處出現故實，以示「有來歷」。其論學之嫻於典故出處，已於前章敘及，〔註51〕而其行文賦詩，喜用且善用典故，乃形成升菴文學的另一特色。今請分明用載籍，採用僻典，靈活表出等，依次論述升菴用典的大要。

（1）明用載籍

〈後蚊賦〉（《文集》卷一）中有升菴自行註明例多處，皆屬明用典故之例。茲摘列之：

> 「丹良為羞」下云：「《大戴記》『丹鳥羞白鳥』注『丹鳥，丹良也；白鳥，蚊也。』」

按、覆查明程榮校《大戴禮記》卷第二夏小正第四十七作「八月……丹鳥羞白鳥。丹鳥者，謂丹良，白鳥者，謂蚊蚋也。」與升菴所引小異。

> 「聖播跡兮使爾負山」下云：「莊子使蚊負山。」

謂此或即古滇池澤「一名黑龍江」者（卷四南中志八晉寧郡注釋10）。

〔註50〕「詩文用字須有來歷」一則，見《丹鉛總錄》卷十九，頁17（四庫珍本（205）《丹鉛餘錄》（五））。

〔註51〕如第三章第三節三楊門六學士「唐錡」一段，今補充說明如下：

《文集》卷六十〈應真〉一則，載升菴與唐錡（池南）論學事。略謂二人觀《禪藻集》中梁昭明太子同泰寺浮圖。詩云「梵世陵空下，應真蔽景趨」，而不知「應真」義，升菴乃取文選天台山賦（按、指孫興公——名綽遊天台山賦，見《文選》卷第十一遊覽），「王喬控鶴以沖天，應真飛錫以躡虛」句下注引〈百法論〉所說「應真謂羅漢也」（按、今覆查《文選》該注同）。又東坡〈贈杜介〉詩（題下小序云：「元豐八年——西元1093年——七月二十五日，杜幾先自浙東還，與余相遇於金山，話天台之異，以詩贈之。」）曰「應真飛踢過，絕澗度雲鳥」，注亦引《文選》云云，池南檢二書果然，他日謂升菴曰：「先生何以精通佛書如此？」

按、《莊子・應帝王篇》:「其於治天下也,猶涉海鑿河,而使蚊負山也。」

　　「諒何力兮謂爾有睫」下云:「列子焦螟巢于蚊睫。」

按、《列子・湯問篇》:「江浦之間生麼蟲,其名曰焦螟,群飛而集於蚊睫。」
《文選・張華鷦鷯賦》:「鷦鷯巢於蚊睫。」則升菴所註是逕用《文選》,而非
《列子》。

　　又按、升菴〈後蚊賦〉前有小序謂其爲此賦「直取之胸臆而已」,但其中
引事者仍甚夥（以上所述僅爲其半）,可見升菴用典之一斑。

　　其餘如〈琵琶短引〉（《文集》卷二十三）七言古詩中「定子新從北里（長
安妓院所在地）來」,自註「杜牧（西元 803～852 年）之事」。「管兒不是東
牆樓」,自註「元微之事」。「華表工雕犀四稜,錦條自結絲千縷」,自註「琵
琶四軸名華表,兩孔名廻窗,見顧凱之（西元 392～467 年）賦」。另外,〈夏
雨不絕柬張蜀望（張名峨）〉（《文集》卷二十六）七律中「回谷深谿非我鄉」句,
自註引漢王褒（～西元前 61 年）〈金馬碧雞頌〉:「回谷深谿非土之鄉」,〈贈
別陸後野（名坤）〉（《文集》卷十九）「行過宜祿驛（今陝西長武縣城內）,好寄
世南碑」所註「陸（按、指陸坤）爲予言虞世南（西元 558～638 年）書『宜
祿碑』,在邠州,字畫遒勁,不減『廟堂碑』,人罕摹印」等,皆升菴明用事
之例。

（2）採用僻典

　　此所謂僻典,謂升菴所引故事,較鮮爲一般人所知者。升菴云:

> 余舊有〈紀行詩〉:「山遮延鷺埭,江繞畫烏亭。」（按、今該詩僅得
> 此二句）上句用元魏改官制,以候望官爲白鷺,取其延望之意;其
> 時亭埭多刻鷺像也。下句用漢明帝（西元 58～75 年）起居注:「明
> 帝巡狩過亭障,有烏鳴,亭長引弓射中之,奏曰:『烏烏啞啞,引弓
> 射,洞左腋,陛下壽萬年,臣爲二千石。』帝悦,令天下亭障皆畫
> 烏焉。」二事頗僻,故須詮詁。（《升菴文集》卷六十七〈延鷺埭畫
> 烏亭〉）

又,升菴「月儀帖」一首,雖亦有詳細自註,而仍不易索解者。其詩云:

> 鸞驚開二妙,蠆尾見征西。花盡矄銷靆,香蟬跂認鷖。不逢華蓋叟,
> 誰與重鴟牗（提攜）。

其自註云:「梁元帝（西元 552～555 年）〈古跡啓〉『鸞驚之奇,聞之於索靖,
鷹跱之巧,又顯之于蔡邕（西元 132～192 年）。』山谷詩『惜無征西蠆尾手,

爲寫黃門急就章。』征西指索靖也，華蓋山人宋仲溫爲拓本也。月儀帖秘閣續刻，尾有『鷔』字。東坡詩：『我今久閣筆，不寫紙尾鷔』（《文集》卷三十三）。

　　按、月儀帖，晉索靖（西元 239～303 年）章草名蹟，〔註52〕此詩大意是說：索靖之書法，與漢蔡伯喈可並稱二大家（二妙），嘗自謂其書爲「銀鉤蠆尾書」，靈動如蠍尾，〔註53〕自詡筆力勁銳如此，但由於久歷歲月，卷軸已見蠹白魚到處游動嚙噬，若非華蓋山人及時拓模原跡盡力妥爲存眞，則誰人能致令寶物殘卷繼續傳世？觀詩趣亦升菴對書藝的一番心得報告。

　　唯詩中「贉」字或用米芾《書史》意、「鼊」字或用《洞冥記》事，〔註54〕固不至如唐人段成式所形容之冷僻不能解，〔註55〕亦遠非尋常流通者可比。故不知升菴者以爲升菴炫博好奇，知升菴者當亦能體會其文學創作力求古蒼的苦心。

（3）靈活表出

升菴有〈咸陽〉五律一首云：

帝里繁華歇，神臯歲月多。秦城依北斗，渭水象天河。

頹堞無遺土，驚川有逝波。丘陵沈霸氣，松柏起悲歌。（《文集》卷十八）

此升菴憑弔古跡之篇什。大抵寫瀛秦帝都曾經繁華一時，今已過盡，而眾神會聚之臯壤沃野，卻亙古長在。想當年「據億丈之城，臨不測之淵以爲固」（借賈誼（西元前 200～168 年）〈過秦論〉語），佔盡天時、地利之險，如今已成

〔註52〕王壯爲《書法研究》（台北商務研究小叢書）中篇史述三十「西晉之書」一節云：「（西晉書家）索靖善章草，閣帖中也有他的作品，另月儀帖、出師頌傳說都是他寫的。」又、陳其銓著《中國書法概要》云：（章草）至魏晉而登峰造極，著名書家，如魏的韋誕、吳的皇象、晉的索靖，均一代章草宗匠。」（第二章第四節「草書」）該書台北美術出版社出版。

〔註53〕南北朝（宋齊間）王僧虔「論書」語。

〔註54〕宋米芾《書史》云：「隋唐藏書皆金題錦贉。」《洞冥記》（相傳漢郭憲所撰）云：「影娥池中有鼊龜，望其群出（立）岸上，如連璧弄於沙岸也。故語曰：『夜未央，待龜黃』。」

〔註55〕段成式《酉陽雜俎》（臺北：漢京文化事業有限公司，1983 年初版）云：「燕公（按、張說）嘗讀其夫子學堂碑頌（指王勃〈益州夫子廟碑〉），頭自帝車至太甲四句（按原文爲「帝車南指，遁七曜於中階；華蓋西臨，藏五雲於太甲」），悉不解，訪之一公。一公言：『北斗建午，七曜在南方，有是之祥，無位聖人當出。』華蓋以下，卒不可悉。」（前集卷之十二「語資」）。

一片墟里，〔註56〕但見川波漾漾，似乎仍在傳達兵燹驚慌之餘悸。威振一時的霸氣已沈埋丘陵，陵上松柏蒼蒼乃譜出無限的悲歌。

　　按、此詩首二句隱括張衡（西元 78～139 年）〈西京賦〉，而結聯暗用杜詩「霸氣西南歇」意，〔註57〕自然縮合，而全詩致慨一代暴君淪亡之情緒遂如赴耳目。

　　故升菴友張潮（玉溪）評註此詩，一則曰「二句（按、指起聯二句）用事精到」，再則曰「千古感激」（按、評註於本詩篇末），是升菴用典之靈妙活潑者。

　　又，升菴有〈聽歌〉七律一首，云：

彩雲天外駐行盃，明月樓前引上才。紅頰綻時銀燭爛，翠眉低處玉山頹。

飄飄俠客遊燕市，窈窕仙娥下楚臺。千載王郎風韵在，倩君重唱夕陽開。（《文集》卷二十八）

升菴並自註云：「王右丞溫泉寓目詩唐人入樂府，名『相府蓮』，訛爲『想夫憐』。白樂天云：『秦川一半夕陽開，此句尤妙』。」〔註58〕

　　升菴〈聽歌〉一詩旨意，當含蘊在結聯用典處。升菴於論司馬相如〈上林賦〉一文（《文集》卷五十三）時適亦及此，其言云：

予嘗愛王維〈溫泉寓目贈韋五郎〉詩，云：「漢主離宮接露臺，秦川一半夕陽開。青山盡是朱旗遶，碧澗翻從玉殿來。新豐樹裏行人度，小苑城邊獵騎廻。聞道甘泉能獻賦，懸知獨有子雲才。」

唐至天寶，宮室盛矣，秦川八百里，而夕陽一半開，則四百里之內，皆離宮矣。

〔註56〕《史記·項羽本紀》：「項羽引兵西屠咸陽，殺秦降王子嬰，燒秦宮室，火三月不滅。」

〔註57〕〈西京賦〉云：「漢氏都在渭之涘，秦里其朔，寔爲咸陽……爾乃廣衍沃野，厥田上上，寔惟地之奧區神皋。」薛綜注：「神皋接神之聲。」李善注：「《漢書》曰『自古以雍州積高神明之隩，故立時郊上帝諸神祠皆聚之』；《廣雅》曰：『皋，局也，』謂神明之界局也。」

〔註58〕《四庫全書·王右丞集注》（清趙殿成箋注）引蔡寬夫詩話云：「樂天聽歌詩：『長愛夫憐第二句，請君重唱夕陽開』。註云：『謂王右丞辭秦川一半夕陽開，此句尤佳（按、升菴自註作「尤妙」）。」卷十近體詩二十六首。

　　按、王右丞詩原題作〈和太常韋主簿五郎溫湯寓目〉題下注云：「『湯』，淩本《唐詩鼓吹》、《唐詩品彙》俱作『泉』」，則升菴作「溫泉」亦當有所據。

此言可謂肆而隱。奢麗若此，而猶以漢文（西元前 179～157 年）惜
露臺之費比之，可謂反而諷。末句欲韋郎效子雲之賦，則其諷諫可
知；言之無罪，聞之可戒，得揚雄之旨者，其王維乎？

王維溫泉（湯）一詩，言若近而旨甚遠；升菴即援之以為故實，委婉諷諫當
道，其緣由亦可以說之。據《明史·武宗（西元 1506～1521 年）本紀贊》曰：
「毅皇（按，指武宗）手除逆瑾，躬禦邊寇，奮然欲以武功自雄；然耽樂嬉
遊，暱近群小，至自署官號，冠履之分蕩然矣。……」〔註59〕若升菴〈聽歌〉
一詩，確為武宗事而作（無論其完成時間在京師或謫戍以後追述），則其有意
踵右丞千百載下之餘韵，「重唱夕陽開」，希望人君聞之能戒，或至少暗中表
達一己的忠貞，這番美刺心理，正可自其用典的微妙中窺知。

　　升菴在詞曲方面的運用，亦多推陳出新之表現。吳梅以為升菴文學「鉤
索淵深，藻彩繁會，自足牢籠一世」，並特就其詞曲論之，云：

> 如〈轉應曲〉云：「花落花落，日暮長門寂寞。」又「門掩門掩，數
> 盡寒城漏點。」〈昭君怨〉云：「樓外東風到早，染得柳條黃了。低
> 拂玉闌干，怯春寒。」皆不弱兩宋人作。

> 他如〈陶情樂府〉，警句尤多，如「費長房縮不盡相思地。女媧氏補
> 不完離恨天」。

> 又「別淚銅壺共滴，愁腸蘭焰同煎」。

> 又「和愁和悶，經歲經年」又「傲霜雪鏡中紫髯，任光陰眼前赤電，
> 仗平安頭上青天」，諸語皆未經人道者。〔註60〕

〔註59〕　（1）「耽樂嬉遊」除經常「出都門百里之外，經日未還」作「非事之遊」（升
菴於武宗正德十二年上「丁丑封事」中語，見《升菴文集》卷二）外，如九
年九月庚午「帝狎虎被傷，不視朝」，編修王思以諫，竟謫饒平（今廣東饒平
縣）驛丞，事見《明史·武宗本紀》。又《明通鑑》亦詳載王思疏言。又如十
二年十二月丁亥，立春上命迎春於宣府，備諸戲劇，又飾大車數十兩（輛），
令僧與婦女數百雜載戲唱，上觀之大笑以為樂。（《明通鑑》）。
　　（2）「自署官號」，則指《明史》本紀五年六月庚子「帝自號大慶法王」清夏
爕《明通鑑》亦載其事云：「庚子，上自稱『大慶法王西天覺道圓明自在大定
慧佛』，命所司鑄印上之。上于佛經梵語，無不通曉，內臣誘以事佛，遂有是
命，于是番僧乞田百頃為法王下院，中旨下禮部，稱大慶法王與聖旨並，禮
部侍郎傅珪，佯為不知，執奏：『大慶法王何人，敢與至尊並書，大不敬。』
詔『勿問』，然所乞田亦竟止。」

〔註60〕　見《詞學通論》第九章；按吳梅所引佳句與清李調元《雨村曲話》（卷下）所
引同。

辛稼軒（名棄疾，西元 1140～1207 年）有「莫向城頭聽漏點」（〈蝶戀花〉），升菴則變化爲「數盡寒城漏點」，言數盡實更有不盡意韵；馮延巳（一名延嗣）有「添盡羅衣怯夜寒」（采桑子），升菴則「低拂玉闌干，怯春寒」，言春而猶寒，其怯遂增多幾許。而「柳條」意象，升菴或亦即用「六朝麗事」，如顧野王有「幽花桂葉落，馳道柳條長」句，梁簡文帝有「冬深柳條落，雪後桂枝殘」句，升菴則「柳條黃了」，道不盡春日情懷，凡此皆可見升菴詞之「風華」。〔註61〕

至於升菴用「銅壺」而「共滴」，用「蘭焰」而「同煎」，以及不用「蒼髯」而用「紫髯」等，多自出機杼，鎔鑄變通，益顯鮮明警動，或竟無異新創。〔註62〕

升菴文學創作其自行註明典故出處或附帶其他說明者究竟有限，其絕大多數都是縱橫騁辭，隱晦其用事，欲因此托其深意。梁容若氏云：

> 黃清甫評升菴詩謂：「楊詩喜用僻事，多著浮彩，搜羅刻削，無出其右。而駢繪旣繁，性情多盡。傳謂美能沒禮，詩亦有之。」詩本來是言志的，而升菴所處的環境，則沒有言志的自由。他的臨終訣別友人詩說：「魑魅禦客八千里，羲皇上人四十年，怨誹不學離騷侶，正葩仍爲風雅仙。」（按、詩見《升菴文集》卷三十，題作：〈病中永訣李、張、唐三公己未六月〉）自贊說：「歌詠擊壤，以終餘生」（按、見《文集》卷十一，「生」或作「年」）他的遭遇，實際上同於屈原。明世宗的猜忌吹求文字，則非楚頃襄王所能比。升菴的詩須隨時預備盤詰，眞心情不能赤裸裸地寫，以藻繪爲掩飾，吞吐哽咽，顧而言他，是出於無可如何。〔註63〕

吾人從升菴詩之用事的苦衷，亦可推知升菴在其他文學創作經營的遠旨。

四、通俗文學的創作

明代本是小說戲曲最發達的時代，而文人學者對於其他屬於民間的文

〔註61〕升菴「詞好入六朝麗事」，見王易撰《詞曲史》入病第八引王世貞語；升菴詞之「風華」，亦見《詞曲史》入病第八。按、升菴有〈梅花引〉長短句一首，即「隱括（梁）簡文〈梅花賦〉」者（《文集》卷三十七）。

〔註62〕元曲家湯式〈南呂一枝花〉套，冬景題情罵玉郎有「滴銅壺」句，曾瑞〈雙調行香子〉套嘆世有「使得人白髮蒼髯」。

〔註63〕〈談楊升菴的作品〉，國語日報《書和人》133 期，59 年 4 月 18 日出版。

學，如民歌一項，或搜輯或寫作，皆著有成績，〔註64〕升菴在這一方面的文學表現，或樸質眞率或清麗精瑩，亦各具本色；想升菴亦深諳「天下之文心少而里耳多」之同然者（馮夢龍〈古今小說序〉）。請分謠諺、彈詞、雜劇等論說之。

（1）謠 諺

《文心雕龍》云：「夫文辭鄙俚，莫過於諺，而聖賢詩書，採以爲談，況逾於此，豈可忽哉？」（〈書記篇〉）升菴素不忽此「鄙俚」但不失性情之諺語，故嘗言：「諺語有文理」（《升菴外集》卷八十），因而除纂成《古今風謠》《古今諺》行世外，更努力於謠諺寫作。

升菴喜引諺語入詩，如〈寒夕〉五律一首中有「簷花穿霧淞」一句，即自註云：「霧淞，木冰也，著樹玲瓏如花。諺云：『霜淞打霧淞，貧兒備飯甕。』」（《文集》卷十九）

又如〈田家喜晴謠〉古樂府一首，泰半取材諺語。文之以歌詩以後，更見田家望晴欣喜之情。茲摘錄其例如下——

> 「風花閃日日笑雲」下自註：「俗以雲氣斑駁，謂之『風花』，古詩『明月揚帆應復駛，蒸雲散亂作風花』。俗諺以雨乍落乍止，日光穿漏謂之『天笑』。」

> 「須臾變作樓梯天，黃綿襖出晒破磚」下自註：「諺云：『樓梯天晒破磚。』又田叟冬晴見日喜曰：『天上黃綿襖子出。』」

> 「茅簷夜望黎星沒，蘆絮飛殘水生骨」下自註：「諺云：『黎星沒、水生骨。』」（《文集》卷十二）

又如〈補范石湖（按、即宋詩人范成大，西元 1125～1193 年）占陰晴諺謠〉五言排律一首（《文集》卷二十二），亦因諺語而作，竟如同農家氣象預測之優美歌訣——

> 「農談綽有理，星占濕土時」下自註：「諺云：『乾星照濕土，明日依舊雨。』」

〔註64〕鄭振鐸《中國俗文學史》云：「明代是小說戲曲最發達的時候。……明代的許多文人們竟有勇氣在搜輯民歌，擬作民歌；像馮夢龍一人便輯著十卷的山歌若干卷（大約也有十卷左右吧）的掛枝兒。許多的俗文學，都在結集著；像宋以來的短篇話本，便結集而成爲《三言》。許多的講史都被紛紛的翻刻著、修訂著。且擬作者也極多。」（第一章　何謂俗文學四）。

「月驗仰瓦比」下：「諺云：『月如仰瓦，不求自下；月如彎弓，少雨多風。』」

「趨趨魚秤水」下：「魚跳出水，主水漲。」按、此雖未明言諺語，實即「俗話說」之類，亦可視同諺語。

「雲起樓梯天」下：「諺云：『樓梯天晒破磚。』」（按、與前述「田家喜晴謠」所引諺同。）

「霧是山巾子」下：「諺云：『山頭戴帽，平地淬竈（淹灶）。』」

「黑豬渡斜漢」下：「夜視天河中有黑雲，謂之『野豬渡天河』。天河主雨，蕭氷崖（宋蕭立之）詩：『黑豬渡河天不風，蒼龍銜燭不敢紅。』」

又如升菴〈博南謠〉（《文集》卷三十八）詠永昌軍民府永平縣一帶由於地方多盜賊，行旅苦之，亟思姜兵備（名龍）的民情反映：

瀾滄自失姜兵備，白日公然劫行李。博南行商叢怨歌，黃金失手淚滂沱。鐵索菁邊山嵯峨，金沙江頭足風波。爲客從來辛苦多，嗟我行商奈若何。

升菴另有〈蜻蛉謠〉（《文集》卷十二）古樂府一首亦誦姜兵備者，從序中可知百姓懷念姜兵備綏靖地方之功及升菴「聆輿誦，采民謠」的經過；按、升菴有文題曰：〈兵備姜公去思記（龍）〉更詳載其事（見《文集》卷四）。

又如〈雪關謠〉一首（《文集》卷三十九）亦述途人思何將軍（名卿，成都人），雪關，即雲南騰越雪山關。其辭云：

雪山關，雪風起，十二月，斷行旅。霧爲菁，氷爲臺。馬毛縮，鳥鳴哀。將軍不重來，西路何時開。

升菴〈雪關見梅六言〉所謂「腸斷何郎東閣」（《文集》卷四十），即指何卿將軍。

至如〈衍古諺〉五言古詩（《文集》卷十五），更是上援古諺以諫今，詩前序所謂：「漢時諺云：『殺君馬者，路傍兒。』其言雖小，可以喻大，衍爲一篇，感時撫事，亦有諷云。」所諷刺的對象，大約就是弄臣小人虐待動物，連駿馬名、駒都不放過，因荒怠正務貽誤戎機一事：

弄臣矜迅足，長鞭終日施。汗血忽憔悴，筋力盡驅馳。未樹邊隅績，徒爲冶遊疲。始信殺君馬，端是路傍兒。

　　然而升菴羈滇，始終不能忘懷，且經常肆諸筆墨者，即是無限鄉關之情。〈送余學官歸羅江〉（羅江即成都府羅江縣）一首，（《文集》卷三十七），「情韻綿邈」，通俗質樸有如民歌，〔註65〕頗能一訴升菴衷情，云：

> 豆子山，打瓦鼓，陽坪關，撒白雨；白雨下，娶龍女。織得絹，二丈五；一半屬羅江，一半屬玄武。我誦綿州（按、亦屬成都府）歌，思鄉心獨苦，送君歸，羅江浦。

（2）彈　詞

　　上一節論升菴詩文主張中已提及彈詞及雜劇等，今繼續自升菴創作的表現上論列其主題所在并其影響所及。

　　彈詞明代爲盛，而正德、嘉靖間升菴《二十一史彈詞》爲最先。〔註66〕彈詞與「變文」的關係密切，其句法組織等，學者已有所論述，〔註67〕升菴二十一史彈詞每段，必先之以〈西江月〉（如第一段「總說」）、〈臨江仙〉（如第三段「說秦漢」）、〈清平樂〉（如第五段「說南北朝」）等曲，其次有「詩曰」（如第四段「說三分兩晉」、〈西江月〉詞之後即詩曰：「虎鬪龍爭勢若何……」共三首詩），然後入本文，本文爲散文的敘述，如：「早來說秦漢兩朝故事，秦始皇（西元前 246～210 年）并吞六國，漢高祖（西元前 206～195 年）亡秦滅楚，至東漢獻帝（西元 189～220 年）之末，天下三分，曹丕（西元 220～226 年）篡漢稱魏，劉備據蜀稱漢，孫權（西元 222～252 年）據江東稱吳，各有長短。……」其次才是唱文，唱文全部是十字句，如「三分國，事頭多，不相統制。……」最後結之以一詩（或二句或四句），如本段最後爲二句詩：「生靈血混長江水，一陣風來草木腥。」然後殿以〈西江月〉詞：「豪傑千年往事，漁樵一曲高歌。……」（以上皆以第四段「說三

〔註65〕梁容若〈談楊升菴的作品〉一文。出版日期已見「註63」。

〔註66〕取材范煙橋《中國小說史》第四章小說演進時期。彈詞撰編時間在正德嘉靖間則據《中國俗文學史》；按周求拙序《二十一史彈詞》云：「相傳升菴先生官翰林時，每趨朝尚早，坐碁盤街攜胡琴曼聲高歌，一彈再鼓……」則彈詞之作當早在升菴居京師期即已完成。

〔註67〕鄭振鐸《中國俗文學史》第六章「變文」一云：「『佛曲』作爲『說經』的先驅，這是對的……其他『非說經』的『變文』……也是『小說』和『說史』的先驅。」（台北明倫本頁182）又、第十二章「彈詞」一云：「彈詞的開始，也和鼓詞一般，是從『變文』蛻化而出的。其句法的組織，到今日還和『變文』相差不遠。其唱詞以七字句爲主，而間有加以『三言』的襯字的，也有將七字句變化成兩句的三言的……。」（頁348）

分兩晉」爲例）。

今請以升菴《二十一史彈詞》〔註68〕中所見升菴歷史因果觀及人生處世觀，闡發其義蘊及對後來彈詞發展的影響。

先說升菴的歷史因果觀。升菴每於彈詞中明白揭示「天理」或「報應」之因果，意在警世、勸世。

第五段「說南北朝」唱文唱出北魏道武帝（西元386～396年）淫亂的後果，云：

> 道武帝，拓拔珪，興于晉末。　戊戌年（按、晉安帝隆安二年，西元398年）即帝位建國平城。
>
> ……殺人夫、奪人婦，敗壞人倫。奸生子，夜踰墻，親行手刃。　犬羊心，終不善，天理難容。〔註69〕

第六段「說十六國」，唱文說到後趙諸帝未守石勒遺言，云：

> 不記得，（石）勒遺言，深思周（公姬旦）霍（名光，～西元前68年）。前人屠，後人死，報應分明。　鑒殺遵，閔殺鑒，石祗稱帝。
>
> 二、三年，都做了橫死猖神，却留下，身後報，死猶餘恨。

第八段「記五代十國」後梁太祖朱晃（即朱溫，西元907～912年）云：

> 縱淫邪，私子婦，狗行狼心。　朱友珪，高聲罵，老賊萬段。　歹作爲，天報應，血泊尸橫。

他如「說三分兩晉」，魏文帝曹丕（西元220～226年）「同根煎逼，蔑天倫……違父言寵司馬，養留禍種」，「說隋唐」隋煬帝（西元605～617年）「兇頑惡劣，螻蟻人命，江都遇害，宇文家，寬業報，化及行兇，四十年隋社稷，化做灰塵」，以及「漢光武（西元25～57年）痛親兄，被傷殘，獨居涕泣……豁達度，重循良，褒封卓茂」（「說秦漢」），「宋仁宗（西元1023～1063年）

〔註68〕所據《二十一史彈詞》，清初孫德盛（畏侯）加注，民初楊達奇（養勁）續編增訂，名稱改爲《二十五史彈詞》，台北老古出版社印行。

〔註69〕孫德盛（畏侯）注云：「珪見賀太后（按、賀太后即道武帝母，獻明皇后賀氏）之妹美，殺其夫而納之，生子紹。至是譴責賀夫人。紹知之，夜踰墻入宮弒珪，珪長子嗣，誅討之，即位，是爲明元帝。」

按、魏書道武七王列傳云：「清河王紹，天興六年封。兇狠險悖，不遵教訓……紹母夫人賀氏有譴，太祖幽之於宮，將殺之，會日暮未決，賀氏密告紹曰：『汝將何以救吾？』紹乃夜與帳下及宦者數人踰宮犯禁，左右侍御呼曰：『賊至！』太祖驚起，求弓刀不獲，遂暴崩。」（事見《魏書‧卷十六列傳四》）。

尚寬慈，存節儉，救濟流民，四十年恩澤厚，果是仁君」等，字行間具見升菴說唱歷史所寄託的社教主題。

其次，說升菴的人生處世觀。

升菴在彈詞中以爲「貪酒色、肆奢淫」敗家喪身，史事所載既不爽，一如升菴歷史因果律所示，亦皆有所報應。故吾人處世，自當戒愼恐懼。如北齊帝與遼帝，即可供後世人們前車殷鑑——

> （北齊文宣帝高洋，西元 550～559 年）貪酒食，漸昏狂，酣歌醉舞。……逼親嫂，亂人倫，刀鐶築妊，臨死來，憐兒懦也自傷心。齊廢帝，一年來，常山下手。　孝昭皇，馬跌死，報應分明。（「說南北朝」）

> 遼穆宗（西元951～969年）喪瀛莫與周家，睡王當國。　獵禽多，貪飲宴，遇弒庖人。……遼興宗，性佻健，變衣冠，混身樂隊，入秋山，因宴飲，猝疾而薨。（「說宋、遼、金、夏」）

餘如「說三代」商紂「害生靈，飾非拒諫，縱奢淫寵妲己」的下場，世所共曉，「說隋唐」中唐明皇（西元 712～756 年）「寵楊妃，成女禍，敗壞倫彝」的後患，亦早已令人感到「此恨綿綿」，故升菴，有詩示人以理想的處世態度，云：

> 世上生靈作業多，功名富貴反成魔。
>
> 白頭釣叟秋江上，笑指輕鷗下碧波。（節錄說三代「詩曰」）

其次，再說到升菴彈詞對於後世作手啓導之功。

文學史學者鄭西諦（西元 1898～1958 年）略謂：「清道光年間刊行有大規模的國音彈詞（全部凡六百七十四回）安邦志等。安邦志別題爲『晚唐遺文』，寫的是趙匡胤（宋太祖，西元 960～976 年）一家，經歷唐末五代的興衰故事，這部書全以七字句組成，講文所佔的地位很少，正和升菴的二十一史彈詞相同。」

又謂：「同樣的巨部的彈詞，又有《西漢遺文》、《東漢遺文》（原按語云「此書未見」）及《北史遺文》等，都是彈唱歷史故事的。這些歷史的彈詞，乃是升菴《二十一史彈詞》的放大。《二十一史彈詞》的唱文全爲十字句，他們卻都是七字句。如《北史遺文》（按、鄭氏舉首段爲例），作者以二首詩爲結，其情懷和《二十一史彈詞》是極其相同的——

> 堪嘆人生在世間，爭名爭利不如閒。古來多少英雄輩，盡喪出魂意

不還。

不信但看帝王傳，到今那有一人存。圖王霸業今何在？多做南柯夢

裏人。

又詩曰：

爲看青山日倚樓，白雲紅樹兩悠悠。

秋鴻社燕催人老，野草閒花滿地愁。

和升菴的漂亮的詩語比較起來，一望而知其爲出於通俗的文人之手。」〔註70〕

　　按，鄭文以爲《北史遺文》結以二首詩，其情懷和《二十一史彈詞》極
其相同，今以升菴第八段說五代十國彈詞尾聲中的〈西江月〉合看，則二者
對於「功名到底成何用」（同收場詩）的情懷，顯然可覿。〈西江月〉云：

千古傷心舊事，一場談笑春風。殘編斷簡記英雄，總爲功名引動。

箇箇轟轟烈烈，人人擾擾匆匆，榮華富貴轉頭空，恰似南柯一夢。

再按，鄭文末引「詩曰」云云，循文意指的當是《北史遺文》中的詩曰，則
竟與《二十一史彈詞》第一段總說「詩曰」雷同因襲，〔註71〕是升菴彈詞之
衣被詞人，亦有跡可尋矣。

（3）雜　劇

　　今傳升菴雜劇一種。〔註72〕據明王世貞評之云：「楊狀元愼，才情蓋世。
所著有《洞天元（玄）記》……流膾人口，而不爲當家所許。蓋楊本蜀人，故
多川調，不甚諧南北腔也。」（《藝苑卮言》）但說者則謂此論似出於妬。〔註73〕
實則升菴本在京師出生、長大、青壯之年，近於強仕之歲，都在北方度過，或
升菴「鄉音未改」，乃有此議，不過《洞天玄記》當不致因腔調一事，徑予隱沒。
故鄭西諦見有獨至，云：「嘉靖以後，北劇已幾乎成爲劇場上的廣陵散了。……

〔註70〕所引第一段綜述鄭氏《俗文學史》（台北明倫本）頁 357～358；第二段摘引同
　　　　書頁 358～366。

〔註71〕《歷代史略十段錦詞話》明刊本，「白雲紅樹」作「白雲紅葉」。《歷代史略十
　　　　段錦詞話》與《二十一史彈詞》內容大同文字有異，已說明於本章附註第二
　　　　十一。

〔註72〕另有《太（泰）和記》六本，錢曾《也是園書目》及呂天成《新傳奇品》具
　　　　著錄是書；惟作者或作升菴或作許潮，似未能定。說見鄭西諦《中國文學史》
　　　　第五十九章一。

〔註73〕沈泰《盛明雜劇二集》，許潮〈武陵春〉一劇，頁首上端云：「弇州（按、指
　　　　王世貞）謂升菴多川調，不甚諧南北本腔，說者謂此論似出於妒。」此即西
　　　　湖孟英沈士俊評語，見台北鼎文本《全明雜劇》第七冊。

在這時期，第一個要講的作家是楊慎。」〔註74〕

　　茲就《洞天玄記》其寓言意義，其思想導向等，說明升菴文學創作中的另一面貌。

　　首先析論升菴在此雜劇中的寓言意義。

　　升菴從弟楊悌用安（二叔龍山公廷平次子）序《洞天玄記》云：「（是記）與所謂《西遊記》者同一意。〔註75〕其曰『形山』者，身也，『崑崙』者，頭也，『六賊』者，心意眼耳口鼻也，『降龍伏虎』者，降伏身心也，人能如此，則仙道可冀矣。」據此，則《洞天玄記》固非「浪作」，亦所謂「養生寓言」之類。〔註76〕

　　「禹惡旨酒，而好善言」（《孟子‧離婁篇》）旨酒足以汨溺心性，大違養生之道，故第一折中當袁忠（「六賊」之一）問到：「此天之美祿，可以合歡，何故不飲？」道人答云：

> 此酒你不知，乃五百大戒之首，禍亂之根。故鴆酒盈盃，好飲人不顧其毒；虎前美女，戀色者豈怕其傷；鎔金紅爐，貪財輩怎知其焰；制人王法，鬥勇徒安懼其身。慎之慎之，不飲不飲。

不飲則形山不損，山中無寇相煎，平時過的是一種飲食起居都很簡單，卻享有充分自在自由的生活：

> 俺雖是草衣木食，竹杖麻袍，不飢不寒，一飽一睡……　林泉下隨處栖身，塵世中和光混俗，無榮無辱，自在自由，友麋鹿而傲烟霞……煮白石以飲清泉……。

正是唱曲中所謂：「自是時人無福消，我道樂陶陶」（二折「么」）。

　　但是要得如此逍遙，即須降龍伏虎，克制身心的一切魔障，其法是「收心」與「專意」，因為「世上無難事，都來自不專」、「功名都是眼前花，富貴猶如草頭露」（第二折）係戀身外，都來自不能收斂其熱衷於眼前花露，能收其心矣，能專其意矣，不斷「修真養性」，再加上「智勇並行」，到時儘管「他

〔註74〕《中國文學史》第五十九章一。

〔註75〕《中國小說史略》云：「假欲勉求大旨，則謝肇淛（五雜組十五）之『《西遊記》曼衍虛誕，而其縱橫變化，以猿為心之神，以豬為意之馳，其始之放縱，上天下地，莫能禁制，而歸于緊箍一咒，能使心猿馴伏，至死靡他。蓋亦求放心之喻，非浪作也』數語，已足盡之。」（第十七篇「明之神魔小說（中）」頁174）。

〔註76〕「浪作」見前註；「養生寓言」出《洞天玄記‧玄都浪仙序》。

那裡，興妖弄水，我這裡，耀武揚威，他那裡，翻波湧浪，我這裡，掣電雷轟。他那裡，張牙舞爪，我這裏，努目睜眉」（第三折「十二月」），最後一定可以降伏龍虎，功底於成。

其次，說到思想導向。

升菴於「開場」即有〈蘇武慢〉詞以暗示主題，云：

> 堪嘆浮生，年來歲去，偏有許多忙事。蝸角勞勞，蠅頭攘攘，只爲虛
> 名微利。白髮難饒，朱顏易老。日月長繩怎繫，細思之，何苦奔馳？

以故，升菴認爲人生應該遠離名利，因爲名利不過「如夢幻泡影，如露亦如電」（第二折開始「道人云」）。第一折中「六么序」云：

> 想人生七十難逃，則你這百歲幾多身先老。富貴如風中秉燭，利名
> 似水上浮瓢。

升菴又認爲人生應該懂得韜隱哲學，須知能不計俗名也是難得糊塗，否則縱然身居高閣要津，恐亦不如俯仰自適於茅廬之間。第二折〈么〉云：

> 想浮生事業輕，嘆虛名聲勢薄。常只是韜光隱跡樂陶陶。葫蘆提省
> 教精細擾，山中靜悄。只怕你麒麟閣，爭似草團瓢。〔註77〕

但升菴又有一種「無常」的思想瀰漫其間。升菴「代言人」道人在二折「么」唱完後苦勸「六賊」回頭，莫再貪嗔，云：

> 徒弟，如你紅塵鬧炒，白日奔波，雖是朝管暮絃，冬裘夏葛，食前
> 方丈，侍妾百人，但知碌碌眼前，豈知茫茫身後，無常忽到，金銀
> 妻子總成空，大限到來，父母弟兄替不得，莫怪吾拳拳苦口，爲勸
> 汝早回頭。

而六賊仍以爲「受用殺牛宰馬，更有野鹿山獐，篩鑼擂鼓，歌韻悠揚，歡笑飲酒，豈不樂哉？」於是道人在第二折〈後庭花〉唱完後，云：

> 俺那裡雖草衣木食，一飽一煖，無有盡期；你這裡雖肥羊細酒，暫
> 時口腹豐富，你怕說有一日惡貫已滿，天降災殃，無常到來，不能
> 勸止，豈能食乎？又不如我樂之久遠也。

〔註77〕「葫蘆提」，猶言糊塗。元曲〈秋胡戲妻〉：「更則道你莊家每葫蘆提沒見識。」
又作葫蘆蹄，見《通俗編・草木》引《明道雜志》（宋張耒撰）語。
「麒麟閣」閣名。《三輔黃圖》漢官殿疏云：「麒麟閣，蕭何造，以藏秘書，
處賢才也。」而《漢書・蘇武傳》注則謂此即漢武帝獲麒麟時所造，遂以爲
名。「草團瓢」，喻賤者所居，元注元亨「正宮醉太平」警世：「白雲邊蓋座
草團瓢。」

升菴此一無常思想，亦略近於《二十一史彈詞》中所彈唱「萬般回首化塵埃，只有青山不改」（第一段總說〈西江月〉句）。一般人對於「無常」現象可能導致兩種的後果，一是頹靡自棄，一是警惕淬礪；今於升菴而言，寧取後者，吾人自升菴從事文學創作之老病不休的精神，可知升菴述作如不及之一斑：「肺病知秋早……呻吟強作詩」（《文集》卷十九〈秋日枕疾四首〉）且至垂老臨終歲月，猶多詩文之稿（請見年譜新訂）；至於升菴偶爾也會感慨「頭童齒豁心已灰」（《文集》卷三十八：〈朝暾行〉），應屬從軍初期（此詩中有「辭家從軍已四載」句）一時排遣之作。

類似升菴如此高蹈浪漫，而又感無常之思想，本亦常見諸一般文學之中，然而，升菴以謫戍之身，居滇一十七載（楊悌序《洞天玄記》語），以其「遠遊荒徼」的深刻體驗，所淬煉出來的「浮雲富貴，葆嗇性靈」〔註78〕的思想，自亦非屬尋常。

不過，升菴在文學中雖不時揭櫫這種思想，一如莊子所謂「不爲軒冕肆志，不爲窮約趨俗」（〈繕性篇〉）者，卻依然不能忘情於桑梓故園的一切。因此，無論在京師或執戟南中，於所作愈殫其力，則其情懷愈見篤切；同時，升菴雖亦有宣讀「貧道不飲天之美祿」的戒律，又有「虎前美女」的鍼言。其實並非表示等於禁絕杜康（飲酒），仍許「醉后高眠」，仍要「滿葫蘆任醉酕醄，向安樂窩和衣兒睡倒……」（《洞天玄記》第二折「逍遙樂」），一如升菴另外詩作所吟「濁酒妙理天之祿」，甚至要「強向杯中覓舊歡」，或從「杯中強覓舊時春」，〔註79〕故至晚年仍「好縱倡樂」，類此一方面既嚮往「白頭釣叟秋江上，笑指清鷗下碧波」的生活（十段錦「說三代」詩），另一方面又不得不借「歌舞妓、翠袖紅裙」，〔註80〕有如欲上效阮嗣宗（名籍，西元210～263年）之所爲的「矛盾」心理，理應不難索解。〔註81〕

〔註78〕《洞天玄記》玄都浪仙序語。

〔註79〕三句分見《升菴文集》卷二十九：〈駐節亭餞高泉〉，卷三十五：〈紀夢〉，卷二十九：〈贈謝平山〉。

〔註80〕用彈詞「說元朝」唱文；又上述「好縱倡樂」云云，請參考第三章第四節（3）「落拓不羈與壯志」及該節「註89」。

〔註81〕阮籍（西元210～263年）字嗣宗陳留尉氏人。魏高貴鄉公（西元254～260年）即位，封關內侯，徙散騎常侍。籍本有濟世志，屬魏、晉之際，天下多故，名士少有全者，籍由是不與世事，遂酣飲爲常。文帝初欲爲武帝求婚於籍，籍醉六十日，不得言而止。籍又任性不羈，不拘禮教……其外坦蕩，而內淳正。（以上據《中國文學家列傳》四八「阮籍」）

第三節　修辭與風格

　　茲分句法之變化、聲響之效果、設色之境界以及風格之表現諸項析論其要。

一、句法之變化

1、排比句法

　　升菴散文中如序、記、論、書之類，多見排比句法。排比句法，有如浪濤拍岸，陣陣逼來，用得恰當，常足以增強文章氣勢。正德十二年升菴〈丁丑封事〉（《文集》卷二）中有：

　　　　（君人者無輕舉妄動，非無事之遊）故設兵而後出幄，稱警而後踐

　　　　墀，張幄而後登輿，清道而後奉引，遮迣而後轉轂，靜室而後息駕。

則升菴中心以為「若輕舉妄動，非事而遊，則必有意外之悔」的遠慮，武宗誠能容諫，寧不為所動？

　　又升菴「麗澤會」會友石天柱（季瞻）正德中工部都給事任內，曾就工科仕版（記載官吏名籍的簿冊）題目有所挂漏者補鍥之，升菴撰有〈工科題名記〉（《文集》卷四）詳載其事，其中於季瞻從事斯役之周備與意義，亦假之以排句，云：

　　　　（石君季瞻）乃取之聖政記，取之名臣錄，取之文人之集，取之世

　　　　家之乘。

然後「以所續考，重合二籍，再立石焉，視前大備矣」；是項措施目的安在，云：

　　　　是舉也，見設官之意焉，見納諫之美焉，見前人之續焉，見後世之

　　　　師焉，見相觀之善焉，見勸忠之誼焉，見官常之暇焉，見墜務之修

　　　　焉。（傳所謂言之可名，作而可記者夫）。

又如升菴〈送成都府胡同知序〉一文謂「平涼胡侯承錫，以正德庚午歲（即正德五年）來知蜀之塩亭，政既有成矣，又移治吾新都，惠我邑人，三年于茲，輿人誦之……」，而升菴亦從而以排句美之，云：

　　　　（賢哉此令也），不以家累自隨而甘清苦，可不謂廉乎。能扃鐍土宇

　　　　而捍民之大患，可不謂才乎。歷兩邑而民戴之如一，可不謂難乎。

升菴美之之餘，「乃疏其名薦之，未幾擢同知成都」，并以「仕者三患」胡侯無之，勉勵有嘉，云：

（今之仕者有三患）：操水藥（按，喻清苦生活）者廉矣，患在乏振厲；理盤錯者才矣，患在賤清素；兼此二美者難矣，患在永終譽（想要永保美好聲譽）。

又如升菴等五人嘗作詩贈蟠峯李子子安於使于蜀地之時，並會于凌雲山（四川富順縣境）之「清音」、「競秀」兩亭，即以二亭名名卷曰《清音競秀詩卷》，升菴敘其取義之緣由，云：

山水之清音無幾耳，巖壑之競秀無幾耳，與夫噪鳴之善也，疇類之合也，猶之山水巖壑也，亦無幾耳。

又云：

於學術辨其眞贋，於朋從分其鳳鷟，於尚友師其峻特，於剸務審其義命；可以褆身，可以大畜，可以樂群，可以同人，畜之大者，德之崇也，人之同者，業之廣也。（《文集》卷二：〈清音競秀詩卷序〉）

是排比之中復有變化，使人循誦之，大有投袂奮起，矢志「終身行之」（亦序語）之慨。

又升菴序《周受菴詩選》（《文集》卷三），頗針對世之高談者所謂作詩無益，申論其宏旨，以爲周君詩選決非「流連光景」而已，升菴云：

發之紀行，詠之邊徼，和之友生，寄之山水；子夏之云「止禮義」，莊周之云「道性情」，管子之云「紀物」，陸機之云「緣情」，左思之云「詠史」，阮籍之云「詠懷」，實皆具體，兼之和衷，觀之可以備圖經，衍之可以裨經略。

作詩果無益乎？升菴乃排比詩之大義如此，觀之庶幾可以豁然通貫矣。

又升菴「流放滇越溫暑毒草之地……感其異候有殊中土」，故特別留意其地氣候，記錄成編，其〈滇候記序〉（《文集》卷二）以排句綴其大略，而氣候變化之多端，測候儀器之不一而足，瞭然可見，其文云：

或日中而無影，或深暝而見旭，或御燭龍（日神）以爲照，或煮羊脾而已曙，山川之隔閡，氣候之不齊，其極也。是以有測景之圭，有書雲之臺，有相風之桅，有候風之津……。

又，升菴在滇有〈與徐用先（文華）書〉，對於這位當年同爲議大禮跪伏左順門的僚友，臨楮之際不覺出之以排句，傾訴無限感慨和憂患哲理：

嗚呼，途之畏者莫如宦，任之重者莫如身，事之難者莫如患，處之善者莫如道。子乎、子乎，以畏者去則輕，以重者幸則全，以難者

行則素，以善者求則得；復奚喟焉，復奚媿焉。

又，升菴〈耕樂解〉一篇（《文集》卷五），以耕樂主人不以學稼爲憂苦，且樂於終身不易其業者答「游談公子」，排比語式猶田中穗浪，因風起伏，云：

> 子何年之壯，言之少，貌之揚，趣之卑也……或雨或暘，或腐或稿，吾能節之以甽澮之盈虛。或肥或瘠，或盈或耗，吾能時之以菑畬之淺深。或稂或莠，憂或傷之，吾能加耘耰之功。或螟或螣，憂或侵之，吾能倣祭步（按、即祭禂，祭災害之神）之法。

升菴晚年一直仍欣羨如耕樂主人「荷鋤於壠上」的生活，在「羈魂夜夜驚」之餘，回首前塵，乃不免興起「讀書有今日，曷不早躬耕」之浩歎（《文集》卷十八：〈寒夕〉七十行戌稿）

今人梁容若氏說：「譏議升菴詩的，如王世貞曾謂：『楊用修如暴富兒郎，銅山金埒，不曉吃飯著衣。』（按，語見《藝苑巵言》卷五）朱彝尊比之於『川人之庖，巃塊而大臠，濃醢而厚醬，非不果然饜也，而飲食之味微矣。』五言長篇如〈邯鄲才人嫁爲廝卒婦〉、〈恩遣戍滇紀行〉等篇，這種毛病尤爲明顯。」〔註82〕

其實，升菴後來「荒戍瑟居」之時，除不得不「放於酒、放於賞物」之外，對於「文有仗境生情，詩或托物起興」之文學背景與條件，何嘗不知？故雖向人自謙「走豈能執鞭古人」，但亦不避寄情文學「聊以耗壯心、遣餘年」〔註83〕之想。意者，從前述所引排比句法看來，其文勢或雄潤，或清越，或淒切，或縣緲，在在顯示升菴之「壯心」，並非完全「耗磨」在醉酒之間而已。〔註84〕

以此，升菴詩不但文中多排比之句，詩除一般律體之外，五、七言排律計七十八首〔註85〕他如古樂府、古詩，亦多以文字之盛壯稱；雖句數並不超

〔註82〕 （1）按、朱氏語見清朱彝尊編《明詞綜》卷三十四「楊愼二十五首」愼小傳後引《靜志居詩話》一段，詩話即朱氏所撰者。（2）〈邯鄲〉一詩在《升菴文集》卷十四屬古樂府；〈恩遣〉詩，卷十五「五言古詩」。（3）梁氏本段文出所撰〈談楊升菴的作品〉一文，國語日報《書和人》第133期。

〔註83〕 以上所述皆見升菴〈答重慶太守劉嵩陽（名繪）書〉，在《文集》卷六。

〔註84〕 《藝苑巵言》卷六：「用修在瀘州，嘗醉，胡粉傅面，作雙丫髻插花，門生舁之，諸伎捧觴，游行城市，了不爲忤。人謂此君故自污，非也。一措大裹赭衣，何所可忌，特是壯心不堪牢落，故耗磨之耳。」焦竑《玉堂叢語》卷之七「任達」亦引此。又、本論文第三章第四節「秉性與治學」一秉性（3）「落拓不羈與壯志」一段，已引其部分文字。

〔註85〕 《文集》卷二十至卷二十二爲五言排律，卷三十一部分（末四首）爲七言排律。唯據台北商務本《升菴全集》（清周參元校本）云：「按二十卷

過梁氏所舉「邯鄲」及「恩遣」（均爲兩百句以上）等篇。

2、對偶句法

升菴對偶喜用長偶對，如〈五言律祖序〉（《文集》卷二）云：

> 夫仰觀星階，則兩兩相比，頻玩卦畫，則八八相聯。蓋太極判而兩
> 儀分，六律出而四聲具，豈伊人力，實由天成。……

此爲以一般長偶對相屬成文者。又云：

> 五言肇于〈風〉〈雅〉，儷律起于漢京；〈遊女〉〈行露〉，已見半章，
> 〈孺子〉〈滄浪〉，亦有金曲。是五言起于成周也。北風南枝，方隅
> 不惑，紅粉素手，彩色相宣，是儷律本于西漢也。

此二段先各自相偶，然後兩段前後亦隱約互對，自然天成。又云：

> 豈得云：切響、浮聲，興于梁代，平頭、上尾，創自唐年乎。

> 近日雕龍名家，凌雲鴻筆，尋濫觴於景雲（按唐睿宗年號，西元 710
> ～712 年）垂拱（武則天年號，西元 684～705 年）之上，著先鞭於延
> 清（宋之問字，～西元 712 年）必簡（杜審言字，西元 647～706 年）
> 之前；遠取宋、齊、梁、陳，徑造陰（鏗）何（遜）沈（約）范（雲）。……

且恢復爲一般偶對方式，唯又顯見其錯綜變化之跡。升菴〈五言律祖序〉即
泰半由對偶句組成，似有意因此句法使之更近於律體之格調；又升菴另序《選
詩外編》，《唐絕增奇》等韻文編選集，更出以反對偶句。〔註86〕

又，升菴自述「志學之年已嗜六書之藝」凡四十年，由於一己先師李文

至二十二卷，共彙排律七十四首，今校之，似止得三十三首，餘四十一
首皆選體及古謠漢魏康樂徐庾諸體，宜入五言古詩中，爰各註『古』字
于上方以別之。」（《升菴全集》二十卷標目下）今按校本稱「似止得」
云云，亦未完全確認，而改入選體及其他諸體，如〈賦得流風廻雪〉一
首，校本註「古」字，今觀其起句、結句未用對偶外，中間六聯都是以
偶句經營，如「宛轉逗香徑，玲瓏穿綺楹」、「稍訝銅池淨，俄看釦砌平」
是。又〈春郊得紫字張惟信同賦〉一首，中間各聯，如「百䖂佳麗人，
千金遊冶子」、「飛蓋雜英前，行筵芳樹底」、「陌上君馬飢，閨中妾蠶起」
等亦是，故凡註有「古」字各篇，每見多有排律傾向。按、排律最要條
件是（1）對仗要嚴整，（2）用字要勻稱；（3）運典要工穩（4）層次要
清楚；（5）脈絡要貫通（見台北莊嚴本《古典詩歌入門與習作指導》頁
189 第五目「排律」）。

〔註86〕反對句如〈選詩外編序〉有「蓋緣情綺靡之説勝，而溫柔敦厚之意荒矣」，
〈唐絕增奇序〉有「既未發覆於莊語，仍復添足於謝箋」（兩序皆見《文集》
卷二）。

正公少嘗「愛周伯溫篆形之茂美，肆筆學之，晚乃覺其解詁多背（悖）《說文》，有誤後學，欲犁正之而未暇」，升菴「謫居多暇，乃取《說文》所遺，諸家所長，師友所聞，心思所得（按此數句亦屬排比）彙梓成編」名之曰《六書索隱》，其序文集卷二即使用偶句，云：

> 所收之字，幸勿厭其少，可以成文定象，砭俗復古矣。
>
> 所注之義，幸勿厭其繁，可以詁經正史，訂子滙集矣。

3、詞性變化

升菴文章中每變化以平常字詞性質，使之產生簡潔奇警的結果。如升菴嘗因歸德（河南商邱）地方李芳（字庭光）撰〈封君樂隱李公墓誌銘〉（《文集》卷七），以表旌其齊家嘉言，云：

> 李公戒子曰：正而行，勿渝而節。日菽水吾，吾樂也；不則日鍾鼎
>
> 吾，吾弗享。

按，「菽水」「鍾鼎」尋常皆作名詞，今則作以淡飯菽水奉養，以鍾鼎甘旨悅親，已賦予動詞使命矣。

又，〈兵備姜公去思記（姜公名龍）〉（《文集》卷四）中述雲南治城西上永昌，經途所亘，旁多寇巢，類皆：

> 不田，不蠶，劫以爲世。

謂不事耕稼與蠶織，專務打家劫舍者；另外〈清音競秀詩卷序〉之述詩卷緣起，云：

> 蟠峯李子子安，銜使于蜀，東阜劉子作詩贈之，狷齋謝子繼之，東
>
> 谷敎子三之，初亭程子四之，耄予不敏五之，……

三之、四之、五之，謂繼東阜劉子（按，即升菴友劉大謨）之後，作詩贈李子，其序如此，猶言「第三位作詩相贈的」云云，皆一如前舉「菽水吾」「鍾鼎吾」，轉名詞爲動詞之實例。

又，升菴〈劍州志序〉（《文集》卷三）以四川劍州「獨遠於宸極，最爲蕞陋」，故王化政教往往不達，所謂：

> 官其地，陋其土，窳其政。

雖管轄其地，而諸事不能振屬，眼看土地荒蕪不拓，行政窳敗不興，令人思古之良牧；文中「陋」字「窳」字，何其精警。

又，升菴詩文中像「生還如有日，相伴老漁簑」像「廟堂終用平戎策，

未許栖遲老一丘」〔註87〕兩詩中「老」字，皆謂告老、終老，與「陋」「窳」同是常用形容字詞，而升菴卻視爲「動詞」而駕馭者。

4、疊字運用

升菴曾說：「詩中疊字最難下，唯少陵用之獨工。」（《升菴詩話》）今檢《升菴文集》中詩文，實不乏佳例。

升菴〈雲南鄉試錄序〉（《文集》卷三）言及鄉試之慎重將事，錯綜以排比、詞性之變化，而疊字運用在其中，云：

> （乃臚唱諸士而試之）戊辰（正德三年）一之，辛未（六年）二之，甲戌（九年）三之；題則紬簡剌之，卷則分經閱之；公廉以內，司試者鐍之，戔戔如也，鯤鯤如也。公廉以外，司調司監者分職之，魚魚如也，雅雅如也。御史又實臨內外而綱維之，翼翼如也，井井如也。

戔戔鯤鯤見場內防範設備之謹嚴，魚魚雅雅見試場外警衛措施之威儀，而御史之翼翼井井，更見試務之有條不紊，疊字運用之足以傳述事件氣氛者如此。

又，〈貴州鄉試錄序〉（《文集》卷三）謂嘉靖十九年庚子秋八月天下鄉試期，巡撫等將入會城（貴陽）所見「山徑水緯，壤沃屋潤」之勝，於是連用疊字以象之：

> 鬱鬱乎，葱葱乎，曰有開乎文光矣。……融融乎，泄泄乎，曰垂精于文治矣。……嘖嘖乎，藉藉乎，曰助飾乎文事矣。

又、「馬蹄聲特特，鴈陣影飛飛」（〈留別安寧滇城諸友二首〉《文集》卷十九），「茭塘眠柳猶藏鴉，雙雙柔櫓聲啞啞」（〈高嶢曉發過滇〉《文集》卷二十五）以及「隱隱聞清漏，迢迢出建章」（〈齋房春夕〉《文集》卷十九）等，由於疊字之使用，別愁乃因「特特」蹄聲而亂起；方陶情於柔櫓「啞啞」，不覺風輕舟疾，「已屆滇之涯」；而清漏隱隱可聞，髣髴即在耳畔廻響；〈烏栖曲〉亦有同工之妙：「丁丁漏水鏊鏊鼓，相思相憶阻河橋，可憐人度可憐宵。」（《文集》卷十三。）

又，〈春江曲〉五律（《文集》卷十九）中有「風香隨步步，雲彩艷朝朝」，則疊字之外亦見倒裝之美，本來詞序爲風香步步，隨時女而飄送，雲彩朝朝，

〔註87〕前者是《升菴文集》卷十八〈永寧諸賢送至魚鳧關〉五律結聯；後者是《文集》卷二十七〈贈趙大洲太史（貞吉）〉七律結聯。按、趙貞吉字孟靜，內江人，嘉靖十四年進士（《明史》卷一百九十三有傳），爲升菴父石齋公撰有〈楊文忠公神道碑〉一文，見《明文海》卷四百五十三。

因新梅而明艷，今詞既倒裝之，字復疊用之，人物與春景交融，自然產生一種悠悠的神韻。

二、聲響之效果

上述疊字之運用中，已略見因重文、複字而有聲響印象，而其排比、對偶，亦每見詩文吞吐緩驟之節拍；今再撼拾《升菴文集》中其聲音意象之易於聯想者，試言其例。

升菴〈清源樓觀漲〉五律二首（《文集》卷十九）可視為組詩，不妨一體合觀。起始先呈現洪波滔滔，雨霽虹展景象，中幅以後續寫「樵人歸太晚，隔浦認炊烟」江山一帶耳目所接，然後卷軸陸續舒展開來——

> 雲色含山色，濤聲撼樹聲。枯槎何處下，怒浪幾時平。退鷁昏相失，
> 飛鳥晚對鳴。如何誇海若，猶自詫莊生。

水鳥「高飛遇風而退」〔註88〕則風勢之強勁可知，河伯以為「涇流之大，兩涘渚崖之間，不辯牛馬」以為「天下之美，為盡在己」，〔註89〕則水面之浩大可知，此時，水聲風勢，濤嘯樹鳴，於是挾其壯濶一齊劃空而來，撼人心目。

升菴在青橋驛（陝西褒城縣）早晚也有聆聽水聲的詩作（《文集》卷三十二）：

> 驛亭臨白水，石榻滿蒼苔。遠客渾無夢，江聲枕上來。（〈青橋夜宿〉）
> 遠客貪晨發，三更夢已回。江聲如驟雨，吹到枕邊來。（〈青橋驛早
> 發〉）

青橋「郵亭枕水涯」（《文集》卷十八：〈青橋〉）客宿其地，試將耳鼓貼向枕邊或枕上，當可不時聽到江聲洶湧而至，能令人不生枕流漱石之想？

又，〈河橋篇寄用貞、懋昭〉長短句（《文集》卷三十九）中有隆隆車聲與明麗的闌干對比：

> 橋外車音響若雷，橋畔闌干明似月。

〈晏寢漫興〉七律（《文集》卷三十一）中有搖佩與斜月：

> 少年愛睡苦不足，雞鳴催入承明宮；躞蹀金珂響斜月，丁當玉佩搖
> 廻風。

以及〈竹戶〉中（《文集》卷十九）閒居時的自然之籟音：

〔註88〕《左傳·僖公十六年（正月）》：「六鷁退飛過宋都」下杜預注。
〔註89〕《莊子·秋水篇》語。

靜聞清露墜,涼送好風來。

皆在靜觀、散步與獨坐中悟得生活中的各種聲響的妙境,其中升菴友人張潮
更在河橋篇中有了「美的」迴響。〔註90〕

　　其實,文學中聲響之美,每需配合一己體驗,方能完全領略其深趣。升
菴有〈新開嶺行〉七古一首(《文集》卷二十三)云:

　　廢丘關前榛莽積,新開嶺上烟嵐鬪。新途古道太多岐,暝色荒烟帶
　　征客,岸下寒江流水碧。岸畔霜林楓葉赤,日暮畏行豺虎陌。松燈
　　苣火投孤驛,北渚鳴鼉應遠更,南巒哀猿響終夕。

升菴友人張潮(玉溪)評云:「棧閣夜行,方識此景。」意謂詩人貴能足履其
境,然後讀者展卷,自有一片松燈苣火晃漾於眼前,不覺數聲荒蠻猿鳴劃過
夜空。

三、設色之境界

　　錢基博氏《明代文學》云:「慎詩多用新事,工於設色,搜羅刻削,無出
其右……以意度穠麗冠絕當代。」並舉升菴《南中稿》中〈柳〉七言律一首,
以爲穠麗婉至之例。詩云:

　　垂楊垂柳管(按,或作綰)芳年,飛絮飛花媚遠天。金距鬪鷄寒食
　　後,玉蛾翻雪暖風前。

　　別離江上還河上,拋擲橋邊與路邊。遊子魂銷青塞月,美人腸斷翠
　　柳(或作樓)烟。〔註91〕

楊柳青青,花絮點點,漫天飄舞起來,在無垠的蒼穹背景下,襯托出何等鮮
明流轉的蹤跡。自上元見仕女們插戴玉蛾翻雪的頭飾,在暖風初拂時節出遊,
以迄寒食以後觀鐵距鬪鷄的民俗,〔註92〕整個春季柳絮不斷,隨處可見,無

〔註90〕所引該句下有「玉溪云,模寫殆盡」的評語,玉溪即張潮(惟信),據《明文
　　　　海》四一二四卷游居敬所撰〈升菴墓誌銘〉一文。

〔註91〕以上見商務人人文庫本《明代文學》90頁至91頁。「柳」詩見《升菴遺集》
　　　　卷十,題作「折楊柳」。

〔註92〕宋陳元靚編《歲時廣記》引《歲時雜記》云:「都城仕女有神戴燈毬燈籠,大
　　　　如棗栗加珠茸之類,又賣玉梅、雪梅、雪柳菩提葉及蛾蜂兒等,皆繪楮爲之。」
　　　　(卷十一上元(中)「戴燈毬」)升菴詩中「玉蛾翻雪」疑爲上元此類飾物;
　　　　又、同書引〈東城父老傳〉云:「唐明皇樂民間清明節鷄戲,及即位,治鷄坊,
　　　　索長安雄鷄金尾鐵距高冠卯尾千數,養於鷄坊,選六軍小兒五首,使教飼之,
　　　　民風尤甚。」(卷十七清明「治鷄坊」)

論是來自江濱，還是河畔，卻因風拋擲在橋邊和路旁，徒令異鄉遊子觸景感傷，在這同時，家鄉的美眷也相思腸斷在一片翠綠如烟的柳色中。

升菴此詩，以春日翠綠的柳色爲底，點綴以雪白的飛絮，而行旅逢佳節，眼中盡是繁華熱鬧的景象，但愈是如此，愈無法承受遠離故里的愁緒與悲懷；升菴非但以有形的各種色彩入詩，更是以深沈的情感入詩，升菴心中竟另有一番新都桂湖的玉潔秋色。《詩藪》稱升菴之作「斐然」，而此詩更「鮮華莫比」者，〔註93〕或以此故。

升菴另有〈垂柳篇〉古樂府色調亦頗綺縟，篇中如「艷陽時」、「光風吹」即有燦爛瀏亮的視覺，「千門萬戶旌旗色」，想像彩旗紛紛，「雨露滋」則精瑩如珠，他如「彩毫」「金明」「綠暗」「烟霧」「眉黛」「明月」「清霜」等，都可見升菴爲詩設色之跡，倘能因此索其興比，然後更可得乎其設色之外，即升菴於〈垂柳篇〉題下所自註者：「楚雄苴力橋有垂柳一株，婉約可愛，往來過之，賦此志感。」。〔註94〕

又，〈(足唐人句)效古塞下曲〉云：

> 長楡塞上接龜沙，碎葉城邊建虎牙。
> 夜夜月爲青塚鏡，年年雪作黑山花。
> 蘇武頭白持漢節，文姬紅淚落胡笳。
> 可憐首蓿迷征馬，誰見蒲桃入内家。〔註95〕

〔註93〕清陳田輯《明詩紀事》戊籤「楊慎五十九首」下引。
〔註94〕見《升菴文集》卷十三；又明華淑編《明人選明詩》（後易名《明詩選最》）卷二亦選輯此作（臺北大通書局本頁261）
〔註95〕本詩見《升菴文集》卷十四；又見《明人選明詩》卷五，頁448。
「紅淚」事見王嘉《拾遺記》，云：「薛靈芸，常山人（按、今河北棗城縣境）谷習出守常山郡，聘之以獻魏武帝。靈芸聞，別父母，淚下霑衣，至就路之時，以玉唾壺承淚，壺即紅色；及至京師，壺中淚凝如血矣。」
「首蓿」，花小色黃，蝶形花冠，俗稱金花菜。據《淵鑑類函》引《西京雜記》曰：「首蓿一名『懷風』，時人或謂之『光風』，風在其間，常肅肅然，日照其花有光彩。」（台北新興書局本第十册頁7129）。
按、《升菴外集》卷四地理類有〈首蓿烽〉一則云：「岑參塞上詩『首蓿烽邊逢立春，葫蘆河上淚沾巾』，塞外無州郡城驛，沙漠無際，望中惟有烽堠，故以烽計程，五烽而當一驛。」
「蒲桃」，《升菴外集》卷一百植物類有〈橘柚蒲桃橄欖〉一則，又云：「蒲桃樹高數仞，接陰連架，幅員十丈，仰觀若帷蓋焉。其房屋磊落，星編珠聚，紫瑩如墜，號曰『草龍珠帳』，末夏涉秋，尚有餘暑，酒醉宿醒，掩露而食，甘而不飴，酸而不酢。有關蒲桃事亦見《淵鑑類函》頁7038～7040。

詩中塞下月夜，青塚荒涼，雪花覆蓋黑山，更形陰冷；想當年蘇武白頭猶持漢節牧羝北海，蔡琰文姬不得歸來，血淚吹成胡笳十八拍；邊塞苜蓿遍野，日照下閃閃有光，每易迷人征馬，誰人能如李廣利或張騫覓得大宛西域蒲桃歸奉六宮之家。

　　若此詩作於升菴長歎「故鄉歸未得」〔註96〕之時期，則升菴詩中塞下風光之明晦蒼茫，胡地珍異之「紫瑩珠聚」，已不僅僅是詠史，而是欲以紛然之顏色，抒寫胸中之百感千慨了。

　　又，〈月溪曲爲晉寧張太守賦〉寫水月光影之奇幻：

> 青天行月溪行水，水月相去八萬里。龍宮罔象巧能移，月行翻向清
> 溪底……金波影裏流金篆，玉練光中臥玉輪……（《明詩紀事》）

〈夜泊〉亦以光影設色，對比爲工，具有畫意之外，隱然又有水聲與笛音傳來：

> 夜泊中嵒下，扁舟對萬峯。一星高岸火，幾杵上方鐘。水落灘聲急，
> 雲低雨意濃。何人吹鐵笛，潭下惱魚龍。（《文集》卷十九；《明詩紀
> 事》亦選輯）

又、本章第二節曾提及升菴「寫奇景，似常用銀色」（見二「特殊之風物與見聞」一段）今除已舉之「銀船」、「銀海」及「銀河」外，再臚列數例於後，以見升菴用詞設色的另一現象：

> 〔銀甲〕〈紺甲麗人〉詩：「銀甲卸彈箏，花從玉指生。」（《文集》
> 卷三十三）按、指銀製之假指甲，套於指上，供彈箏或其他絃樂用。
> 杜甫〈陪鄭廣文遊何將軍山林詩〉：「銀甲彈箏用。」

> 〔銀蒜〕〈詠霜〉詩：「珠簾銀蒜白，金井碧梧黃。」（《文集》卷十
> 九）又、〈題唐人閨秀熨帛圖〉詩：「重重海簾銀蒜重。」（《明詩紀
> 事》戊籤）按、《升菴文集》卷六十七有〈銀蒜〉一則云：「歐陽六
> 一放（倣）玉臺體（陳・徐陵《玉臺新詠》）詩『銀蒜鈎簾宛地垂』
> （按、歐陽修〈帘〉詩）。東坡〈哨遍詞〉『睡起畫堂銀蒜珠幌雲垂
> 地』……蓋鑄銀爲蒜形以押簾也。」

> 〔銀鈎〕〈病中秋懷〉詩之六：「吉甫清風來玉麈，涪翁妙墨換銀鈎。」
> （《文集》卷二十八）又〈謝同鄉諸公寄川扇〉：「紈素底須誇囂畫，
> 蒲葵耐可污銀鈎。」（《文集》卷三十一）按、銀鈎，即簾鈎；又指

〔註96〕《文集》卷二十一：〈池上會心亭初成與客小飲〉五言排律首句。

書法之勁拔有力者。

〔銀箭〕〈中秋禁中對月〉詩：「銀箭金壺催漏水，仙音法曲獻霓裳。」（《文集》卷三十一）按、銀箭即漏刻上銀製指針。詩題「禁中對月」，或在京師所作。

〔銀沙〕〈與胡在軒簡西鄂泛舟至柳壩晚歸〉詩：「北風吹海岸，擁沫聚銀沙。」（《文集》卷十九）按、沙色如。梁簡文帝〈元圃園講頌序〉：「畫堂玉砌、碧水銀沙。」

〔銀潢〕〈送高泉謝公回滇，周大霞同泛舟〉一詩：「迢迢紫宙凌風翰，渺渺銀潢貫月槎。」（《文集》卷二十九）又〈河橋篇寄用貞、懋昭〉亦用「銀潢」一詞。按、銀潢，即銀河。蘇軾〈天漢臺詩〉：「漢水東流舊見經，銀潢左界上通靈。」

〔銀色界〕〈崇聖寺〉：「山開銀色界，海涌玉浮圖。」（《文集》卷二十一）按、色界，佛家語，為三界之第二界，此界在欲界之上，為無淫、食二欲之眾生住所。

〔銀蠟〕〈招劉善充〉詩：「佇立永今夕，銀蠟粲銅缸。」（《文集》卷十九）

〔銀燭〕〈月溪曲為晉寧張太守賦〉：「斫卻桂樹清光多，共言銀燭未須秉。」（《明詩紀事》戊籤；《升菴遺集》卷五）又、「〈轉應曲〉：銀燭，銀燭，錦帳羅幃影獨。」（《明詞綜》卷三）又、〈清江引〉：「離堂話長銀燭短。」（《陶情樂府》卷二）又、〈仙呂八聲甘州（詠月）〉：「夜遊銀燭何須秉，暗牆頭自照流螢。」（「海棠月高燭燒銀」《陶情樂府》卷一）。

按、《升菴文集》卷五十七「詩類」另有〈銀燭〉一則云：「穆天子傳、『天子之寶璿珠燭銀』。郭璞曰『銀有精光如燭也。』梁簡文詩『燭銀踰漢女，寶鐸邁昆吾。』江總〈貞女峽賦〉『含照曜之燭銀，泝潺溪之膏玉』。唐人詩用『銀燭』字本此。」前引升菴詩中所用，其義似不盡同。

〔銀盤〕〈仙呂八聲甘州（詠月）〉：「銀盤彩漾蓮花白」（前引書同卷）。

〔銀缸〕〈寨兒令〉：「鎖歸程，白雪漫漫，銀缸愁未減。」（同書卷二）又、「調笑白話」：「側寒紅漏銀缸亞。」（卷二）

〔銀箏〕〈黃鶯兒（閑情）〉：「銀箏翠袖煙花寨。」（卷三）

〔銀蟾、銀燈〕〈七犯玲瓏〉：「誰來相探，銀蟾半鈎；誰來相伴，銀燈半篝。」（卷三）按、銀蟾，亦月之別稱。

〔銀屏〕〈商調二郎神〉：「恨多情，分明忘却，翠幕與銀屏。」（《陶情樂府‧補遺》）。

〔銀魚絲鱠〕〈仙呂入雙調曉行（一作「夜行」）序（吳宮弔古）〉：「寶鳳雕籠，銀魚絲鱠，遊戲，沈溺在翠紅鄉，忘却臥薪滋味。」（《補遺》）。按、杜甫〈陪鄭廣文遊何將軍出林詩〉：「鮮鯽銀絲鱠，香芹碧澗羔羊。」

升菴用「銀」字除景物之外，凡家具、樂器、漏刻，以至荣餚等亦皆有色彩。黃永武氏云：「依據色彩心理的原則去推論，一個熱心朝政，飽受喧爭傾軋的人，對冷色較爲嗜愛。」〔註97〕銀色屬冷色，則升菴以銀色或正是有意無意在透露出某種心聲。

四、風格之表現

茲依朗爽與深邃的作風以及艷麗、清新與老蒼的格調兩方面說明之，而升菴與夫人同風者附述在後。

（1）朗爽與深邃的作風

升菴古樂府〈青蛉行二首_{寄內}〉云：

青蛉絕塞怨離居，金雁橋頭幾歲除。易求海上瓊枝樹，〔註98〕難得閨中錦字書。

燕子伯勞相對眼，牽牛織女別經年。珊瑚寶樹生海底，明星白石在天邊。

此詩末原註：「張云：『予點升菴詩，不喜其深邃，而喜其朗爽也。』」（《文集》卷十二）升菴詩文之友中有張潮及張含評語出現《升菴文集》中，張潮評語

〔註97〕見黃氏所撰〈古典詩的色彩設計〉一文第二部分「五、色彩是詩人生活背景的反映」。該篇原爲中央研究院國際漢學會議論文集抽印本（七十年十月），後收入台北洪範版《詩與美》一書中。

〔註98〕莊子逸篇：「積石千里，河水出下，鳳凰居上，天爲生食，其樹名瓊枝，高百仞，以璆林琅玕爲實。」金雁橋亦名雁橋。在今四川省廣漢市北鴨子河上。

一律稱「玉溪」，〔註99〕張含則或稱張禺山（如卷十八「西施詠」下），或稱「禺山」（如卷二十〈雨宿大寧館〉及〈華清月夕〉兩詩末），故此處所謂「張云」疑即張含語。若然，升菴平生交游中與張含「襟契不淺，詩格亦略相似」，〔註100〕今即據張含評語，論升菴文學之表現方式。

先就〈青蛉行寄內〉一詩論升菴之朗爽作風。青蛉在雲南姚安軍民府大姚縣，崇山修谷，民習愚野，有如絕塞之地，升菴行役其間，益增鄉思更念夫人，故一則渴望多得雁足傳書，以聊慰羈愁，再則更切盼重逢相聚有期。瓊枝本非易得之物，而升菴以為夫人錦字家書之難得又過之。牽牛織女，年年七夕鵲橋可會，而升菴渺渺無歸期。此詩寄內其情深摯，以歌行表出則用詞大致明朗可誦，而比興亦不故作折繞。故「張云喜其朗爽」，言外之意〈青蛉行〉是可以列入朗爽之列者。

升菴古樂府中尚多此類作風的詩篇，如〈七夕曲〉（《文集》卷十四）

此夕知何夕，今秋似去秋。涼風兼遠思，併在最高樓。

又如〈盤江行貴州〉（同卷）：

可憐盤江河，年年瘴癘多。青草二三月，綠烟生碧波，行人好經過。

又如〈合歡詠有序〉（同卷）：

合歡為樹，夜合朝開，枝葉繁互，望若蟠糾，風至扶疏，了不相牽綴，古人所謂青囊（即合歡）蠲忿者也。覽晉人楊芳之詩，聊繼聲焉。

可憐合歡樹，生我庭東廂。枝枝相糾結，葉葉復飄揚。烟交疑覆帳，風散若分香。戢華踐西柳，開艷啓東桑。周詩驚采綠，楚夢感昏黃。贈君以蠲忿，與妾同芬芳。

嵇康〈養生論〉有云：「合歡蠲忿，萱草忘憂。」升菴「贈君以蠲忿」云云，亦不外自我勉勵，詩意朗暢可達，當不致因區區典故如「采綠」〔註101〕者所隱晦？

又如五言古詩〈答程以道〉（以道，名啓充升菴同鄉詩友）：

驅馬國西門，整駕城南端。出宿指賓館，飲餞臨河干。中道逢嘉友，

〔註99〕請見註90。
〔註100〕清陳田《明詩紀事》戊籤「張含十一首」下按語。台北中華本，頁1263。
〔註101〕詩小雅有〈采綠〉一篇。宋朱熹《詩集傳》云：「婦人思其君子，而言終朝采綠而不盈一匊者，思念之深，不專於事也。」按、綠即藎草，可做染料或造紙。

－145－

誰云行路難？四海皆兄弟，況是平生歡。……

升菴友玉溪（即張潮惟信）評云：「可與十九首並誦。」，按、清沈德潛《古詩源》說古詩十九首「不必奇辟之思，驚險之句。」明謝榛《四溟詩話》亦云：「古詩十九首平平道出，且無用工字面，若秀才對朋友說家常話，略不作意。」（詩話卷三）升菴答程以道一詩，即令一般後世士君子讀之者，亦當感其樸質而不失流暢，何況升菴的平生之歡。升菴古詩尚多見類似此一作風者，茲不贅錄。

　　五七言律絕之作如〈出郊〉的清澹閑雅，云：

　　高田如樓梯，平田如棋局。白鷺忽飛來，點破秧針綠。（《文集》卷三十三）

又如〈滇海曲十二首〉之十水湄的奇芬妙韻，云：

　　蘋香波暖泛雲津，漁枻（按、枻猶言楫）樵歌曲水濱；天氣常如二三月，花枝不斷四時春。（《文集》卷三十四）。

又如在〈蘭津橋今名霽虹〉的偉麗懸想與無限歸情：

　　織鐵懸梯飛步驚，獨立縹緲青霄平。騰蛇遊霧瘴氛惡，孔雀飲江烟瀨清。

　　蘭津南渡哀牢國，薄塞西連諸葛營。中原回首踰萬里，懷古思歸何限情。（《文集》卷三十）

按、蘭津橋在雲南省騰越道永北縣境。前幅寫橋之形勢高危，橋如螣蛇，足可在此與雲霧在遊遨（似有意以螣遊諧「騰越」），橋如孔雀翠羽明艷，可以俯臨瀾滄之江（今名「霽虹」，聯想及孔雀開屏飲水江畔）；後幅寫地之形勢偏遠，由蘭津可以渡哀牢（永昌），然則何時又可以渡過巒障川谷返回中原京師。由橋之渡而馳萬里之歸夢，遣詞飛動而情意縣遠。

　　又、長短句有〈佛現〉一首，題目下原註「鳥名，峨眉山有之，聲呼類『佛現』，每叫必有金光」，云：

　　佛現佛現，鳥語易隨人意變，山川發晶熒，草木呈葱蒨，坐使遊人心目亂，佛現佛現。（《文集》卷三十八）。

霎時間，一陣「佛現佛現」的鳥聲盈盈在耳，眼前彷彿又有金光普照，遊山眾生不知是否果能因此悟得「真如之義」？〔註102〕舉凡類此篇章，若能細加

〔註102〕《升菴文集》卷七十三「真如之義」云：「馬祖（按、唐高僧道一）曰：『真如有變易。豈不聞善知識能迴三毒（貪、嗔、痴）為三昧（屏除雜念，心不散亂、專注一境）淨戒，能迴六賊為六神，迴煩惱作菩提，迴無明為大智。』

品誦，一旦恍然得其妙諦，當亦不失朗爽之一境。至如〈春霽有懷寺中同館諸君〉七律一首，張愈光云：「詞格兩高，步驟自然，覽之心快。」（《文集》卷二十七）則固亦屬朗爽作風之範例。

其次言及升菴表現方式之較爲「深邃」者。

前述「典故之運用」一段，曾以〈月儀帖〉（《文集》卷三十三）爲升菴採用僻典之例，涉事之專，幾偏一篇首尾，此月儀帖詩倘亦從「張云」，則必無所逃於「深邃」之外，已然可知。

升菴另有〈詠端溪硯廿韻示兒寧仁〉，意在頌贊廣東高要縣所產端硯之津潤難得，而升菴造句或亦因此深邃難以索解：

> 瑞石出端溪，靈陶琢已齊。緇磷開渾沌，清越奪琳珪。龍尾仙翁棹，
> 羊肝彥士刲。浴毫輕似染，囚墨膩於黳。朒月沈泓北，湙雲度岊西。
> 影寒歸黑帝，光鑑比玄妻。羨起圓如璧，紋廻曲似堤。藏春留琲瓃
> （原註：「初花如玉蕊也，俗作蓓蕾，張有（西元 1054～）《復古編》
> （《四庫全書》經部小學類）云云。」），敲日響玻瓈。呵潤能欺礛，
> 涵星詎照鸞。未央無古瓦，函谷失澄泥。

> 兒愛蓮蓬洗，奴頑竹節携。研山銘可記，壺嶺價應低。吮筆漿含蚌，
> 祛塵匣斷犀。讒邪憂呂望，博厚景宣尼。綺思生松黛，詭音辯彩鵾。
> 寸田豐秠秠，勺水躍鯨鯢。藻翰歌麟趾，勳華借兔蹄。逝將翔沼鳳，
> 幸勿厭家鷄。巴嶠薪當荷，雄池草正萋。玉蟾徵舊夢，金馬擬新題。

（《文集》卷二十）

篇中表出時用字用韻，皆頗奇詭，有類「韓詩特色」。〔註103〕用字方面如「黳」，音衣，黑琥珀；「岊」，音節，指山之陬隅，所謂高山之阜；「秠」，音亞，指稻類作物，字亦作「亞」。用韻方面，雖通篇用上平八齊韻，但一、二罕見者除「秠」外，如「刲」「鯢」字廁列其間，不免詰屈。《明詩紀事》引〈國雅〉云：「用修詩如錦城雪棧，險怪高峻。」或即指此而言。

按、升菴本「究心書學者」〔註104〕嘗著有《墨池瑣錄》四卷等，其論書

（唐）錢起〈贈懷素〉詩云：『醉裏得眞如』，（唐）劉禹錫（772～843）詩：『心會眞如不讀經。』」

〔註103〕羅聯添撰《韓愈研究》一書「八韓詩特色」，奇詭方面有用字、用韻等項。（台北學生書局本，頁 300～302）。

〔註104〕《四庫全書總目》〈墨池瑣錄四卷提要〉（卷一百十三子部藝術類二）。

之作除散見有關序跋外，〔註105〕言之不足，又托之於詩韻，雖屬「示兒」如詠端溪一詩，亦不覺發而爲詞義深閱之說。

（2）艷麗、清新與老蒼的格調

清陳田《明詩紀事》云：「升菴詩早歲醉心六朝艷情麗曲，可謂絕世才華，晚乃漸入老蒼，有少陵謫仙格調，亦間入東坡、涪翁一派。」（戊籤）所謂早歲與晚年，此處並未明確劃分其時期，唯文學家風格之轉變，每與其生平相推移；以升菴而言，謫戍南中所謂「七月之變」，〔註106〕是生活史上一大事，瘴域環境，夢歸情愫，皆一一宣諸楮端，升菴詩文風格漸次轉變，其故當即在此。

茲依陳氏說，並即以升菴三十七歲謫戍之年，即嘉靖三年爲準，在此之前多艷麗之作，在此之後，多老蒼之作，而中年「遭逢太平以處安邊」（〈自贊〉）亦不失清新氣象。是升菴文學表現的三種格調。

先論前期艷麗格調。

升菴〈烏栖曲〉古樂府四首（《文集》卷十三）末有「方云：『眞得齊、梁風致而不流。』」「方」當即指升菴僚友秩官方豪其人。〔註107〕所謂齊梁風致，如齊謝脁之「奇章秀句，往往警遒」梁丘遲詩「點綴映媚，似落花依草」（俱見鍾嶸《詩品》）皆是。今舉〈烏栖曲〉中兩首：

> 晝漏迢迢春灩灩，草如柔茵花如焰。白日紅窗恨轉多，箇儂無計奈春何。（第二首）

> 月華二八星三五，丁丁漏水鼕鼕鼓。相思相憶阻河橋，可憐人度可憐宵。（第四首）

又升菴〈梁白紵舞歌〉（《文集》卷十三）二首之末亦有「方云：雖使沈約復生，亦當心服。」按、沈休文講求聲律，其詩「長於清怨……工麗亦一時之選」（《詩品》）。今摘舉升菴舞歌中第二首前幅數句，云：

> 英英白紵雪色光，機杼出自寒女房。裁作舞衣雙袖長，吳娃魏棻自相將，宛轉顧步雙鴛鴦，儼若星月舒其芒。

〔註105〕如〈宣和書譜序〉、〈分隸同構序〉（以上見《文集》卷二）、〈石鼓文敘錄〉（卷三）以及〈跋自書小楷春興詩〉（卷十）。

〔註106〕〈與徐用先書〉、〈與金鶴卿書〉都用此語開頭。文見《升菴文集》卷六。

〔註107〕游居敬云：「今上嘉靖改元：壬午（按、嘉靖元年）代祀南瀆，有〈江祀〈編詩〉記〉，學士玉溪張公潮、秩官棠陵方公豪評之，甲申（按、嘉靖三年）以議禮迕上意，謫戍雲南之永昌衛。」（〈翰林修撰升菴楊公墓誌銘〉，今輯入《明文海》卷四百三十四）。

其餘如〈出塞〉（《文集》卷十九）云：

> 烽火照甘泉，刀斗出祁連。錦車衝鳥穴，翠眊度鷄田。高柳分斜月，
> 長楡合遠天。交河冰正結，心斷玉門前。

亦見鮑照之贍逸與遒麗，故原註云：「六朝體也。」

又〈于役江鄉言辭友生〉（《文集》卷二十）一詩，升菴友玉溪張潮有批註以爲「全篇不減康樂」，〈雨宿大寧館〉（《文集》卷二十）一詩，張禺山亦以爲「近謝靈運」；按謝靈運康樂公詩鍾嶸《詩品》列爲上品，且美之「譬猶青松之拔灌木，白玉之映塵沙」。今略舉升菴〈雨宿大寧館〉詩句，或可溯升菴之原出有自：

> 空水相澄鮮，林霏自吞吐。天籟坐嘯吟，烟蘿共飛舞。

其次，論升菴謫戍前後屬於中期不失清新氣象者。

升菴〈河橋篇寄用貞、懋昭〉長短句，頗道錦江故鄉無限夢，以及京師盧（溝）河（即桑乾河）舊遊情，云：

> 渾河流水桑乾潮，何年伐石架長橋……平連太液池，迥接昆明苑。……可憐楊柳裊晴烟，才見藏鴉又噪蟬，東西溝水分歧路，南北烟霜感歲年。……飛蓋臨風緩去旌，青門落日彩霞生，懸知濯錦江邊夢，轉見盧溝河上情。（《文集》卷三十九）

〈錦城夕〉五律一首云：

> 錦波澄霽色，丹樓生晚輝。江光二流暝，橋影七星稀，猶明叔度火
> （《後漢書·廉范傳》），未息文君機。南陌驂騑度，東城鐘漏微。（《文集》卷十八）

玉溪張潮之評前舉「河橋」一篇云：「全篇氣格絕似初唐。」又評本篇云：「初唐氣格。」初唐如四傑則「承江左之風流，會六朝之華采」〔註108〕升菴上列兩詩或「彩霞」或「霽色」，亦所謂「風光絕四鄰」者（王勃（西元 647～675年）〈仲春郊外〉詩句）。

其次，再論升菴之老蒼。

張禺山評升菴〈西施詠〉五律一首云：「絕似太白。」詩云：

> 美人出南國，名字號西施。鷥舞隔烟霧，魚驚沈網絲。輕盈羞燕尾，
> 窈窕妒蛾眉。一入吳宮去，姑蘇麋鹿時。（《文集》卷十八）

吳國姑蘇昔猶繁華時，忽忽今且淪爲麋鹿群遊地。升菴西施之詠似有意追和

〔註108〕謝无量《中國大文學史》第四編第二章第二節「王、楊、盧、駱四傑」。

太白。太白有〈烏棲曲〉曰：「姑蘇臺上烏棲時，吳王宮裏醉西施。吳歌楚舞歡未畢，西山欲銜半邊日。……」賀知章（西元 659～744 年）見此曲，歡賞苦吟曰：「此詩可以泣鬼神矣！」〔註 109〕可以泣鬼神，則是詩之沈鬱指遠者。

明王世貞謂「予少時嘗見傳楊用修〈春興〉，末聯云：『虛擬短衣隨李廣（～西元前 119 年），漢家無事勒燕然。』（按、此為其〈春興八首〉中第一首）甚美其意，為之擊節。」（《藝苑巵言》卷六）又、清陳田《明詩紀事》引明胡應麟《詩藪》謂「楊用修滇中作〈春興八首〉，語亦多工。」春興之所以意美語工者，當以其欲上師少陵〈秋興八首〉，而得其獨造與奇拔〔註 110〕者，是升菴漸入老蒼之表現。今舉春興詩中第一、三兩首以說升菴登臨遙岑樓（在滇海邊安寧州）的所見與所思，云：

> 遙岑樓上俯晴川，萬里登臨絕塞邊。碣石東浮三絳色，秀峯西合點蒼煙。

> 天涯遊子懸雙淚，海畔孤臣讁九年。虛擬短衣隨李廣，漢家無事勒燕然。

> 諸葛提兵大渡津，河流禹鑿迥如新。彩雲城郭那無跡，黑水波濤亦有神。

> 象馬遠來銅柱貢，犬羊不動鐵橋塵。靈關在眼平於掌，歲歲蒲桃苜蓿春。（《文集》卷二十六）

升菴讁戍九年僻處南中，而志在千里，目前雖至衣短不能庇身，但仍懸想追隨飛將軍救世靖亂，有機會效竇憲（～西元 92 年）以帶罪之身，自求擊匈奴，勒銘燕然，「恢拓境宇，振大漢之天聲」。〔註 111〕春興一詩，氣勢之宏潤蒼勁，良由此「壯心不已」〔註 112〕使然。

又、前引〈春興八首〉中「諸葛提兵」一首，韻用十一「眞」。劉師培（～

〔註 109〕取材孟棨《本事詩・高逸第三》。

〔註 110〕《藝苑巵言》論李、杜以為「子美以意為主，以獨造為宗，以奇拔沈雄為貴……使人慷慨激烈。歔欷欲絕。」（卷四）。

〔註 111〕此班固〈燕然山銘〉文。按《後漢書・列傳第十三竇融傳（中有竇憲傳）》云：「太后怒閉憲於內宮，憲懼誅，自求擊匈奴以贖死，會南單于請兵北伐，乃拜憲車騎將軍……出塞，單于遁去……斬名王以下萬三千級，獲生口馬牛羊橐駝百萬餘頭……（竇憲與耿秉）遂登燕然山。去塞三千里，刻石勒功，紀漢威德，令班固作銘。」

〔註 112〕《杜詩詳註》〈夜〉一首仇氏引〈樂府詞〉云：「烈士暮年，壯心不已。」蓋以釋〈夜〉詩者。按〈夜〉詩中有「獨坐親雄劍，哀歌動短衣」句。

西元 1919 年）氏說「眞」類的字有「抽引上穿」及「聯引」的意思，則用在眼前景象彩雲城郭高竦，黑水波濤粼粼，而直聯結到悠悠史頁中，大軍南征的雷霆萬鈞，「用眞類字爲韻脚，與這時的情節非常諧適」，此又與「仰視塞雲，黃沙茫茫」盛唐的「健整」格調略近。〔註113〕

另外，張禺山又批註〈臘八日〉詩云：「健而不瘦，壯而不怒，有老杜、有初唐。」（《文集》卷二十七）評論〈將進酒二首〉云：「辭古調高，義存鑑戒，與淳于對齊王語〔註114〕相似。」（《文集》卷十四）等，今皆視爲格調老蒼之作。

至如升菴通俗文學中五十四歲所製雜劇《洞天玄記》中，其表現之格調諸如「英雄豪傑者，爲功名所役，聰明特達者，爲進取所羈，衣食富足者，爲營利所縻，貧窮困乏者，爲口腹所累，雖有出塵之志，只樂逸豫，以爲清淨無爲是修行，誤矣，豈奈無常迅速，光陰易過，何能得陰陽交會於神室哉。」（第二折〈梧葉兒〉下）這一類的話，實非歷經人生艱險的跋涉，朝夕「鼓腹畏含沙，延頸愁添瘦」（〈懷音篇寄張惟信〉《文集》卷十五）如升菴者，不能道此。故「洞」劇亦屬格調老蒼而發淵放之要義者。至〈雜事秘辛〉一卷，如果確屬升菴所作，而故意托爲「漢無名氏撰」（見《僞書通考・子部小說家》），則觀其文章詞采，如描寫商女女瑩「面上如朝霞和雪艷射，不能正視，目波澄鮮，眉嫵連卷，朱口皓齒，修耳懸鼻，輔靨頤頷，位置均適……」一段，升菴所謂「最爲奇艷」者（題辭語）則〈秘辛〉一篇當歸入升菴前期艷麗的風格，可能是謫戍初期作品，然後詭稱「得于安寧土知州董氏」。

（3）升菴風格之影響夫人黃峨者

升菴父楊廷和著有散曲集《樂府餘（遺）音》，論者所以每誤爲升菴之作，或緣於父子亦有同風者，已於第二章試說其故。〔註115〕

升菴與夫人黃峨本各有散曲行世，據任中敏氏略云「升菴集爲《陶情樂府》四卷，夫人集爲《楊升菴夫人詞曲》五卷，但二集篇章多彼此複見，孰倡孰隨，混淆莫辨」，今業經任氏重編，所謂「綜茲八卷，詞無複篇，章無佚

〔註113〕本節文字，主要取材黃永武著《中國詩學設計篇》中〈談詩的音響〉一章，今試規撫其意以說升菴〈春興〉一組詩用「眞」韻亦合乎音響原理。按、黃氏並說岑參〈走馬川行奉送出師西征〉詩「詩律健整，杜甫稱讚他每篇均堪諷誦」。（見台北巨流版，頁 159～160）。

〔註114〕即《史記・滑稽列傳》所載淳于髡事。

〔註115〕本論文第二章第二節「二、父母」。

調，楊氏夫婦散曲，于是釐然粲然」，〔註116〕今檢任編《楊升菴夫婦散曲》中凡以爲夫人所作，皆一一註明「夫人詞」字樣，如《陶情樂府》卷二〈黃鶯兒〉下云：「雨中遣懷。《南宮詞紀》（明陳所聞輯）首曲屬楊夫人，《詞林逸響》及《堯山堂外紀》（明蔣一葵輯），四首均屬楊夫人。」按、首曲亦即任氏所稱「向所傳誦之『積雨釀輕寒』一闋」（見〈弁言〉），其詞云：

> 積雨釀輕寒，看繁花樹樹殘。泥途滿眼登臨倦，雲山幾盤，江流幾
> 灣？天涯極目空腸斷。寄書難，無情征雁，飛不到滇南。

但論者如陸、馮二氏《中國詩史》仍以爲：「（楊夫人）她的散曲大都與楊慎的糅雜在一起，至今尚難確定那首是楊作，那首是黃作，因此，她的作品雖傳《楊升菴夫人詞曲五卷》，但其中可信爲她的手筆的不過十之一、二。」並舉楊夫人曲中〈南呂一枝花·梁州〉爲例，認爲「這首曲便頗似楊慎的〈詠月〉」。〔註117〕故任中敏氏於所編《楊升菴夫婦散曲·弁言》中亦聲稱：對於楊夫人曲三卷中「仍不免升菴之作」，但由於文獻不足，姑沿《明史·藝文志》與澹生堂書目之意，簡稱楊夫人曲「俟別獲他證以後，再爲改訂」。〔註118〕

　　升菴夫婦一生雖離多聚寡，而二人深情款款大都以文心互相傾訴，故每見作品之水乳交融，風格逼肖，今既謂夫人之散曲中，仍不免有升菴之作，又可見夫人所受升菴文學風格薰炙之一斑，亦升菴文學之另一特色。

　　〈毛詩序〉云：「情動於中而形於言。」綜上所述，知升菴文學中或極力旌表忠義，或多方勸善懲惡，正是本著一股憂時的初衷，淑世的熱情，然後形諸詩文之間而發爲諤諤之言——這是升菴文學理論上至要的憑藉，是修辭與風格中可貴的內容，並且又是滙成升菴文學特色的混混原泉。

〔註116〕《楊升菴夫婦散曲·弁言》（台北商務人人文庫一三五三）。
〔註117〕陸侃如（西元1903年～）、馮沅君合著《中國詩史》近代詩史篇四「散曲及其他」。
〔註118〕參閱高美華撰《楊升菴夫婦散曲研究》（政大中文研究所碩士論文）。

第五章 結 論

　　升菴出身宰輔世家，具備優越的學識與仕宦條件；不意中年以後仕路驟生波折，又迭遭家變，至親骨肉相繼乖喪，所幸天稟倔強，故命雖屯蹇，身如蒲柳，飄蓬東西，仍能力求不驚寵辱，不患得失，主要是由於升菴一則殫精思於著述之事，有所寄情，再則交遊日廣，視滇雲之士皆兄弟，於是因深刻之體驗而豐富了詩文的內涵，復因從容優游於文學之中，而大大拓展了生活的領域，創造了生命的勝境，自上述各章可以充分印證升菴平生所示讜言──「資性不足恃，日新德業，當自學問中來」確然已成「精鑿醍醐」，足以流惠後世。

　　弘治、正德之際，李夢陽、何景明等唱言文必秦漢，詩必盛唐以上，但最後「振興古文詩歌之目的並未達到」，其原因之一即「是輩以模擬爲創作之不二法門，因之作品缺少獨創之精神與風格」，〔註1〕升菴生於斯世，起初誠不能自絕於模擬之風的鼓煽之外，唯嘉靖三年遠處邊陲之後，所染於此一習氣者頓釋，其伉爽英華隨即煥現。於是升菴得以本其治學上的善疑精神，自由發抒，時出創意，其中如重視小說，以至認爲小說亦可證正史之誤，及詞韻不可拘泥齟齬，當力求諧俗等都是，而升菴於詩詞曲的用典，又常令人一新耳目，凡此莫不與其文學主張所謂「一出於性情」，有密切關係；另外，更可以由升菴對於謠諺之「謠」的詮釋，測知其創新之道無他，在求其言「出自胸臆」〔註2〕而已。

〔註1〕葉慶炳〈明代文學概說〉，見台北巨流版《中國文學講話（九）明代文學》頁5。
〔註2〕升菴《丹鉛總錄》卷二十五瑣語云：「《爾雅》曰：『徒歌曰謠。』說文謠作『䚻』

今之學者以爲：「從整個文學史來看，明代詩文相當衰落。」〔註3〕但衰落之中，如升菴「胸臆」「性情」之說，却僻處一隅，在默默的維繫修辭立誠的文學命脈於不墜，可謂同時與唐順之「文章須有本色」都是公安「獨抒性靈」的濫觴，都是後來文學改良運動的先聲。〔註4〕

今綜觀升菴之生平與文學成就，請更列舉其影響後世之既深且遠者如次——

一、梅花精神的象徵　　升菴一方面力倡創新，一方面更措意於褒美「貫四時而不改柯易葉」（《禮記‧禮器篇》）的堅貞節操，而托之梅花，最切興比，升菴詠梅諸作，即多寓有此一微言大義。本論文除在「爲表旌大節而創作」一節已有所論及者外，茲復得升菴〈孝烈婦唐貴梅傳〉一篇，更堪作梅花精神的具體呈現，所謂「生以梅爲名，死于梅之株，氷操霜清，梅乎何殊」，這種烈婦的氷霜節操，擴而充之，就是義士忠臣的千秋氣節，豈止「吐華四照林，含英九衢路」（《文集》卷三十七「梅花引」）而已，故升菴年譜稱「貴梅傳」曰：「有功世教。」〔註5〕

注云：『晉從肉言。』今按，徒歌，謂不用絲竹相和也，肉言，歌者人聲也，出自胸臆故曰『肉言』。童子歌曰童晉，以其言出自其胸臆，不由人教也。晉孟嘉（按、江夏人，字萬年。初爲庾亮從事，後爲桓溫參軍。）云：『絲不如竹，竹不如肉。』唐人謂徒歌曰『肉聲』，即說文『肉言』之義也。」按《升菴詩話》卷十三亦有〈謠作晉〉一則。

又升菴〈後蚊賦〉前小序即有「直取之胸臆而已」（《文集》卷一）之說，見本論第四章第二節「典故之運用」一小節。

〔註3〕同註1（頁3）。

〔註4〕陳少棠《晚明小品論析》何沛雄序云：「世宗嘉靖年間，王（愼中）、唐（順之）倡學歐（陽修）、曾（鞏）平易之文，以矯死摹秦漢之弊……順之主張『文章須有本色』，已濫觴公安性靈之說。」

又、本論文第三章第三節二、何景明一段，引游氏等所撰《中國文學史》論及此事。

〔註5〕升菴「爲表旌大節而創作」，見第四章第二節一（3）。又本論文第四章所引《文集》中升菴詠梅之作尚有：〈梅花落四首〉、〈詠梅九言〉，以上見第二節一（1）；〈南枝曲〉，見第二節二（1）；〈春江曲〉見第三節一（4）。其他本文未引者有〈見梅花〉（卷二十七），〈立春詠瓶梅〉（卷二十二）。〈百梅亭〉、〈携酒採梅〉（卷二十八），〈題楊補之梅〉、〈毛希曾園千葉梅〉、〈臘朔後再向毛園醉梅〉（卷二十六）以及〈侯夫人梅詩〉（卷五十五）等。

又、〈孝烈婦唐貴梅傳〉寫明孝宗弘治年間，安徽池州地方女子唐貴梅適朱姓，夫貧且弱，有老姑悍，因金帛之利，欲迫婦改節，弗聽，終雉經於後園古梅下，此事蓋升菴舅氏喻士積親口所述。（卷十一）。

二、道統史統的合一　饒宗頤云：「楊鐵崖〔註6〕〈正統辨〉已論及道統，及楊升菴繼方正學（孝孺）撰〈廣正統論〉（按、見《升菴文集》卷五），以爲國之統猶道之統，不以道統輕與人，則道猶尊而統猶在也。則取韓愈〈原道〉之說，以道統與史統合而爲一。王洙（西元997～1057年）《宋史質》（按今有嘉靖刊本）特立〈道統傳〉。影響所及，清人即有《學統》一類之著述，如刁包（西元1603～1669年）撰《斯文正統》七十二卷（在用六居士所著書中），熊賜履（西元1635～1709年）著《學統》五十三卷（湖北叢書本）。」〔註7〕升菴更就韓文公原道闡發其微，使方正學之論益明，其有功史學之承啓亦甚辨。

三、楊朱思想的眞詮　升菴有詩云：「人生醜好無百年，束縛亦得歸黃泉。」又於通俗文學的作品中融入歷史因果的思想。今觀察升菴生平言行及其文學表現的隱曲，〔註8〕知升菴思慮所歸趣，當是戰國時楊朱「全生保眞，不以物累形」的理想，而不是今傳《列子·楊朱篇》中所言極端的快樂主義，屬於魏晉時代楊朱末流的放縱頹廢的妄想；〔註9〕後之士君子，其能知升菴者，則欲知楊朱也不難。

四、清人性靈一說的啓迪　升菴「出自胸臆」說濫觴公安之餘，並進而孕育有清一代袁枚（西元1716～1797年）的「性靈」主張。近人郭紹虞云：「『三代後無眞理學，六經中有僞文章。』這是楊用修的話，而隨園最稱賞這兩句（見《隨園詩話·卷二第四十二則》）。本於這種見解以論詩，所以他重

〔註6〕楊鐵崖即楊維楨，見《明史·文苑傳》。升菴有〈寶慶相〉七言古詩序云：「詠史彌遠也，楊鐵崖有此篇，余讀之恨其深文隱語……重賦此首」。（文集卷二十五）
〔註7〕見饒著《中國史學上之正統論》通論（十）明清學人「統紀」之著作及正統說。香港龍門書店印行本，頁44。
又升菴〈廣正統論〉一文，本文第三章第四節「秉性」小節曾加以引述。
〔註8〕升菴詩見《文集》卷二十三，七言古詩：〈紫杉行〉。
「無常」思想，見第四章二節四「（3）雜劇」一小節，是藉文學表現此一思想；而第三章第四節「秉性」係論述其言行隱曲。
〔註9〕詳見馮友蘭《中國哲學史》子學時代第七章戰國時之百家之學「（一）楊朱及道家之初起」一節。
又、今人陳德述云：「在實踐上，楊愼主張『性其情』，反對『情其性』（按語出《升庵文集》卷五〈廣性情說〉一文），即主張節欲，反對縱欲。……在楊愼看來，人和動物的區別就在于人能『性其情』，能節制自己的情欲，使之合乎社會的道德準則。」（《哲學研究》西元1984年1期：〈試論楊愼的哲學思想〉）。

在『著我』,『竟似古人,何處著我』,這雖是他《續詩品》中的話,實在也可算是隨園的中心思想。蓋他處處重在自我表現,所以要著我以存其眞。……所以一方面不是假道學,而一方面也不是獎勵輕薄。人家看他是禮教的叛徒,他却有他自我的人生觀。易言之,也即可說是『眞理學』。」〔註10〕然則,升菴在性靈文學的地位上,當亦可與楊萬里、袁宏道(西元 1568~1610 年)鼎足而三。〔註11〕

〔註10〕見《中國詩的神韵格調及性靈說》一書「(貳)性靈說(三)怎樣建立他的性靈說」一節(台北莊嚴版頁 146)。

〔註11〕吳宏一著《清代詩學初探》(台北學生書局,西元 1986 年)云:「袁枚性靈說的來源,最值得注意的有二人,一是楊萬里,一是袁宏道。」(第七章性靈說二、性靈說的意義及其來源)。

參考書目

一、傳統文獻

1. 《史記》，漢·司馬遷，臺北：明倫出版社，1972。

2. 《漢書》，漢·班固，臺北：明倫出版社，1972。

3. 《文心雕龍注》，南朝（梁）·劉勰撰、清黃叔琳注，臺北：臺灣開明書店，1968。

4. 《昭明文選注》，南朝（梁）·蕭統撰、唐李善注，臺北：文化圖書公司，1977。

5. 《舊唐書》，五代（後晉）·劉昫，臺北：鼎文書局，1985。

6. 《新唐書》，宋·歐陽修、宋祁，臺北：鼎文書局，1985。

7. 《詩經集註（詩集傳)》，宋·朱熹注，臺北：華正書局，1977。

8. 《楚辭集註》，宋·朱熹注，臺北：華正書局，1974。

9. 《樂府詩集》，宋·郭茂倩，臺北：里仁書局，1984。

10. 《宋史》，元·脫脫等，臺北：鼎文書局，1985。

11. 《太史升菴文集》，明·楊慎，臺北：國家圖書館藏善本，明萬曆 10 年（西元 1582 年）張士佩刊刻本。

12. 《升菴集》，明·楊慎，臺北：臺灣商務印書館《景印文淵閣四庫全書》集部 379～380，1986。

13. 《升菴全集·升菴先生年譜》，明·楊慎，臺北：臺灣商務印書館印行，《國學基本叢書》，1968。

14. 《升菴玉堂集》，明·楊慎，臺北：國家圖書館藏善本，嘉靖癸丑（西元 1553 年）周復俊編舊鈔本。

15. 《升菴外集》一百卷，明·楊慎，明萬曆四四年（西元 1616 年）顧起元校刊本，臺北：臺灣學生書局，1971。

16. 《丹鉛續錄》8 卷，明·楊慎，臺北：新興書局《筆記小說大觀》第 13 編。

17. 《譚苑醍醐》8 卷，明·楊慎，臺北：新文豐出版社，1984。

18. 《楊升菴先生草書詩》5 卷，明·楊慎，臺北：國家圖書館藏善本，明萬曆丙午（西元 1606 年）楊芳影刊楊慎手稿本。

19. 《滇載記》等四種（楚衡嶽神禹碑文、病榻手欥、雲南山川志），明·楊慎，臺北：國家圖書館善本書。

20. 《南詔野史》上下卷，明·楊慎，臺北國家圖書館藏善本，前有楊慎「南詔野史原序」。署「明四川新都楊慎升菴編輯、大清湖南武陵胡蔚羡門訂正」。版本問題參民初滇刻本袁嘉谷〈南詔野史書後〉一文，見王文才·張錫厚輯《升菴著述序跋》（231～233 頁），雲南人民出版社，1985。

21. 〈遊點蒼山記〉（選自雲南省《大理縣志》），明·楊慎，《中國文學總欣賞·古代遊記精華》，臺北：錦繡出版事業公司，1993。

22. 〈滇略〉，明·謝肇淛，《四庫全書》（史部地理類都會郡縣之屬）。

23. 《少室山房筆叢·厄林》，明·胡應麟、周嬰，臺北：世界書局，1980。

24. 《玉堂叢語》，明·焦竑，臺北：漢京文化公司，1984。

25. 《明人選明詩（明詩選最）》，明·華淑，臺北：大通書局，1974。

26. 《杜詩詳註》，清·仇兆鰲，臺北：文史哲出版社，1976。

27. 《諸葛亮集》，清·張澍，臺北：鼎文書局，1979。

28. 《文史通義》，清·章學誠，臺北永和：史學出版社，1974。

29. 《明詩綜》（四庫全書館考證），清·朱彝尊，臺北：世界書局，1970。

30. 《升菴先生年譜》1 卷（明闕名撰），清·李調元輯刊，臺北：藝文印書館，1968 景乾隆中綿州李氏萬卷樓刊嘉慶中重校本。

31. 《明詩別裁》12 卷，清·沈德潛、周準，臺北：臺灣商務印書館，1978。

32. 新校本《明史》，清·張廷玉等原撰，臺北：鼎文書局，1982。

33. 《明詩紀事》，清·陳田，臺北：臺灣中華書局景印中央研究院歷史語言研究所藏本，1971。

34. 《廿二史劄記及補編》清·趙翼，臺北：鼎文書局，1975。

35. 《列朝詩集小傳》，清·錢謙益，臺北：世界書局，1985。

36. 《原抄本日知錄》，清·顧炎武，臺北：明倫出版社，1970。

37. 《漢學商兌》，清·方東樹，臺北：臺灣商務印書館，1978。

38. 《十駕齋養新錄》，清·錢大昕，臺北：臺灣商務印書館，1956。

39. 《明通鑑》，清·夏燮，臺北：西南書局，1982。

40. 《明詞綜》，清·王昶，臺北：臺灣中華書局，1970。

41. 《越縵堂讀書記》，清·李慈銘，臺北：世界書局，1970。

42. 《淵鑑類函》，清・（康熙刊本），臺北：新興書局，1986。

43. 《詞苑叢談》，清・徐釚，臺北：臺灣商務印書館，1986。

二、近人論著

1. 《歷代詩話續編》，丁福保，臺北：木鐸出版社，1983。

2. 《楊升菴研究論文集》，陳永祖，新都：楊升庵博物館・新都縣楊升庵研究會，1984。

3. 《升庵詩話箋證》，王仲鏞，上海：上海古籍出版社，1987。

4. 《華陽國志校補圖注》，任乃強，上海：上海古籍出版社，1994。

5. 《歷代名人年里碑傳總表》，姜亮夫，臺北：臺灣商務印書館，1965。

6. 《楊慎學譜》，王文才，上海：上海古籍出版社，1988。

7. 《楊慎詩選》，王文才選注，成都：四川人民出版社，1982。

8. 《楊慎詞曲集》，王文才輯校，成都：四川人民出版社，1984。

9. 《升菴著述序跋》，王文才、張錫厚輯，昆明：雲南人民出版社，1985。

10. 《楊升庵誕辰五百周年學術論文集》，王文才、馮修齊（新都楊升庵研究會新都楊升庵博物館主編），成都：四川大學出版社，1994。

11. 《楊升庵叢書》，王文才、萬光治，成都：天地出版社，2002。

12. 《楊升菴夫婦散曲》，任中敏編，臺北：臺灣商務印書館，1970。

13. 《中國詩學》，黃永武，臺北：巨流圖書公司，1977。

14. 《明代考據學研究》，林慶彰，臺北：臺灣學生書局修訂再版，1986。

15. 《楊慎研究資料彙編》（上下冊），林慶彰、賈順先，臺北：中央研究院中國文哲研究所中國文哲專刊，1992。

16. 《滇南名勝圖》，趙松泉，臺北：廣文書局。1976。

17. 〈明代大文學家楊升庵〉，川博撰，四川日報，1961 年 9 月 13 日。

18. 〈談楊慎批評杜甫〉，陳友琴撰，杜甫研究論文集二輯。

19. 〈杜詩為詩史的析評〉，楊松年，台北學生書局古典文學第七集。

20. 〈詩史觀念的發展〉，龔鵬程，台北學生書局古典文學第七集。

21. 《明代文學》，錢基博，臺北：臺灣商務印書館，1984。

22. 《作家與作品》，梁容若，臺中：東海大學，1970。

23. 《楊升菴夫婦散曲研究》，高美華，政大中文所碩士論文，1981。

24. 《字句鍛鍊法》，黃永武，臺北：洪範書店，1986。

25. 《清代詩學初探》，吳宏一，臺北：學生書局，1986。

26. 《偽書通考》，張心澂，臺北：明倫出版社，1971。

27. 《中國文學鑑賞舉隅》，黃慶萱、許家鸞，臺北：東大圖書公司，1979。

28. 《中國小說史略》（不著撰人），臺北：明倫出版社，1969。

29. 《中國史學上之正統論》，饒宗頤，香港：龍門書店印行。

30. 《（插圖本）中國文學史》（不著撰人）臺北永和：新欣出版社，1970。

31. 《中國詩的神韵格調及性靈說》，郭紹虞，臺北：莊嚴出版社。